Manfred Kahn est né à Édimbourg d'un père écossais et d'une mère française. Ses parents quittent assez vite le pays pour s'installer en France dans un petit village des Hautes-Alpes. Il grandira ensuite à Paris où son père travaille comme acheteur de tissus pour des maisons de mode. De ses études classiques qui le conduiront à la profession d'archiviste paléographe, il garde le goût des mots et de la littérature. Il est poète et grand lecteur de romans noirs. Il partage aujourd'hui sa vie entre la France et l'Écosse. *Le Vestibule des lâches* est son premier polar.

Le vestibule des lâches

Manfred Kahn

Le vestibule des lâches

Collection fondée
par François Guérif

Rivages/noir

Retrouvez l'ensemble des parutions
des Éditions Payot & Rivages sur

payot-rivages.fr

Collection dirigée par Jeanne Guyon
et Valentin Baillehache

« Ô vous qui êtes deux dans un seul feu, si durant ma vie j'ai bien mérité de vous, si de vous j'ai mérité peu ou prou quand sur terre j'ai écrit mes nobles vers, ne vous éloignez pas ; mais que l'un de vous me dise où, s'étant perdu, il s'en alla mourir. »

DANTE, *Enfer* – Chant XXVI – 79

Chaque année à l'automne, les nuages s'installaient sur les sommets qui encerclaient la Vallée, la brume bouchait l'horizon et posait sur la région ce gris-vert huileux qui durerait tout l'hiver. C'était une vallée de montagne austère et rude ; l'été avait été bref, lumineux, apportant une chaleur et des couleurs qui coulaient dans les prairies et faisaient un moment illusion, mais à l'automne la Vallée montrait son vrai visage : un paysage sévère, sombre, qui enfermait les gens dans une solitude redoutée et parfois recherchée.

La neige arrivait tôt. Elle prenait possession de son domaine, semblable à un phénomène migratoire, se mêlait étroitement au gris du ciel et au vert des sapins, effaçait les prairies et les chemins puis disparaissait brutalement à l'arrivée du printemps ; gonflant les cascades et les ruisseaux, laissant des rochers neufs, des champs nouveaux et les forêts gorgées d'eau et de vies cachées.

Alors les gens recommençaient avec ce qu'ils avaient et regardaient à la lumière renaissante ce que les longs mois d'hiver leur avaient laissé.

LA VALLÉE

Il regarda les feux du taxi qui s'éloignaient dans le tournant et retrouva ce silence qui était là-bas comme un compagnon avenant. Il contempla les falaises, vit les nuages au sommet des montagnes et le brouillard qui montait de la forêt et s'accrochait aux parois escarpées et il se rendit compte que l'automne était venu pendant son absence.

Victor avait déjà connu la neige, le gel qui faisait éclater la pierre après le long travail de l'été brûlant, l'automne semblable à un feu qui couvait. Mais il était là depuis moins de deux ans et il n'avait pas encore l'habitude de ce cycle qui se mesurait au temps des hommes, s'immisçait dans leur vie avec une autorité venue d'une longue expérience. Ce jour-là, à son retour, il n'y vit qu'une sorte de hasard.

Il attrapa son sac et marcha vers la maison, la porte n'était pas fermée à clef, le couloir plongé dans l'ombre. Il s'étonna de ne pas voir le chien surgir d'une pièce et venir se frotter à lui, la queue battante et les griffes claquant sur le parquet. C'était un chien silencieux à l'image des gens de la Vallée et qui ne donnait de la voix qu'en de rares occasions. Il posa son sac, fit de la lumière et se dit qu'il devait tenir compagnie à la voisine. C'est elle qui le nourrissait et le sortait quand il n'était pas là.

Il s'assit dans la pénombre et laissa la quiétude et le silence reprendre possession de lui après les trois jours dans la ville bruyante, les conversations et les trépignements physiques et mentaux qui accompagnaient ses séjours. La ville n'était qu'à soixante kilomètres mais il fallait un taxi pour descendre le col puis un train qui se traînait de petite gare en petite gare jusqu'à la préfecture du département. Il sortit le journal qui gonflait la poche de sa veste et le posa à ses pieds. Les titres parlaient déjà d'un monde lointain et d'une urgence un peu vaine. Les deux fenêtres en angle montraient une perspective de paysage et de vieux toits brunis par le soir qui évoquait plus une peinture que le monde réel. Le regard s'y abîmait et des pensées complexes venaient vous visiter.

Il retourna dans le couloir chercher son sac, en tira les dossiers qu'il avait ramenés et les déposa en deux piles sur le bureau ; les anciens qu'il fallait valider et les nouveaux à étudier. Il tria le linge sale et le laissa sur le sol, sortit les quelques provisions achetées en ville, qu'on avait du mal à trouver dans le village, et les porta dans la cuisine.

Il ne vit d'abord qu'une masse sombre sur le sol puis il comprit que c'était le chien et l'appela, étonné, en appuyant avec le coude sur l'interrupteur, les mains encombrées par ses sacs.

Il était sur le flanc, les pattes tendues, la gueule ouverte et l'œil mi-clos avec un éclat de pierre usée. Du sang poissait les poils au niveau de la gorge et du museau et avait coulé sur le carrelage.

Victor jura, jeta les provisions sur la table et se pencha sur le chien. Il était mort. Il posa la main sur son flanc ; le corps était encore souple, froid, le sang n'avait pas coulé de sa gueule mais d'une blessure à la gorge, il était visqueux et encore frais sur le sol.

Il se redressa, contempla un long moment le corps du chien en se demandant ce qui s'était passé. Il était mort. Il avait pu être attaqué par un autre chien et revenir mourir dans la cuisine, mais une mort naturelle n'aurait pas causé une blessure pareille. Et comment aurait-il pu passer la porte sans l'aide de la voisine ? Si le chien avait été blessé, elle ne l'aurait pas abandonné dans la maison.

Il regagna l'autre pièce, secoué, et s'assit dans un fauteuil. Il se releva et se servit un verre. Ses pensées tournaient autour d'une idée qu'il n'aimait pas : quelqu'un était entré chez lui et avait tué son chien.

Cette idée en entraînait une autre qu'il aimait encore moins. Il se servit un nouveau verre et but l'alcool d'un mouvement lent qui lui chauffa la poitrine et l'estomac. Ce n'était pas la voisine qui avait tué son chien et malheureusement il ne voyait qu'une personne qui avait pu commettre cela.

Il avait honte, il retourna dans la cuisine pour regarder son pauvre chien. Ses dents puissantes brillaient dans la lumière, l'intérieur de la gueule était noir. La simplicité et la noblesse de l'animal ne méritaient pas cette fin outrageante. Le corps avait l'air posé comme un message obscène, arrivé en même temps que l'automne. Le chien tel qu'il le connaissait avait dû lécher les mains de son assassin. Victor éteignit la lumière et quitta la maison.

Il descendit le chemin qui menait chez sa voisine. Il y avait quatre maisons dans un lieu-dit isolé au-dessus du village. La maison que louait Victor, celle de sa voisine qui était veuve et vivait seule, une autre n'ouvrant qu'à l'été et celle d'un homme qui travaillait pour la commune et vivait avec sa femme et sa dernière fille, institutrice à l'école du village. La nuit tombait, le gris d'acier plaqué sur la montagne s'épaississait et noyait les contours. Il s'enfonça dans le noir, le chemin grossier était hérissé de pierres coupantes cassées à la masse par deux générations de paysans entêtés. On eût dit le fond d'un ruisseau. Il passa devant la maison vide et vit les lumières des autres maisons qui se faisaient face. Celle de sa voisine était entourée d'un potager qu'elle disputait aux cailloux et aux racines des sapins entourant la bâtisse. Il franchit la barrière de bois et alla frapper à la porte de la cuisine.

Il la vit par la vitre fourrager dans sa cuisinière à bois, la lumière était jaunâtre, une suspension pendait au-dessus d'une table laissant le reste de la pièce dans l'ombre. Elle tourna la tête, plissa les yeux pour reconnaître son visiteur et marcha vers la porte, une main sur sa hanche douloureuse.

Quand elle ouvrit la porte, une odeur de feu et de pomme sortit avec elle. Paule avait des pommiers dans un champ en pente derrière sa maison, elle était connue pour ses compotes qu'elle vendait les jours de marché.

– Vic, tu es revenu ?

Il hocha la tête. C'était une de ces paysannes solide et sèche, sans âge, toujours vêtue de la même façon, qui semblait avoir toujours été là comme les arbres et les pierres autour de sa maison. Les gens dans le village l'appelaient Vic, il ne savait pas pourquoi. Il n'avait jamais eu de surnom avant de venir ici. Le regard de la femme était comme ses pommes et son feu, plein d'indulgence. Il savait qu'il allait lui faire du mal.

– Pompidou est mort.

Ce n'est pas lui qui lui avait donné ce nom, il l'avait déjà quand on lui avait confié le chien après le départ de son propriétaire. C'était un chien âgé ; comme Victor il avait eu une autre vie avant. Il l'appelait plus souvent « le Chien » ou « le Successeur du général » pour le voir battre la queue.

Le visage de Paule se rida, sa fine bouche sans lèvres se mit à trembler avant de disparaître dans ses rides.

– Quoi ? Pompidou est mort ?

– Je l'ai trouvé dans la cuisine, dans une mare de sang.

Elle mit la main sur son bras et le repoussa comme si elle voulait se précipiter chez lui pour vérifier ce qu'il disait. Il la retint et sentit un instant son corps frêle s'appuyer sur lui.

– Non, laisse, Paule. Je m'en occupe.

Elle le scruta, les yeux brusquement vides.

– Que s'est-il passé ? Comment est-il mort ?

– Je ne sais pas, il a une blessure à la gorge. Viens, rentrons.

Il la poussa dans sa cuisine, referma la porte. Elle s'assit à la table, les yeux tournés vers lui, il resta debout. Ils se regardaient, ils ne disaient rien, elle secouait la tête, incrédule.

– Je ne comprends pas.

– Comment ça s'est passé aujourd'hui ?

Elle haussa les épaules, le visage vieilli et abîmé par la lampe pendue au-dessus de sa tête.

– Il est resté avec moi toute la journée. Il a disparu un moment ce matin dans les bois, quand il est revenu il allait bien. Je l'ai ramené chez toi vers six heures, je devais aller au village. J'ai rempli sa gamelle et son eau… C'est tout.

Ils écoutaient le silence, plongés dedans comme dans une eau froide. Paule attendait qu'il les sorte de ce silence ; qu'il bouge, qu'il fasse quelque chose.

– Tu n'y es pour rien, Paule. Ce n'est pas ta faute. Je pense que quelqu'un est entré chez moi et a tué le chien.

Elle eut un hoquet, couvrit la bouche de sa main, les yeux écarquillés.

– Vic ! Mon Dieu, qu'est-ce que tu racontes ?

Il soupira, tendit le bras pour toucher son épaule du bout des doigts puis laissa retomber sa main.

– Il ne s'est pas fait cette blessure à la gorge tout seul. Il n'y a pas d'autre explication.

Un rôdeur aurait pu entrer chez lui, ici on ne fermait pas les portes à clef. Le chien n'aurait même pas aboyé, il n'avait pas le sens de la propriété. Pour lui la maison n'était qu'un lieu parmi d'autres dans la Vallée. Mais il n'y avait pas de rôdeur dans la Vallée.

C'est bien ce que pensait sa vieille voisine. Elle ne le regardait plus, elle contemplait ses mains nouées sur la table ; les épaules voûtées, la nuque découverte piquée de petits cheveux blancs.

– Bon Dieu, Vic ! dit-elle en essuyant une larme sur l'aile de son nez.

Il hocha la tête, il savait ce qui allait suivre. Il fallait seulement qu'il y aille doucement. La femme n'y était pour rien mais elle se sentait coupable.

– Bon, Paule, dis-moi. Tu as vu quelqu'un aujourd'hui ?

Elle se tourna vers lui, le visage voilé.

– Vic…

– Dis-moi simplement si tu as vu quelqu'un.

Elle vivait là depuis toujours mais on eût dit qu'on l'avait brusquement posée ligotée et bâillonnée au milieu d'une pièce inconnue.

– Quand je suis revenue du village, la voiture de Charles était garée en haut du chemin. Il était chez le voisin, ils sont partis ensemble au bout d'un moment. Ils ne sont pas revenus…

Victor hocha de nouveau la tête. Charles et son gros pick-up rutilant avec sa benne bâchée. Il fit un sourire à sa voisine, qui ne voulait pas dire grand-chose, sinon qu'il n'était pas surpris.

– Vic, j'ai vu la voiture, c'est tout… Je ne me suis pas posé de questions.

– Tu n'y es pour rien, tu ne pouvais pas imaginer. Je suis désolé Paule, c'est ma faute. Je suis désolé pour le chien…

– Charles n'a pas pu faire une chose pareille !

Il ne répondit pas. Il avait vu Charles achever un chamois avec son couteau de chasse ; égorger le chien ne lui aurait pas fait beaucoup d'effet. Le chien avait dû l'accueillir en battant la queue et en souriant avec sa langue pendante. Il l'imagina parlant doucement au chien, plongeant sa main dans la fourrure du cou et sortant son couteau.

– Vic ! Qu'est-ce que tu vas faire ?

La voix de Paule le ramena dans la lumière jaunâtre de la cuisine ; la femme s'était levée et s'appuyait à la table.

– Je vais m'occuper du chien, après j'irai voir Charles.

– Vic ! Ce n'est pas possible, c'est horrible…

– Qu'est-ce que tu veux que je te dise ?

– Ne va pas là-bas. Qu'est-ce qui va se passer ?

– Tu veux quoi, Paule ? Que je parte ?

Faire ses bagages silencieusement au milieu de la nuit, appeler un taxi, quitter la Vallée et ne jamais revenir. Le chien mort dans la cuisine voulait peut-être décréter cela. Mais Victor avait cinquante ans et il n'avait plus rien en commun avec les gens qui vivaient au bas de ces montagnes. La Vallée était indifférente aux états d'âme, elle avait ses règles, souvent énigmatiques, et la mort du chien en faisait partie.

– Ne t'inquiète pas, dit-il à Paule. Ne fais rien, je vais m'en occuper. Je sais que tu aimais ce chien, moi aussi, et c'est vraiment triste. Je suis le seul responsable de ce qui s'est passé. Essaie d'oublier tout ça même si c'est difficile.

– Pauvre Pompidou. C'est vraiment dégueulasse, Vic !

– Je sais, Paule.

Il lui pressa la main et se tourna vers la porte qui faisait un carré noir sur le dehors. Il sortit en songeant à la vieille femme qui allait ruminer toute la nuit. Mais elle ne ferait pas de scandale, elle n'allait pas appeler les gendarmes pour dénoncer le meurtre d'un chien. Au matin, elle aurait accepté ce fait nouveau et le rajouterait au lent déroulement de leurs existences. Elle attendrait de voir ce qu'il allait changer. Elle n'aurait pas besoin de le cacher ou de mentir, bientôt tout le village en parlerait.

Il remonta le chemin jusqu'à la maison. Il se retrouva dans l'obscurité quand il sortit du halo des lumières, une fraîcheur coupante tombait sur sa nuque. La température avait dû chuter de dix degrés depuis son départ. Il ouvrit la porte, la maison était froide aussi, sombre, sans vie. Il fit de la lumière dans le couloir et descendit à la cave remplie d'un bric-à-brac qu'il avait sorti de l'étage. Il trouva une bâche roulée dans un coin, prit une bêche et une lampe accrochée au mur. Il remonta, déroula la bâche dans le couloir.

Il entra dans la cuisine sans allumer et contempla un instant le chien puis il ôta sa veste et sa cravate, se mit à genoux et souleva le chien dans ses bras. Il était lourd, dégageait une odeur fade comme un paquet de vieux chiffons. Il le posa délicatement sur la bâche et retourna dans la cuisine. Il alluma, il avait du sang sur sa manche et sous son col, là où la tête du chien avait reposé. Il prit un balai et une serpillière et entreprit de nettoyer le sol.

L'eau était glacée, l'évier se tachait de rouge qui s'incrustait dans la pierre usée. Il frotta et rinça jusqu'à ce qu'il n'y ait plus de trace puis jeta la serpillière à la poubelle. Il resta un moment appuyé à l'évier, il voyait le chien sur la bâche par la porte ouverte, la cuisine était propre, un peu blafarde. Il pouvait enterrer le chien et ne rien dire, faire comme si de rien n'était. Il n'avait pas peur de la suite mais il essayait de comprendre ce qui était important. Le chien était là par hasard, ils ne s'étaient pas choisis, ils cohabitaient. S'il annonçait au village que le chien était mort, personne ne s'étonnerait. Même sa voisine comprendrait. Ce crime ne concernait pas simplement sa personne mais tous ceux qui habitaient la Vallée. S'il acceptait cela il serait l'un d'eux, il deviendrait comme eux.

Il enjamba le chien dans le couloir, prit la bêche et la lampe et sortit dans l'obscurité. Le terrain autour de la maison était plein de cailloux, il traversa la route et s'enfonça entre les sapins, il alluma la lampe et chercha un endroit pas trop en pente ou couvert de racines. Il trouva un creux délavé par les pluies d'orage, à côté d'une énorme fourmilière ; un tas de terre et d'épines qui devait faire un mètre de haut. Il se mit à creuser, les grosses fourmis noires allaient s'occuper du cadavre, les bêtes ne le déterreraient pas.

Le chien vivait avec lui depuis un an. Au début, il le voyait dans le village allongé devant la maison de son maître. C'était un chien qui aimait les promenades ; son maître ne marchait plus et il suivait facilement les gens qu'il voyait équipés pour une randonnée. Au début, Victor marchait beaucoup dans la forêt, jusqu'aux alpages bordant les falaises. Quand le chien le voyait passer avec ses guêtres et son sac à dos, il s'accrochait à Victor et le suivait toute la journée avant de retourner s'allonger devant sa porte. C'était devenu une habitude, Victor passait dans le village et emmenait le chien. C'était un bon compagnon de marche qui aimait se vautrer dans les ruisseaux, partager un sandwich et connaissait des passages qui n'étaient pas marqués sur les cartes. C'était un animal intelligent qui avait passé ses premières années avec les bergers gardant les moutons dans les alpages. Quand les transhumances avaient cessé, il était resté au village. Son maître avait quitté la Vallée à cause d'un accident stupide. Il avait découvert un nid de fourmis sous son évier, acheté une bombe d'insecticide et arrosé copieusement son placard. Il s'était penché pour admirer son œuvre et avait allumé une cigarette. Le placard lui avait explosé à la figure, une ambulance était venue le chercher et on ne l'avait jamais revu. Le chien abandonné traînait de maison en maison jusqu'au jour où la femme de Charles avait dit à Victor : *« Pourquoi ne le prendriez-vous pas avec vous, il vous aime bien, il vous tiendrait compagnie... »* Victor l'avait accueilli chez lui, le chien n'était pas encombrant, il avait trouvé une nouvelle porte où s'allonger, il aimait toujours se promener et la voisine s'occupait de lui quand Victor s'absentait.

Il mit trois quarts d'heure pour creuser un trou correct. Le sol était dur et il était en sueur. Les coups frappés sur la terre avaient réveillé la fourmilière et sa surface était parcourue de frissons noirs, presque métalliques à la lumière de la lampe. Il tapa des pieds pour chasser les insectes qui commençaient à monter le long de ses jambes.

Il laissa la lampe et retourna à la maison. Il enveloppa le chien dans la bâche et le porta serré contre sa poitrine, traversa la route étroite qui semblait brusquement une frontière entre la vie et la mort. La lampe faisait un rayon sur le sol, un sillon de lumière creusé entre les troncs. Il déposa le chien au bord du trou, il pensait l'enterrer dans la bâche mais renonça pour faciliter le travail des fourmis. Il ne voulait pas le faire rouler au fond du trou et il s'agenouilla pour le soulever et le poser délicatement sur la terre. Il étala la bâche sur le corps pour ne pas jeter directement la terre sur lui.

Quand il revint dans la maison, il sentit très clairement l'absence du chien.

Après avoir rangé la bêche et la lampe dans la cave, il eut l'impression de retourner à un état antérieur, comme si la mort de l'animal avait emporté une partie de lui-même péniblement élaborée depuis deux ans. Il se lava les mains, but au robinet et alla s'asseoir dans le fauteuil devant les deux fenêtres, pareilles à un miroir qui ne reflétait rien ; un écran où le chien le fixait sans le voir.

Ce n'était pas au chien que Victor pensait en contemplant sa chemise tachée de sang, mais à son arrivée dans le village deux ans auparavant. Il connaissait cette Vallée depuis son enfance, son père l'emmenait pêcher et chasser dans ces montagnes. Ils en vivaient éloignés mais plusieurs fois par an, ils séjournaient dans le village pour le gibier en automne et les rivières à truites au printemps. Ces séjours étaient une façon de se retrouver et de faire des choses ensemble. Victor était venu une fois en hiver pour chasser le chamois, mais les conditions avaient été difficiles ; le froid, la neige, les marches épuisantes ; il était jeune et il avait renoncé. Lorsque son père avait cessé de chasser, Victor n'y était plus retourné et il avait oublié la Vallée, rangée comme une série d'images dans ses souvenirs d'enfance.

Quand il avait cherché un endroit où vivre, la Vallée avait brusquement surgi dans sa conscience. Il y avait quelques villes étrangères où il aurait pu s'installer mais le souvenir de la Vallée s'était interposé jusqu'à les faire pâlir. La Vallée n'était pas un lieu de villégiature, les souvenirs qu'il en gardait, au-delà des moments passés avec son père et de la découverte de la faune – qu'il fallait traquer et tuer pour l'approcher –, ranimaient des sensations de fatigue et de froid, de peur même, d'épuisement physique et psychologique face aux dangers de la montagne : les longues marches sous la pluie, la nervosité des attentes et l'excitation qu'entraînait le fait de tenir un fusil ou de sentir une truite se débattre dix mètres sous vos pieds dans le tumulte d'une cascade. C'était un endroit sauvage au climat tyrannique qui faisait fuir rapidement tous ceux qui y entraient par hasard.

Ce furent ces souvenirs ambigus qui décidèrent Victor à s'installer dans la Vallée. Ce n'était pas un lieu réel mais l'image mythique d'une résistance physique et morale. Revenir ici revenait à mettre en abyme les trente années qui s'étaient écoulées et c'était ce qu'il devait faire.

Le jour où il était descendu du taxi qui l'avait ramené dans le village, le ciel était si bas qu'il semblait toucher les toits, l'unique rue qui le traversait se noyait dans la brume qui dévalait de la montagne invisible. Le bruit bouillonnant du torrent remplissait l'espace. À côté, la pluie en paraissait timide et sans force ; elle ruisselait partout, diluait les couleurs et les ombres. Il fut abasourdi de voir que rien n'avait changé ; il était devant une image qui sortait de son cerveau comme s'il la fabriquait. Quand il s'avança pour discerner le pont, il eut l'impression de s'arracher à son existence pour entrer dans un monde parallèle qui attendait à côté du sien. La rue était déserte, le bruit du torrent l'envahit totalement ; c'est ce tumulte qui le décida.

Un mois plus tard, il louait une maison au-dessus du village. Il y posa une valise et une cantine en métal qui contenait ce qui restait de son ancienne vie. Il ne l'ouvrit que pour en tirer un ordinateur neuf, sans mémoire, et un livre sur l'histoire de la région. Il ne connaissait personne ; il avait dû parler à deux hommes pour s'installer : le patron de l'auberge et un homme qu'il avait appelé et qui se nommait Charles.

Victor ôta sa chemise tachée de sang, la jeta sur le linge sale qu'il avait laissé sur le plancher et en passa une propre. Il allait devoir affronter Charles, il n'avait pas le choix. Il y avait une meute dans le village et Charles en était le chef. L'allégeance ou le bannissement, voilà ce que signifiait la mort du chien. Charles s'attendait à ce qu'il s'en aille ou qu'il accepte cet assassinat comme signe de sa sujétion : *Je peux entrer dans cette maison qui n'est pas à toi, tuer le compagnon qu'on t'avait donné. Tu l'enterres et rien ne s'est passé. Tu peux continuer à vivre avec nous en respectant les règles.*

Mais Victor n'était pas venu dans cette Vallée pour respecter des règles. Il ne tuait plus les animaux mais il aimait toujours les suivre et les observer ; les bêtes vous montraient la peur, la violence et le désir qui étaient dans votre existence. Charles l'ignorait mais il était l'un de ces animaux.

Il n'avait pas l'intention de fuir. Il allait devoir expliquer à Charles qu'il n'y avait plus de règles. Il entra dans sa chambre chercher un blouson et un bonnet, éteignit les lumières, ferma son blouson jusqu'au cou et quitta la maison les mains serrées dans ses poches.

Il suivit un moment la route, le village était à trois kilomètres mais il y avait un chemin qui descendait directement à travers les prairies. Il avait été tracé pour laisser passer les charrettes à l'époque où l'on faisait les foins. Il n'y avait plus de paysans dans la Vallée à part quelques vieux à la retraite, toujours vêtus de bleus de travail, qui avaient peu à peu cédé leurs champs et leurs granges à des gens venus de la ville. Il restait quelques troupeaux de chèvres et de jeunes écolos qui vendaient leurs fromages au marché. Les prairies étaient occupées par des chevaux et par ceux qui transformaient les granges en maisons d'architecte. Il était difficile de s'installer ici, il fallait être coopté ou avoir de la famille sur les lieux. Les vieux s'arc-boutaient sur leurs terrains plutôt que d'accueillir des étrangers. Les gens comme Charles avaient instauré une sévère politique de sélection et d'influence. Victor était toléré depuis deux ans, si Charles le décidait la maison qu'il louait ne serait plus disponible. Elle appartenait à sa voisine, le loyer qu'il lui versait compensait sa faible retraite mais elle avait toujours refusé de lui signer un bail.

À l'origine, la Vallée était un pays de scieries et d'élevage de montagne. On y faisait du bois de construction, du vêlage et du lait pour les fromageries de la région. À l'époque de la marine à voile, ses bois étaient réputés pour leur solidité et leur taille apte à fabriquer des mâts. La Vallée recevait les troupeaux de moutons des départements voisins qui séjournaient dans ses alpages. Les deux villages sortaient alors de l'engourdissement de l'hiver et s'ouvraient un peu à l'extérieur. Puis la Vallée avait changé comme le reste du monde ; les petites scieries n'avaient pas résisté à la concurrence des grandes exploitations forestières, l'élevage industriel et les baisses de prix du lait rendirent caduques les fermes familiales. La transhumance avait résisté un moment puis la concentration des élevages mit fin à cette tradition. La Vallée s'était peu à peu refermée sur elle-même, un des villages avait disparu ne laissant qu'un hameau de gens âgés, aux maisons vides et aux commerces fermés. L'autre vit sa population changer. Les paysans disparurent au profit de néoruraux à la recherche d'une vie meilleure. Les gens comme Charles n'hésitaient pas à parcourir chaque jour des kilomètres en voiture pour se rendre à leur travail. Le tourisme ne s'était jamais développé à cause du climat trop rude. Malgré les longs mois d'enneigement, la région n'était pas propice au ski ; ses montagnes aimaient les éboulements et les avalanches. L'été voyait apparaître quelques amateurs d'escalade mais ce qui comptait surtout ici, c'était la traque des chevreuils et des chamois, la pêche dans les ruisseaux sauvages qui tombaient de la montagne.

La voisine de Victor disait que les loups étaient revenus dans la Vallée lorsque la violence de la vie moderne était entrée dans le cœur des gens. On ne les voyait pas mais on les entendait parfois hurler l'hiver quand la nuit tombait sur le village. Quelque temps après son arrivée, Victor avait assisté à une réunion organisée par le maire. Tout le village était là pour discuter de la possibilité d'installer un casino dans la Vallée. Des plans étaient accrochés indiquant les emplacements des futurs hôtels, des routes et des parkings. Un architecte avait dessiné un bâtiment en verre et en bois, avec une cascade intérieure, qui accueillerait les joueurs. Les gens parlaient dans tous les sens. Le maire, un homme falot qui n'avait jamais quitté le village, expliquait les possibilités immenses, le développement des emplois et de la richesse. Charles, à l'origine du projet, avait fait un discours où, à coups de propos sibyllins, il se faisait fort d'obtenir les autorisations nécessaires. Chacun voyait scintiller les mots réseaux, franc-maçonnerie et circuits financiers occultes. Les plans étaient encore affichés dans la mairie et la soirée s'était achevée par une beuverie générale.

Dès qu'on quittait le couvert des bois, on entrait dans le bruit du torrent qui annonçait le village. Victor déboucha sur la chaussée, les premières maisons apparaissaient dans un tournant puis s'alignaient le long de la route qui se transformait alors en rue étroite. Il y avait une place avec l'église et la mairie, on passait un pont au-dessus du torrent et le village s'arrêtait brusquement ; les prairies et la forêt reprenaient leurs droits. La route traversait la Vallée, menait à l'autre village, puis montait dans la montagne jusqu'au col qui ouvrait sur la plaine. Il devait y avoir deux cents habitants dans le village, le reste de la population se répartissait dans des lieux-dits isolés et dans de grands chalets accrochés sous les falaises au bord des anciennes voies forestières.

À l'époque où Victor venait avec son père, le village n'était habité que par des vieux vivant dans des cuisines sombres, des salons défraîchis remplis de meubles protégés de toiles cirées. Les cuisinières à bois fonctionnaient toute l'année et donnaient aux pièces une atmosphère pesante. Les gens se déplaçaient dans une lumière rare, au milieu de napperons brodés, de photos d'anciens morts à la guerre, s'asseyaient en silence les coudes sur la table où pendait une lampe avec un long papier tue-mouches qui grésillait d'insectes à l'agonie.

Le village donnait l'impression d'être le même mais, protégé des regards extérieurs, le changement était radical. Les nouveaux habitants avaient transformé ces vieilles bâtisses, cassé les murs, élargi les fenêtres qui ouvraient sur les prairies. L'argent avait tout nettoyé, apporté une vie chaude et lumineuse où les gens se protégeaient des rigueurs du climat et de la nature. Le torrent traversait toujours le village avec la même violence, comme s'il attendait d'emporter ceux-là comme il avait emporté les autres.

Victor traversa la place, la rue s'alignait déserte ; portes et volets fermés, l'auberge avait tiré son rideau. Il y avait des enfants et des hommes, des téléviseurs qui montraient les images du monde, des femmes qui ouvraient les lits pour la nuit. Mais la rue ne montrait que le ciel noir, l'ombre des forêts touffues qui montaient sur les pentes et ne s'arrêtaient que devant quelque chose de plus froid et de plus dur encore : la roche lisse et nue qui encerclait la Vallée.

Il passa le pont, le torrent bouillonnait contre les arches mais il chantait encore, bientôt il se ruerait comme un dément à travers la Vallée. La maison de Charles se dressait le long de la rive et touchait l'eau. C'était une grande bâtisse en pierre qui avait dû être une ancienne scierie ou un moulin. Elle était immense et encore en travaux. On y accédait par une terrasse en bois dominant le torrent, l'arrière de la maison donnait sur un chemin qui s'enfonçait dans la forêt et desservait les dépendances où Charles conservait un matériel hétéroclite. C'était un homme qui accumulait des choses dont il ne faisait rien. La maison aurait pu loger trois familles ; il y vivait avec sa femme et ses chiens, ses voitures et ses fusils.

Un chien aboya avant qu'il frappe à la porte. Le porche s'alluma, Victor entendait l'animal gratter et gémir à l'intérieur. Il y en avait six, des chiens de chasse qui traversaient l'immense maison et semblaient en être les maîtres et avaient leur repaire dans les dépendances. Quand la porte s'ouvrit, il repoussa le chien, le plus jeune de la meute qui sautait autour de lui. Il releva les yeux, ce n'était pas Charles qui avait ouvert mais son épouse Josépha.

– Victor ? Que se passe-t-il ?

– Je suis venu voir Charles.

– Charles ? Il n'est pas là…

Victor se dit que ce n'était pas un hasard, cela devait faire partie de ses plans.

– Entre.

Elle referma la porte et aussitôt se serra contre lui, verrouilla les bras dans son dos. Il sentait son corps, chaud, abandonné. Il sentit son silence aussi et son désarroi. Il mit les mains sur ses épaules.

– Il est où ? demanda-t-il.

– À la chasse, ils sont partis ce soir.

Elle ajouta avec hésitation comme si les mots lui faisaient peur.

– Ils sont partis pour une semaine.

Josépha le regarda, les yeux remplis d'incertitude.

– Une semaine, répéta-t-elle. Viens.

Elle l'entraîna par la main dans la pièce. Un feu brûlait dans la cheminée, un feu pour chauffer, avec de grosses bûches empilées sur un lit de braises. La pièce était vaste, froide, les volets fermés. Des tapis sur les pierres, les murs couverts de grandes photographies. Des paysages de Josépha : la montagne, de l'eau partout ; des cascades, des rochers encerclés de tourbillons, des torrents furieux qui jaillissaient de la roche comme s'ils allaient envahir la pièce. Le chien était couché devant les flammes. Josépha s'assit près de lui sur un tabouret tapissé de rouge. Le chien lui lécha la main.

– Pourquoi veux-tu le voir ? Tu veux boire quelque chose ?

Il secoua la tête. La pièce était lumineuse, blanche, presque vide, comme une galerie déserte.

– Tu veux m'embrasser ?

Il ôta son bonnet, alla s'accroupir près du chien et se mit à le caresser, à genoux devant Josépha.

– Charles a tué Pompidou. Je l'ai trouvé égorgé dans la cuisine. Paule a vu sa voiture garée devant chez moi.

Elle ne dit rien, il enfouit les mains dans la fourrure. On n'entendait que le feu qui craquait et autour d'eux, le souffle du torrent qui passait sous la maison. Puis il sentit sa main qui se posait sur sa nuque, qui ne bougeait pas et qui disparut.

Elle quitta la pièce sans rien dire. Il cessa de caresser le chien et regarda le feu. Il se demanda s'il devait partir, si c'était ce qu'elle attendait.

La première fois que Victor avait vu Josépha, il n'avait pas fait attention à elle. Il descendait du col des Éparts avec le chien et elle était au milieu d'un groupe de femmes et d'enfants installés à une table de plein air sous un sapin en bordure du ruisseau. Le chien traversa le ruisseau pour les rejoindre et Victor l'avait suivi pour les saluer.

Elles organisaient un repas de voisins à l'auberge du village et elles l'invitèrent lorsqu'il leur dit qu'il était le locataire de Paule depuis un mois. Elles le regardaient avec curiosité, elles savaient déjà qui il était et hochaient la tête à chacune de ses phrases sans faire beaucoup d'effort pour entretenir la conversation. Il s'en tira à peu près en expliquant qu'il avait connu la Vallée avec son père dans son enfance. C'étaient des femmes assez jeunes qui avaient des enfants à l'école. Cette époque ne leur évoquait rien, la plupart n'étaient pas nées lorsqu'il fréquentait le village. Il leur raconta comment était l'auberge alors, que l'école était fermée, il n'y avait pas d'enfant dans le village. Josépha était parmi elles, elle l'écoutait la joue appuyée sur sa main. Elle semblait plus âgée que les autres, elle avait un vague sourire, un regard lointain comme s'il plongeait dans cette époque. Plus tard elle lui avait dit qu'elle avait eu l'impression qu'il parlait d'un pays étranger.

Lors du repas à l'auberge, il était par hasard assis à côté d'elle. Elle ne lui adressa pas la parole, personne ne lui parla non plus. Il était au milieu des gens, presque transparent, à écouter poliment des histoires auxquelles il ne comprenait rien, des anecdotes sur des personnes qu'il ne connaissait pas. C'était la première fois qu'il rencontrait les habitants et ça lui allait, il n'avait rien à leur dire. Lorsque les bouteilles d'alcool remplacèrent les assiettes, il les remercia et les quitta.

Josépha était dehors, seule, appuyée au mur en train de fumer une cigarette. Il lui serra la main et lui souhaita une bonne soirée. Lorsqu'il commença à s'éloigner, elle lui demanda s'il remontait à pied jusqu'à la maison de Paule. Il acquiesça et elle lui demanda encore s'il n'avait pas de voiture. Il répondit non et elle hocha la tête.

– Vous vous êtes ennuyé ce soir, lui dit-elle en soufflant la fumée.

– Non, je ne dirais pas cela, répondit-il.

Elle avait le visage levé comme si elle contemplait au-dessus de lui le gouffre noir qui l'attendait.

– Ils ne vous aiment pas.

– Pourquoi ?

– Je ne sais pas. Ils n'aiment personne.

Puis elle se détourna et entra à l'intérieur.

Dans le chemin qui montait au hameau il se demanda pourquoi elle avait dit *ils* comme si elle s'excluait du groupe. Puis il décida de ne plus y penser.

Quelque temps après, il fut étonné de trouver dans sa boîte un mot signé Josépha qui l'invitait à dîner, « *Venez dîner demain soir si vous êtes libre, mon mari aurait plaisir à vous connaître.* » Suivait un plan qui indiquait une maison dans le centre du village. Il se rappela vaguement que la femme qui lui avait parlé à la sortie de l'auberge s'appelait Josépha ; un prénom démodé, un peu à son image. Il n'y avait pas de téléphone, ni d'adresse pour répondre. Il décida d'oublier le mot et de trouver une excuse plus tard si c'était nécessaire. Le même jour sa voisine lui demanda s'il pouvait l'aider à déplacer une lourde armoire. Elle lui demanda comment s'était passée la soirée à l'auberge. Il répondit « bien » sans entrer dans les détails, ajouta qu'à la suite une certaine Josépha et son mari l'avaient invité à dîner.

– Qu'est-ce que vous comptez faire ?

– Rien, répondit-il.

Elle le regarda les sourcils froncés, comme s'il avait brusquement dit une grossièreté.

– Vous feriez mieux d'y aller.

– Pourquoi ?

Elle haussa les épaules.

Le lendemain soir, il descendit au village avec une bouteille de vin italien qu'il avait trouvée dans ses réserves. C'était un de ces étés brûlants, ponctué d'orages, qui faisait croire pendant quelque temps que la Vallée était au sud d'une carte changeante. La montagne brillait d'un éclat aveuglant, les failles et les éboulis se dessinaient avec une netteté qui montrait les forces monstrueuses à l'œuvre. Les fenêtres étaient ouvertes, les gens dans la rue, les enfants jouaient au bord du torrent. Les gens le regardaient passer, le saluaient d'un signe de tête et se demandaient où il pouvait aller. Il trouva la maison et monta jusqu'à la terrasse sous leur regard curieux.

Josépha lui ouvrit et le fit entrer dans la grande pièce blanche. Le bruit du torrent traversait la maison comme un chœur gémissant.

Elle le salua avec un sérieux étonnant comme s'il était un visiteur porteur de nouvelles inquiétantes. Victor la remercia de son invitation et s'assit dans le fauteuil qu'elle lui désignait. Il crut qu'elle allait s'asseoir en face de lui mais elle eut un geste vague de la main et sortit de la pièce. Tout s'était passé tellement vite qu'il avait à peine eu le temps de la reconnaître et de la regarder. Il découvrit brusquement les grandes photos de paysages qui l'entouraient.

Elle revint au bout d'un instant avec son mari qui la devançait la main tendue vers Victor.

– Victor, c'est ça ?

Il se leva et lui serra la main. L'homme dit qu'il s'appelait Charles et le contempla avec un gros air amical. Victor le reconnut, c'était l'homme qui l'avait présenté à la femme qui lui avait loué la maison. Il était présent à la soirée à l'auberge, même si Victor n'avait pas compris qu'il était le mari de Josépha. C'était celui qui parlait le plus et que tout le monde écoutait avec intérêt. Il était plus âgé que sa femme, peut-être une quinzaine d'années. C'était un homme assez fort, presque gros, qui n'avait pas l'air très soigné. Il portait un short, les pieds nus dans des sandales, et un tee-shirt qui pendait sur son gros ventre. Il avait des cheveux gras, trop longs qui tombaient sur ses épaules, un visage large un peu bouffi par l'alcool et la bonne chère. Pendant que Charles lui parlait du temps et de la chaleur, Victor ne put que constater le contraste avec sa femme.

Elle se tenait en retrait, vêtue d'une longue robe noire et de spartiates qui montaient joliment sur son mollet. Son corps était flou, son visage et ses bras d'une pâleur presque transparente. Les cheveux sombres, lissés et tirés en arrière, le visage pas maquillé, à part une légère touche nacrée sur ses lèvres. Sa figure était mince, presque maigre, avec une mâchoire un peu lourde qui mettait en évidence sa bouche et ses lèvres. Elle ressemblait à une grande nonne ou à la danseuse un peu fatiguée d'un ballet contemporain. Mais surtout elle était l'image contraire et silencieuse de son mari ; austère, maigre et raide, arrêtée sur le seuil de la pièce comme une domestique.

– Venez chez moi, dit Charles. Ici, c'est la pièce de ma femme, on s'y sent toujours en représentation.

Il l'entraîna et ils passèrent devant elle, Victor voulut lui sourire poliment mais elle regardait déjà ailleurs.

Ils s'installèrent dans un bureau avec une minuscule fenêtre qui donnait sur la forêt ; une pièce en désordre, avec une grande table chargée de papiers et de dossiers, le sol couvert de boîtes et de cartons. Un mur était occupé par une vitrine où s'alignaient une dizaine de fusils. Il y avait sur le bureau une couleuvre naturalisée ; jaune et noire, la gueule ouverte sur sa langue bifide. Ils s'assirent dans des fauteuils serrés l'un contre l'autre et Charles sortit une bouteille de whisky et deux verres du meuble aux fusils.

– Si la chaleur continue je vais prendre une couverture et aller dormir dans la forêt. On pourrait dîner sur la terrasse mais je suis sûr que dans deux heures le ciel va crever et noyer le village.

C'est ce qui se passait depuis plusieurs jours ; une chaleur intense et le soir des orages violents comme on en voyait rarement ailleurs. Ils arrivaient avec une vitesse étonnante de derrière la montagne et tombaient sur la Vallée comme un bombardement : foudre, trombes d'eau, parfois des grêlons énormes ; cailloux de glace à peine reconstitués.

Charles commença à parler et à s'enfiler des verres. Tout y passa : le village, la Vallée et son travail – il était ingénieur et consultant pour plusieurs entreprises de la plaine, il avait créé sa propre boîte, une start-up informatique pour l'ingénierie –, la réfection de sa maison ; une ruine qu'il avait rebâtie de ses propres mains. La politique pusillanime de la commune qui ne comprenait rien à rien.

Victor l'écoutait en sirotant un malt qui était remarquable, relançait poliment la conversation et essayait de paraître détendu à l'aune de son interlocuteur. Charles parlait sans lui poser de question, Victor savait qu'il essayait de l'attirer et de le circonvenir dans son propre périmètre.

Il faisait presque sombre quand Josépha réapparut et proposa de passer à table. Le repas était servi dans la cuisine ; une énorme pièce qui tenait du laboratoire et du salon d'un hôtel de montagne avec cuivres et trophées de chasse accrochés aux murs. Les plats étaient délicieux, les vins fins et coûteux. Victor félicita Josépha pour sa cuisine, elle le remercia, sourit, et lui dit que c'était Charles qui avait préparé le repas. Charles grogna et dit que ce n'était rien, ce n'étaient que les bons produits qu'on trouvait dans la Vallée.

Mais bientôt Victor comprit que c'était Charles qui faisait tout : la cuisine, les courses, qui gagnait de l'argent. Il demanda si c'était Charles qui avait fait les magnifiques photographies accrochées dans la pièce blanche. Charles répondit non, c'était le hobby de sa femme. Victor dit qu'elles étaient exceptionnelles et il vit Josépha rougir, l'observer un moment et devenir subitement triste.

Victor comprit que les choses changeaient et qu'on passait à la véritable raison de cette invitation quand Charles lui demanda s'il comptait rester longtemps dans la Vallée. Il surprit le regard de Josépha posé sur lui, elle semblait anxieuse et gênée de ce qui pouvait suivre. Mais depuis qu'ils étaient entrés dans la cuisine, Victor avait calqué son attitude sur celle de Josépha : un peu trop silencieux, raide devant la table, mangeant à peine alors que l'homme dévorait et vidait sensuellement ses verres de vin. Il donnait l'impression d'un homme froid dont il n'était pas si facile de forcer la réserve. Il ne l'avait pas fait pour se dissimuler, il l'avait fait en solidarité avec cette femme qui avait l'air de souffrir de cet étalage d'énergie, de succès et de cette odieuse façon d'avoir toujours la bonne réponse et la bonne attitude.

Maintenant, ils étaient deux face à Charles, unis dans une espèce de distance reposante et complice. Il répondit évasivement qu'il ne savait pas, qu'il se moquait de l'endroit où il se trouvait mais qu'il aimait la montagne. Il décida de parler du travail qu'il faisait ici, ça ne prêtait pas à conséquence et cela nourrirait la curiosité avide de Charles. Il expliqua qu'il pouvait travailler n'importe où, il lui suffisait d'avoir un téléphone et une connexion internet ; il était enquêteur économique et travaillait pour une boîte américaine qui avait des antennes un peu partout dans le monde. Son travail consistait à analyser la fiabilité des entreprises et évaluer leur santé financière. Il établissait des rapports sur les dirigeants et l'historique de ces sociétés. Il lui arrivait aussi d'enquêter sur des personnes. Charles en perdit la parole, il avait dû le prendre pour une espèce d'artiste ou de bohème qui faisait un retour à la nature. Victor dit qu'il étudiait les dossiers qu'on lui donnait et les mettait à jour, il profitait de l'immense réseau d'informateurs de son employeur. Il vit Josépha se détendre et goûter le tour que prenait la conversation, comme si Victor apportait un peu d'air frais et mondialisé dans un endroit étouffant. Charles le bombarda de questions. Oui, on pouvait dire que c'était une forme d'espionnage, on fouillait les bilans, les organigrammes des entreprises, on faisait des fiches sur les hommes. On traçait les circuits financiers, on cherchait des informations auprès des banques, des administrations et même des réseaux politiques. Tout cela était légal, on ne dissimulait pas de micros dans les bureaux ; les informations étaient là, il fallait les trouver.

Ils prirent le café sur la terrasse dans le filet d'air qui montait du ruisseau, le village semblait éteint, inerte sous la chaleur. Charles l'appelait Vic depuis un moment. Il lui dit ne pas trop parler au village de ce qu'il faisait.

– Pourquoi ? Je n'ai rien à cacher.

– Bien sûr, mais vous savez, les gens peuvent être de véritables enfoirés…

Il entra dans la maison et Victor se retrouva seul avec Josépha pour la première fois de la soirée. Elle était appuyée à la rambarde, fumait et le contemplait entre les petits gestes qu'elle faisait avec sa cigarette. Elle n'avait presque pas parlé pendant le repas, il ne voyait que les taches blanches de son visage et de ses bras, il savait qu'elle goûtait le calme et la quiétude après un exercice difficile. Ils restèrent l'un devant l'autre, silencieux, à entretenir cette distance qui paraissait être le seul refuge de cette maison.

Charles revint avec une boîte de cigares mais Victor le remercia et lui dit qu'il allait rentrer. Charles protesta ; ils n'avaient pas eu le temps de parler de chasse, ni des projets qu'il avait pour la Vallée mais à ce moment-là un long roulement de tonnerre résonna sous la falaise, il y eut comme une vibration dans l'air, pareille à un petit signal d'alarme. Les chiens enfermés dans la maison se mirent à hurler.

– Il est temps que j'y aille.

– Vic, vous ne m'avez pas dit votre nom !

– Victor Fontaine.

Il lui donna ce nom bidon parce qu'il savait que l'autre allait se jeter sur Google pour le suivre à la trace.

Victor serra la main de Charles et le remercia pour la soirée. De grosses gouttes commençaient à s'écraser sur la terrasse, comme d'épaisses gouttes de cire et il entendit Josépha murmurer :

– Je vais vous ramener, vous n'aurez pas le temps de rentrer.

Et elle passa devant eux et entra dans la maison.

– Vous êtes à pied ? demanda Charles.

– Oui, je n'ai pas de voiture.

L'homme le regarda comme s'il avait dit une absurdité et le poussa à l'intérieur à la suite de sa femme.

Il y avait trois voitures dans le garage ; une voiture de ville, un pick-up à la benne bâchée, rutilant comme un jouet d'enfant, et un énorme 4x4 verdâtre et couvert de boue. Josépha était en train d'actionner la porte du garage.

– Montez, lui dit-elle.

Il se dirigea vers la voiture de ville mais Josépha ouvrit la portière du 4x4 et se hissa à l'intérieur. Il la suivit, dut s'accrocher à une barre pour monter dans l'énorme engin. Les roues étaient hautes comme celles d'un camion, il y avait de vieux sièges défoncés à l'intérieur, des outils et des chaînes qui traînaient sur le plancher. Elle mit le moteur en route et un grondement de tracteur remplit le garage. Il fit un signe à Charles à travers la vitre boueuse. Devant le train de roues, il avait un peu l'air d'un nain de jardin.

Josépha alluma les phares et l'engin cahota sur le chemin forestier qui passait derrière la maison, puis les roues trouvèrent le bitume et elle accéléra.

Ils traversèrent le village dans les ronflements du moteur puis elle prit la route qui grimpait à travers la forêt. Elle ne disait rien, elle roulait vite, les phares puissants déchiquetaient les arbres, elle lançait l'engin contre la montagne. Victor était fasciné par l'image qu'elle donnait ; concentrée, frêle et souple comme un bouquet de roseaux noirs en prise avec la mécanique. Sa main pâle actionnait le lourd levier de vitesses, poussant et tirant comme si elle l'enfonçait dans le moteur, les spartiates dansaient sur les pédales. Elle maniait la voiture avec l'air de la dresser, de la pousser dans ses retranchements. On eût dit qu'elle montait à cru un cheval au galop. Victor se retenait à la portière, des éclairs blancs, silencieux, zébraient la forêt.

Il sentait le plaisir et la rage de la femme. L'orage les frappa au milieu du chemin, il y eut un craquement monstrueux et des trombes d'eau s'abattirent sur la route. La pluie crépitait sur la tôle, le pare-brise fut noyé en un instant, elle lança les essuie-glaces et accéléra encore comme si elle n'attendait que ce moment pour se jeter dans la vague. Il ne vit rien du reste du chemin, balancé dans les ronflements du moteur, les éclats de la foudre et les monstrueux fracas du tonnerre qui semblaient faire rouler la montagne sur la route. Josépha s'enfonçait, seule, dans une nuit de fureur.

Quand elle arrêta la voiture devant la maison et coupa le moteur, il eut la sensation de retomber brusquement et de reprendre son souffle. La pluie versait dans un bruit assourdissant et noyait l'habitacle. Josépha était tournée vers lui, paisible et silencieuse, son bras gracieusement abandonné sur le vieux siège. Il n'arrivait pas à lire ce qu'il y avait dans son regard, il avait l'impression de se trouver devant une inconnue et que la soirée allait commencer. Mais il dit simplement :

– Merci, Josépha.

Elle avança doucement les lèvres pour prononcer un mot qui ne vint pas. L'eau ruisselait derrière elle sur la vitre. Il pensa aux photos et au torrent qui coulait sous sa maison.

– Vous voulez entrer ?

Elle secoua négativement la tête, dans un mouvement lent et qui semblait presque à regret. Il chercha sur sa bouche un sourire qui ne vint pas.

– Vous êtes sûre ?

Le sourire vint, fragile, complice, qui rendit un instant sa bouche terriblement sensuelle.

– Vous savez bien que je ne peux pas.

Il trouva sa réponse d'une sincérité et d'un courage extraordinaires. Elle passa les deux mains dans ses cheveux, les étira encore sur sa nuque et montra son cou pâle, piqué de grains de beauté. Puis elle retrouva le regard de Victor qui l'attendait.

– C'est Charles qui voulait vous voir.

Il hocha la tête, se détourna et ouvrit la portière.

– J'ai passé un moment merveilleux dans cette voiture, lui dit-il avant de repousser la porte.

La pluie le frappa jusqu'à la maison, le fouilla comme si elle cherchait sa peau.

Puis il entendit le grondement du moteur et le bruit de l'engin qui s'éloignait sur la route.

Il trouva Josépha dans sa chambre au bout d'un escalier, à peine visible dans la pénombre, devant la fenêtre dont elle avait repoussé le volet. Elle contemplait le torrent qu'un lampadaire éclairait vaguement. Il resta sur le seuil à regarder sa silhouette mélancolique. Le grand lit conjugal avec ses oreillers et son édredon soigneusement tiré semblait remplir la pièce et avait quelque chose de vaguement menaçant, comme s'il dissimulait des agissements qu'un étranger n'avait pas à connaître.

– Josépha ?

Elle ne dit rien, ne bougea pas. Il ne voulait pas entrer dans cette pièce. Elle le savait, c'est pour ça qu'elle était là.

– Dis-moi simplement où ils sont allés. Je vais aller le voir.

– Non.

Elle tourna la tête et le dévisagea.

– Je n'ai pas le choix, sinon il faut que je parte. Je n'ai pas l'intention de partir.

– Charles ne veut pas que tu partes, il veut que pendant une semaine on reste là à réfléchir, à l'attendre et à avoir peur.

– Pourquoi s'en prendre au chien ?

– Il n'aime pas que les choses finissent, il aime qu'elles pourrissent. Il veut qu'à chaque fois que tu rentres chez toi, tu penses à ce chien mort. S'il n'avait pas peur des conséquences, c'est moi qu'il aurait tuée et laissée sur le sol de ta cuisine.

C'est ce qu'il s'était dit dans le chemin qui descendait jusqu'à la maison de Charles. Ce n'était pas du chien mort dont ils allaient parler. Charles savait qu'il était l'amant de Josépha, tout le monde le savait dans la Vallée. C'était une faute, un problème qu'il fallait régler, comme s'ils défiaient tout le village. Ils avaient mis en péril l'équilibre dans lequel ils vivaient. Mais Charles ne voulait pas de cette confrontation.

– Tu ferais peut-être mieux de partir.

S'il disparaissait, on l'oublierait. Josépha serait peu à peu rétablie dans la communauté ; on lui ferait sentir le poids de sa folie, de son égarement jusqu'à ce qu'elle renonce à cette partie d'elle-même. Après, elle serait leur obligée et Charles régnerait sur elle comme il régnait sur ses chiens et sur la vie du village.

– Tu as raison, Josépha. Il ne veut pas que je parte. Il veut que ce qu'il y a entre nous pourrisse et nous empoisonne.

– Viens m'embrasser. J'ai froid et je me sens un peu morte, ici, toute seule.

Elle se tourna vers lui, provocante. La première fois qu'il l'avait touchée elle lui avait dit : *« Vous savez, je suis frigide mais j'aime embrasser. »* Il entra dans la chambre et dans les quelques pas qu'il fit, il sentit de nouveau cette distance. La chambre était la dépendance glacée de l'âme de Josépha, l'endroit où elle attendait tapie dans l'ombre. Il l'enlaça, il ne ressentait rien. Ce n'était pas l'amour, ni le désir qui les avaient poussés l'un vers l'autre mais un mouvement désespéré pour échapper à ce que la vie leur avait fait.

Elle était si raide et froide qu'il eut l'impression de se cogner à ses os. Il sentit ses lèvres inertes puis sa bouche s'ouvrit et un lointain goût de menthe toucha la sienne, comme la mémoire d'un autre moment, d'un autre lieu. Il l'effleurait à peine, sa bouche se mit à bouger comme si elle tâtonnait, essayait de parler. Il cessa de penser, il cessa de réfléchir, il attendait quelque chose. Et cela arriva, s'imposa brusquement et il eut l'impression de se réveiller accroché à sa bouche voluptueuse. Elle se détacha et l'entraîna hors de la pièce.

– Viens, je vais te faire du café.

Les baisers de Josépha étaient quelque chose qu'ils avaient inventé. Elle lui prit la main et l'emmena dans la cuisine. Il s'assit et la regarda préparer le café.

Il contemplait son dos raide et le chignon serré sur sa nuque, elle portait une vieille chemise d'homme et un jean large taché de peinture. Elle devait être en train de peindre quand il était arrivé. Elle aimait dessiner et travailler le bois. Elle avait installé un atelier dans une des dépendances où elle sculptait et développait ses photos. Elle lui avait dit qu'elle avait découvert deux choses en vivant ici ; le bois et l'eau.

Elle portait les vieux habits de Charles comme si, même dans l'intimité, elle n'arrivait pas à trouver quelque chose qui fût seulement pour elle. Il avait envie de s'approcher et de défaire son chignon, d'ôter une à une les épingles et de libérer ce nœud tiré et serré jusqu'à la faire souffrir pour voir ses lourdes mèches tomber sur ses épaules. Elle se laisserait aller et il ferait pareil avec les habits de Charles. Apparaîtrait alors ce qui restait toujours caché ; les vêtements resserrés au plus près de son corps qu'elle choyait comme des pensées secrètes, puis sa chair, ses formes si émouvantes dont on ne pouvait imaginer l'existence en la voyant toujours si raide et froide qu'elle semblait ligotée. Alors on découvrait une inconnue ; une femme qui s'était perdue depuis si longtemps qu'elle ne reviendrait pas.

C'était cette femme qu'il avait découverte dans la vie de Charles. Il ne l'avait ni voulue ni cherchée. Elle était apparue par accident, comme un animal sauvage qui surgit brutalement au milieu d'une clairière et vous contemple, hautain, alors que votre cœur se met à palpiter, que mille pensées vous assiègent, et que vous sentez le lourd fusil qui pèse dans vos mains.

C'était cette femme que Charles craignait comme si elle pouvait à tout moment soulever le lourd couvercle de son existence. Elle posa les tasses et le pichet de café sur un plateau, se tourna et l'attendit.

Il la suivit dans la pièce où coulait le bruit du torrent. Le chien dormait devant le feu, le bout de ses pattes tremblait. Il devait rêver à des courses dans les prairies sillonnées d'odeurs et de traces. Elle posa le plateau et servit le café. Il y avait deux fauteuils à longs dossiers qu'elle avait tapissés de tissus rouges. Ils burent le café en écoutant le chien qui gémissait dans son rêve.

– Pourquoi devrais-je partir, Josépha ?

– Pour que tout ça s'arrête.

– Tu veux que je parte ?

– Je ne veux pas que tu partes. Je ne sais que faire de ce qui arrive. Si tu partais, les choses redeviendraient ce qu'elles étaient.

– C'est impossible, Josépha.

– Je sais.

– Pour moi, les choses ne redeviendront jamais ce qu'elles étaient. J'habite cette maison là-haut parce que les choses ne reviendront jamais.

La tasse au bout de sa main se mit à trembler comme les pattes du chien, elle la posa dans un tintement sur la soucoupe.

– Je sais. Excuse-moi, Victor.

– Ce n'est pas ta faute, Josépha. Tu n'as pas fait de mal.

– Je fais semblant depuis toujours. Je peux continuer à faire ça tout le reste de ma vie.

– Tu n'as pas triché avec moi.

– Non, Victor. Je n'ai pas pu tricher avec toi.

– Je vais aller voir Charles et c'est ce que je vais lui dire.

– Non, je t'en prie, non.

– Il faut qu'il comprenne.

– J'ai peur maintenant, Victor.

– Tu n'as pas besoin d'avoir peur. La peur n'a rien à voir avec ça.

Il se leva pour replacer une bûche qui était tombée. Le chien l'accueillit en battant la queue. Il pensa à Pompidou dans le trou qu'il avait creusé. Quand il se retourna, Josépha était là, dans le fauteuil rouge, bien vivante, apeurée, mais vivante. C'est tout ce qui comptait. Charles ne savait pas ce qu'était une femme qui vivait. Charles n'était qu'un imbécile, il allait le trouver et le lui dire.

Il revint vers elle, passa la main derrière sa tête et tira les épingles de son chignon. Il les ôta en regardant son front ; les cheveux tombèrent sur ses épaules, s'enroulèrent sur son cou. Elle ne bougea pas, les yeux levés vers lui. Elle attendait, son visage avait changé, elle se détendait sous sa main. Et soudain ce fut plus facile, comme si toute la pièce en avait été changée. Il s'accroupit devant elle et posa ses mains sur sa taille, pour la sentir derrière les habits de Charles. Et ce qu'il sentait, ce n'était pas du désir, mais le poids des mots qu'il y avait en eux. Ce qu'il lui avait dit et qu'il ne pouvait dire à personne.

– Où sont-ils allés ?

Il voyait le temps s'arrêter dans ses yeux, sur sa bouche et sur ses mains qui attendaient qu'il la touche ; c'était ainsi entre eux. Qu'est-ce que Charles qui égorgeait les chiens pouvait comprendre à ça ?

– Aux Hurtières.

– Il y a qui avec Charles ?

– Ton voisin Barrère, l'employé de la commune, les deux frères du garage Bezon et Christophe, le fils aîné du maire.

Barrère, les frères Bezon et Christophe le Grêlé. Avec Charles, cela faisait un sacré mélange de testostérone.

– Ils sont montés compter les bêtes ?

– Oui, et tirer celles qui sont malades.

Voilà pourquoi ils étaient partis une semaine. La chasse au chamois allait ouvrir mais les choses sérieuses commenceraient plus tard en hiver, avec la neige. Ils étaient allés préparer le terrain.

– Viens dormir chez moi, je partirai tôt demain matin. Je n'ai pas envie que tu restes seule, ce soir.

Elle sourit, effleura sa main et hocha doucement la tête.

– Je vais me changer.

Elle allait quitter la pièce lorsqu'il lui demanda :

– Tu sais où est la clef de l'armoire aux fusils ?

Elle s'arrêta sur le seuil de la pièce, une main levée dans le vide.

– Qu'est-ce que tu vas faire ?

– Je ne vais rien faire. Josépha. Ils sont cinq, avec des chiens et armés jusqu'aux dents…

Quelque chose passa dans son regard puis elle baissa les yeux et refit un nœud de ses cheveux.

– Dans le premier tiroir du bureau.

Il alla dans le bureau de Charles et trouva les clefs dans le tiroir. Il ouvrit la vitrine et contempla les fusils. Il y en avait une dizaine ; des vieux qui appartenaient au père et au grand-père de Charles, lustrés et bien entretenus, et des récents qu'il avait acquis. Les canons luisaient, les crosses bien tournées comme des pièces d'ébénisterie. Il y en avait pour toutes sortes de chasse, certains, noirs, avec de la résine et du plastique mat, qui ressemblaient à des armes de guerre. Il prit un fusil à canons superposés, brillant et léger, et l'ouvrit pour vérifier les fûts. Ils étaient propres et bien huilés, c'était une arme que Charles lui avait prêtée lorsqu'il les avait accompagnés à la chasse l'hiver précédent. Victor n'avait pas tiré, il aurait été incapable d'abattre un de ces chamois au regard fendu et à la robe moirée ; il s'était contenté de suivre les chasseurs et de les observer. Il s'était dit que les bêtes seraient tuées de toute façon et il voulait voir ces gens à l'œuvre. La traque avait été impressionnante dans la montagne couverte de neige. Ces gens étaient de redoutables chasseurs ; ils ne se contentaient pas de se poster, en gilet fluo, avec un fusil à lunette. Ils chassaient à la traque, suivaient les traces des journées entières, faisant corps avec le froid et les rochers, s'approchaient des bêtes avec des ruses de loup et les tiraient à cinquante mètres.

Charles et les autres surveillaient et géraient les troupeaux, faisaient les prélèvements autorisés. Ils chassaient depuis leur enfance, de génération en génération, et régnaient sur la montagne comme les dieux sur l'Olympe.

Victor ouvrit avec une deuxième clef le tiroir où Charles conservait les munitions. Il y avait différentes boîtes selon les calibres, plombs et balles à gros gibier et du matériel pour entretenir les fusils. Il prit une poignée de cartouches et les glissa dans sa poche. À quoi servirait un fusil vide ? Il allait fermer le tiroir lorsqu'il vit une pile de photographies dans un coin. Il les sortit pour les regarder.

C'était des photos de chasse ; gens à l'affût, bêtes dévalant les éboulis, Charles et les autres autour d'un feu levant leurs verres devant les cabanes de chasse et toute une série de types posant devant des bêtes mortes, leur sang tachant la neige. Il feuilleta rapidement la pile, reconnaissant certains habitants du village derrière leur trophée ; tout un tas de chamois, chevreuils, et cerfs élaphes, le regard mort, vautrés sur le sol ou disposés avec artifice devant les fusils croisés, des couronnes de feuilles sur leurs bois. Puis il tomba sur une photo au milieu des autres qui lui arrêta le cœur.

C'était Josépha. Elle était allongée sur le lit de sa chambre, nue, les bras tirés en arrière, les mains attachées au montant du lit. On ne voyait pas son visage, tourné sur le côté, ses cheveux défaits couvraient sa figure et ses épaules. Son corps pâle avait la raideur d'une statue et luisait faiblement dans le gris d'une aube qui tombait de la fenêtre. Il fixa le cliché comme s'il attendait qu'il s'anime, qu'elle bouge et parvienne à lui montrer son regard quand il entendit ses pas dans l'escalier.

Ils montèrent le chemin jusqu'à chez lui. Il marchait derrière elle, le fusil à l'épaule, suivant son ombre qui glissait sans bruit sur le sentier. Ils ne disaient rien, ils n'avaient pas parlé en quittant la maison. Ils avaient conduit dans la remise le chien qui s'était mis à gémir et à renifler en cherchant ses compagnons qui étaient dans la montagne.

Il y avait deux alpages accrochés sous les sommets. Pour atteindre les Hurtières il fallait contourner une falaise, grimper jusqu'au col et prendre une route qui montait dans la forêt jusqu'à la gorge qui ouvrait sur l'alpage. C'était un trajet d'une quinzaine de kilomètres. Victor n'avait pas l'intention de prendre une voiture, il pouvait rejoindre les Hurtières en partant de chez lui, grimpant dans la forêt jusqu'aux Abymes, l'autre alpage qui prolongeait les Hurtières. Il lui faudrait presque la journée pour atteindre les Abymes et traverser le vallon encaissé. Il pourrait dormir dans la cabane et le lendemain, franchir les goulets et arriver juste au-dessus de l'endroit où Charles et les autres se trouvaient. C'était un chemin qu'il connaissait, long et périlleux par endroits, impraticable en hiver. Les anciens refuges des bergers avaient été transformés en cabanes de chasse. Le chalet des Hurtières était le plus grand, avec des réserves de bois et de nourriture, un poêle et des châlits pour cinq ou six personnes, celui des Abymes n'était qu'une cabane avec un toit de tôle, un foyer en pierre devant la porte et une source qui coulait le long des éboulis. L'été, ils servaient de refuge aux randonneurs, le reste du temps c'étaient les camps de base des chasseurs qui investissaient la montagne.

L'automne venait d'arriver, il n'y aurait pas de problème ; à moins que le brouillard ou des orages s'en mêlent. Tout ce qui était au-dessus de la Vallée avait ses propres règles. Celles que voulait imposer Charles au village n'auraient plus cours là-haut.

Ils entrèrent dans la maison qui était sombre et froide. Josépha resta debout au milieu de la pièce, comme une visiteuse, pendant qu'il allumait et rangeait les affaires qu'il avait laissées sur le sol.

– Tu veux que je fasse du feu ?

– Non, répondit-elle.

Elle frissonnait, elle portait la robe noire qu'elle avait lors du dîner chez elle, plus d'un an auparavant. On eût dit qu'elle venait de descendre de son 4x4 grondant, laissant l'orage et sa colère dehors, pour venir faire sa connaissance.

– Tu veux boire quelque chose ?

Elle secoua négativement la tête. Il la prit par la main et l'emmena dans la chambre.

La pièce était petite et pratiquement vide ; un lit étroit et une tablette avec une bassine et une cruche émaillées. Les murs étaient nus, la fenêtre minuscule ouvrait sur la forêt, le plancher en bois brut, lessivé et usé comme le pont d'un bateau. Sur une chaise était posée une photo encadrée où les visages d'une femme et d'une jeune fille souriaient, joue contre joue, leurs cheveux mêlés dans la même blondeur dorée. On eût dit la cellule d'un moine où la figure de Dieu aurait été remplacée par ce double visage féminin blond et rayonnant.

Josépha ôta sa robe d'une torsion du buste et s'allongea sur le lit. Il défit ses vêtements en regardant le portrait et se coucha contre elle.

Il se réveilla à cinq heures, il faisait nuit. Il se dégagea doucement du corps de Josépha et sentit la fraîcheur et l'humidité qui régnaient dans la pièce. Il avait mal dormi, même s'il avait l'habitude du lit étroit avec elle. Elle venait parfois dormir avec lui quand Charles s'absentait pour son travail. Ils restaient l'un contre l'autre à chuchoter dans le noir. C'est là qu'il apprit à la connaître. Ils étaient à moitié nus, étroitement serrés, ne bougeaient pas ; leurs voix se mêlaient comme s'ils appelaient un être enfoui en eux. Si le désir montait de leurs corps enlacés, ils se taisaient, attendaient, surveillaient ce trouble comme les prémices d'une douleur qu'ils redoutaient. Le trouble s'éloignait et ils se remettaient à parler. Quelquefois la brûlure les submergeait.

C'était quelque chose de sentir monter dans le souffle de Josépha la vague qui menaçait de les emporter. Mais l'amour qu'ils faisaient, ils le réservaient pour la lumière ; pour la pièce blanche de sa maison où elle aimait s'abandonner, pour son atelier où la sensualité était une œuvre qu'ils accomplissaient, en secret, à peine séparés des autres.

Il remonta la couverture sur l'épaule de Josépha et sortit de la chambre en songeant au long chemin qui l'attendait dans la montagne. Il s'assit dans la cuisine, les pieds nus sur le carrelage, repoussa sa lassitude. Il revoyait la photo de Josépha attachée à son lit, au milieu des scènes de chasse. C'est là qu'il allait se rendre, dans ce passage étroit qui conduit à la crudité et à la violence. Il n'avait pu se résoudre à lui en parler. Des images violentes l'avaient tiré du sommeil, il la serrait alors contre lui, passait ses mains sur son corps comme un aveugle. Elle s'était mise à soupirer, à émettre de petits gémissements jusqu'au moment où elle l'attrapa si fort et si longtemps qu'il avait joui dans sa main.

Dans le froid et la grisaille de la cuisine, ce moment semblait irréel comme un rêve qu'ils auraient partagé. Il alla s'habiller dans la pièce voisine, revint jeter du bois et du papier dans la cuisinière et mit de l'eau à chauffer pour le café. Il prit son sac à dos dans le couloir et commença à ranger ce dont il avait besoin : du fromage et du pain sec qui lui feraient deux jours, une timbale qu'il pouvait mettre sur le feu, du café, des sachets de soupe chinoise, un couteau et une paire de jumelles. Il rajouta des chaussettes, un caleçon et une pochette qui contenait un imperméable. C'était un sac léger qui ne le ralentirait pas, il le laissa dans le couloir et alla faire le café.

Victor ignorait ce qui allait se passer là-haut mais ce ne serait pas long. Il comptait être rentré le lendemain dans la soirée. Charles serait décontenancé par son arrivée et il allait profiter de la surprise et de la présence des autres pour lui dire ce qu'il pensait de son esprit pervers. Ce qu'il devrait faire, c'était se poster au-dessus de leur campement et abattre tous ses chiens avec le fusil qu'il avait pris dans sa maison. Mais il savait qu'il ne pourrait pas faire une chose pareille. Dans la nuit Josépha lui avait dit qu'elle craignait qu'il ne revienne jamais. Victor n'avait pas peur de Charles mais il se demandait ce que cette confrontation allait faire de la vie de Josépha.

Il avait réussi longtemps à se tenir à l'écart des gens du village, se contentant de ses rapports anodins avec sa voisine, son travail et les marches dans la montagne avec le chien. Il se tenait à l'écart des avances de Charles qui voulait le mêler à ses projets pour la Vallée et l'intégrer à la communauté des chasseurs. Après le dîner qu'il y avait eu chez eux, il n'avait pratiquement pas revu Josépha pendant l'année qui avait suivi, la croisant parfois dans le village et la saluant d'un mot ou d'un simple signe de tête. Il avait répondu à quelques invitations à des réunions au café pour ne pas passer pour un sauvage, et il avait accepté une fois d'accompagner Charles à une sortie de chasse. Le reste du temps il cherchait à se faire oublier. Charles montait au hameau voir son voisin Barrère et cherchait des prétextes pour voir Victor et entrer chez lui. Il l'avait reçu une ou deux fois sur le pas de la porte, prétextant du travail, puis il avait fini par ne plus répondre à ses coups de sonnette. Charles avait changé de tactique et s'était mis à le surveiller et à poser des questions à sa voisine pour comprendre ce que Victor pouvait bien faire ici. Il savait que Charles, un jour, avait forcé sa boîte aux lettres. Victor ne recevait pas de courrier, l'autre n'avait trouvé que des prospectus et des invitations à des vide-greniers.

Il réussissait tant bien que mal à préserver sa solitude mais un soir, à la tombée de la nuit, on avait frappé à sa porte. Il travaillait sur un dossier compliqué et depuis trois jours, il n'avait pas mis le nez dehors. Il vivait devant son ordinateur, au milieu d'un tas de papiers, de tasses, de verres et d'assiettes qui s'empilaient. Il vivait entre son écran et son lit où il se traînait au milieu de la nuit. Les volets étaient tirés, l'atmosphère était confinée et sentait le feu et l'odeur des cigares qu'il aimait fumer en travaillant. Il n'était pas rasé et il avait besoin de prendre une douche. Les coups à la porte le firent sursauter ; sa voisine savait quand il s'enfermait et ne le dérangeait pas. Il ne bougea pas et replongea dans l'organigramme de ces sociétés à capitaux privés qui travaillaient pour l'État. Elles assuraient les suivis de contrats d'armement et de formation à la technologie. Mais quel était le statut des intermédiaires ? On frappa à nouveau et il entendit le jappement du chien qui l'accompagnait dans ses promenades et faisait ce genre de bruit quand quelque chose le gênait. Il se demanda si ce fichu chien savait taper aux portes et se leva sans réfléchir.

Un souffle d'air froid mélangé d'odeur de feu et de sapin l'envahit lorsqu'il ouvrit la porte et toucha la moindre de ses cellules ; celles qui étaient mortes, jusqu'à celles de sa mémoire où dormait son ancienne vie. Un instant il ne sut plus où il était, comme si le temps se contractait, la maison derrière lui battait comme un cœur lourd. Le chien était sur le seuil, il passa près de lui et entra tranquillement à l'intérieur.

Mais il n'était pas seul ; un peu en retrait, cachée dans la pénombre, se tenait Josépha.

Il ne savait pas quoi faire. Il se sentait vulnérable. Il eut l'impression qu'on avait forcé sa porte et les barrières de son esprit.

– Victor, vous allez bien ?

Il savait de quoi il avait l'air et il n'aurait pas voulu qu'on le voie ainsi.

– C'est vous, Josépha ?

Elle avança et il vit son visage aux cheveux tirés, sa silhouette d'oiseau dessinée dans le noir. Il eut un instant de panique, comme s'il allait s'écrouler devant elle ou lui claquer la porte au nez.

Mais elle dut le sentir, elle bougea à peine, conservant une zone d'ombre entre eux, baissa les yeux pour ne pas le dévisager.

– Je suis désolée de vous déranger, Victor. C'est le chien, je ne sais pas quoi faire…

– Le chien ?

Et il entendit vaguement l'histoire qu'elle lui racontait. Son maître était parti, emmené par une ambulance. Depuis une semaine le chien errait dans le village, il mendiait sa nourriture, aboyait la nuit. Personne n'en voulait, les gens excédés le chassaient à coups de pied. Charles, son mari, avait décidé de l'abattre. Elle était venue voir s'il ne voulait pas s'en occuper : *« Pourquoi ne le prendriez-vous pas avec vous, il vous aime bien, il vous tiendrait compagnie… »*

Victor voyait sa gêne, elle avait l'air de faire quelque chose de difficile, comme s'il lui avait fallu tout son courage pour monter jusqu'ici et frapper à sa porte.

– Je ne sais pas pourquoi je vous demande ça…

Elle s'interrompit, le dévisagea inquiète.

– J'ai cru… Il m'a semblé que vous n'étiez pas comme nous…

Il ne savait pas quoi dire. Josépha avait l'air de lui confier un otage. Son mari voulait le tuer, elle avait pensé à lui parce qu'il n'était pas comme *eux*. Il ne pensa pas au chien, il se dit que cette femme paraissait savoir des choses sur lui qu'il ignorait.

– D'accord Josépha. Je vais le garder, je vais m'en occuper.

Elle hocha la tête, recula, secoua encore la tête comme si elle pesait la décision.

– Merci Victor.

Et elle commença à descendre le chemin. Il la regardait atteindre la route, silencieuse comme une ombre, lorsqu'elle se retourna et revint vers lui.

Cette fois elle approcha tout près. Il vit ses yeux et son regard, rajoutés à sa silhouette. Il vit ses habits sombres, ses jambes nues, sa main qui tenait son col contre son cou. Il se demandait ce qu'il pourrait voir si elle s'approchait encore. Sa proximité lui fit brusquement comprendre qu'il était vieux, sale et fatigué.

– Vous connaissez un endroit qui s'appelle le Pas du Cheval ? demanda-t-elle.

– Oui.

C'était un endroit du torrent qui traversait la Vallée. Une zone encaissée où il coulait calme comme une rivière avant de se transformer en cascade qui explosait sur les rochers.

– J'y serai demain, toute la journée. Je vais faire des photos. Si vous voulez passer, je vous montrerai quelque chose.

Il n'eut pas le temps de lui répondre, elle était déjà dans le chemin avec son pas de danseuse. Il gardait le chien et elle lui montrait quelque chose. Il avait vu les photos qu'elle prenait, elle voulait lui montrer quelque chose que les autres ne voyaient pas.

Il retourna dans la maison, il lui trouva un air sombre, abandonné. Le chien était couché au pied de sa table, la tête entre les pattes. Il remua la queue lorsqu'il le vit avancer. Il alla dans la cuisine chercher un bol d'eau qu'il posa devant son nez. Le chien ne s'y intéressa pas.

Il s'était assis en face de lui. Le chien semblait veiller sur le mystère que Josépha avait laissé.

Victor sortit de la salle de bains et alla s'habiller. Il mit un jean, un tee-shirt et un pull, passa ses chaussures de marche. Il sortit d'un tiroir des guêtres en nylon et les posa sur le sac dans le couloir. Josépha était dans la cuisine, assise à la table, enveloppée dans la couverture dans laquelle ils avaient dormi.

Il prit la cafetière et les bols et s'assit en face d'elle. Elle avait remis ses sous-vêtements, la couverture bâillait sur son corps pâle. Elle le regarda, la bouche lourde, ensommeillée, et commença à tirer ses cheveux en arrière et planter des épingles dans son chignon.

L'intimité était très forte dès qu'ils étaient ensemble. Elle s'était installée dès les premiers moments. Ils n'avaient pas eu d'efforts à faire ; elle était là et ils n'avaient fait que l'accepter. Longtemps ils s'étaient vus sans qu'il y ait le moindre geste entre eux. Un jour, il l'avait touchée machinalement, il avait posé son doigt sur son épaule qu'une bretelle glissée avait découverte. C'était un geste anodin, presque instinctif, comme si cette jolie peau blanche inconnue lui rappelait quelque chose et s'offrait un instant avant de retourner se cacher. Elle avait souri, remonté la bretelle, et lui avait dit d'un air sérieux, presque étonné : « *Vous savez, je suis frigide mais j'aime embrasser.* » Il n'en avait plus parlé, comme si ce geste fugace ou cette épaule ne la concernaient pas.

– Je veux venir avec toi.

Elle tenait son bol à deux mains, les coudes sur la table, les yeux brumeux de sommeil.

– Non, Josépha. Si nous débarquons là-haut tous les deux, comme un couple devant tout le monde, tu vas être obligée de le quitter.

– On pourrait monter dans la voiture et disparaître.

Ils iraient se cacher dans un endroit encore plus reculé. Ça durerait huit jours, peut-être un mois, puis elle reviendrait dans la Vallée. Charles l'attacherait plus serrée dans son lit. Victor se retrouverait dans un endroit quelconque et il penserait à elle.

– On ne peut pas aller ailleurs.

– C'est pour ça que je veux venir avec toi.

– Non.

– Charles est très fort, il savait ce qu'il faisait en tuant le chien. Nous sommes battus, Victor ; soit tu t'en vas parce que le statu quo est fini, soit tu rends Josépha à son mari. Il la reprend comme elle était et la vie continue au village. Personne ne lui demande son avis, elle est comme la bête malade dans le troupeau.

– Ne dis pas ça, Josépha.

– Pourquoi ? Si tu y vas seul tu ne reviendras pas, il va te tuer. Si tu reviens, tu seras comme eux. C'est pour ça qu'il faut que j'aille avec toi.

– Personne ne va tuer personne. Je vais devoir lui dire pourquoi je suis venu ici. Je vais monter lui expliquer ce qui est arrivé. Personne ne va mourir…

– C'est ce que tu crois.

– C'est de ma faute. Tu n'y es pour rien, je ne veux pas que tu viennes.

Elle posa son bol, le regarda longtemps, il voyait qu'elle ne trouvait plus de mots. Son regard se brouilla, quelque chose de dur et d'étincelant passa dans ses yeux ; pareil à une faux dans un champ.

– Alors Charles a gagné, dit-elle en se levant.

La couverture tomba de ses épaules et elle quitta la cuisine. Son corps frêle, à moitié nu, sembla se dissoudre dans la pénombre du couloir. Il eut l'impression de la laisser tomber, de l'abandonner à l'hiver qui allait arriver. C'est elle qui avait eu tous les courages et pris tous les risques. Peut-être que Charles avait gagné.

Il déposait les bols dans l'évier quand il entendit quelque chose.

Il ne bougea plus, les mains sous l'eau froide, il se dit qu'il avait rêvé.

C'était quelque chose qu'il entendait la nuit. Ou quand il marchait dans la montagne ; un déclic dans sa tête qui voulait exister au milieu du vent, du bruit du torrent. Un déclic qui voulait grandir, grossir ; violer le silence et tuer.

Il coupa l'eau et il l'entendit une seconde fois, clairement.

Le claquement d'une culasse de fusil.

Il hurla le nom de Josépha, renversa la table et bondit dans le couloir.

Elle était là, droite, maigre, à moitié nue, grise et raide comme la femme attachée aux barreaux de son lit. Elle tenait dans ses deux mains le fusil de Charles, le canon enfoncé sous son menton, les doigts emmêlés au fer du pontet. Il ne voyait pas ses yeux, le visage soulevé par le métal brillant fiché dans sa gorge.

– JOSÉPHA JE T'EN PRIE ! OH MON DIEU JOSÉPHA JE T'EN PRIE ! ILS NE VONT PAS GAGNER. OH MON DIEU JOSÉPHA ! PAR PITIÉ JOSÉPHA ! CHARLES N'A PAS GAGNÉ…

Le jour où il était allé la rejoindre au Pas du Cheval, il eut du mal à retrouver le chemin. L'endroit n'était pas marqué sur la carte, la plupart des noms du torrent étaient oubliés. Victor connaissait l'endroit, il s'y rendait souvent avec son père. Il se souvenait des trous d'eau où ils pêchaient, qu'ils retrouvaient d'année en année, mais il avait oublié les chemins qui y menaient. Sa mémoire conservait comme un film la vision du torrent, gardait le moindre détail des tourbillons, des cascades, du chemin tortueux que faisait l'eau entre les roches mais avait effacé tout ce qui était autour, comme si le torrent était devenu une chose intime, une expérience solitaire enfouie dans sa mémoire.

Il avait remonté tant de fois ce torrent qu'il se dit qu'il lui suffirait de se rendre au bord de l'eau pour trouver le chemin.

C'est ce qu'il fit. Il partit vers quinze heures avec le chien, dévala une prairie derrière sa maison, traversa le pont à la sortie du village et entra dans la forêt de hêtres et de sapins qui montait sur le flanc de la montagne. Il grimpa un moment sans s'occuper du torrent, il savait qu'il allait le retrouver plus haut à un endroit qui s'appelait Les Cuves.

C'était un jour de mai froid et brumeux, à cette époque le soleil ne touchait jamais ce côté de la Vallée. Le ciel était gris et montait en écharpe le long de la pente, s'accrochait aux falaises et se mêlait comme une fumée aux roches nues des sommets. Il marcha un moment dans un chemin qui faisait des boucles puis obliqua dans un sentier étroit qui grimpait rudement sur le flanc de la forêt. Le chien était devant, faisait semblant d'ouvrir la route puis se pliait de bonne grâce à la volonté de Victor comme si ce n'était pas la peine de faire des histoires. La forêt commença à changer, on apercevait de grandes plaques rocheuses entre les arbres ; l'endroit était sombre, gorgé de mousses noires et de troncs déchiquetés. Il entra dans l'ombre froide, monta dans un lieu encore plus sombre et froid, le chien marchait maintenant derrière lui, et bientôt il entendit le bruit de l'eau qui semblait sourdre d'un monde hérissé et défoncé comme un champ de bataille.

Il atteignit un promontoire et se mit à grimper sur les rochers glissants, s'accrochant aux racines et aux aspérités. Le chien le regarda d'en bas puis disparut d'un bond derrière les blocs. Victor savait qu'il finirait bien par trouver un chemin.

Au sommet, la pente dévalait dans un chaos de roches et de troncs jusqu'à une gorge étroite où coulait le ruisseau. Il descendit entre les arbres, faisant des boucles pour trouver un passage. Il dominait le torrent qu'il apercevait entre les arbres. Le bruit montait, commençait à assiéger sa tête et sa poitrine. Il entrait dans le territoire du torrent qui régnait en maître sur la forêt. Il retrouva cette impression d'approcher un monstre contenu dans le fer de ses rives. Le torrent frappait et léchait dans des méandres fous le moindre recoin de son lit, montrait un état de la matière qui faisait douter de la solidité du monde.

Victor descendit prudemment sur la rive escarpée au plus près de son haleine glacée ; il était dangereux. Le bruit vous mêlait à sa fureur, vous jetait sa peau froide à la figure. Il resta un moment devant les troncs brisés, les branches qui tournaient dans les trous comme les pièces d'une mécanique disloquée puis il recula, trouva un sentier qui longeait la berge.

Il atteignit l'endroit qu'on appelait Les Cuves ; deux trous qu'on avait agrandis à la barre à mine jusqu'à en faire des retenues qui avaient alimenté une turbine pour les machines d'une scierie. Il n'en restait que des tôles rouillées.

Il retrouva le chien qui montait vers lui sur le sentier, sa fourrure était trempée ; il avait dû négocier chèrement son passage dans le torrent. Le sentier bifurqua et déboucha sur un chemin forestier où il vit le gros 4x4 qu'utilisait Josépha garé sous les arbres. Il était vide et fermé, ils le dépassèrent et trouvèrent la sente qui descendait au Pas du Cheval. C'était une piste à peine marquée qui menait à une gorge qui dominait l'eau sur une trentaine de mètres. Le chien ouvrit la voie en pliant les pattes, le ventre au ras du sol. C'était un endroit où, quand la neige était encore là, son père accrochait une corde à un arbre pour assurer la descente. L'eau bouillonnait quinze mètres plus bas, sous l'à-pic.

Ils atteignirent une langue rocheuse bordée de fougères sous laquelle le torrent coulait enfermé dans la gorge comme dans un berceau, des empilements de roches verrouillaient l'endroit dans un barrage naturel. Il ne faisait plus de bruit, calme et paisible comme une rivière. Le lit était bordé de plages de gravier, les arbres se courbaient au-dessus de l'eau où l'on voyait des bancs de truites passer comme des volées de flèches brillantes.

Josépha était au milieu du torrent devant le mur de rochers où l'eau ruisselait comme d'une fontaine gothique. Le chien l'aperçut avant lui, Victor le retint par la peau du cou ; il ne savait pas encore s'il avait envie de la voir.

Elle était enfoncée à mi-cuisse dans l'eau, son appareil photo devant elle fixé sur un trépied. Elle était vêtue d'un cycliste noir dont elle avait roulé les jambes sur ses cuisses, une écharpe enroulée autour de son cou retenait ses cheveux. Il se dit que l'eau devait être glacée. Elle ne bougeait pas, elle se penchait sur le viseur puis relevait la tête ; elle semblait attendre quelque chose. Il l'observa, surveillant les gestes qu'elle faisait. Elle interrogeait le torrent qui coulait le long de ses jambes, guettait la lumière. Puis il se passa quelque chose.

Le brouillard surgit brusquement sur les rives. Il arrivait de tous côtés, avançait au-dessus de l'eau, glissant sur les rochers dans des volutes qui se mêlaient et encerclaient lentement Josépha. Il la vit se raidir et regarder autour d'elle. Elle se pencha sur le viseur. Le brouillard l'encercla avant de l'envelopper comme s'il la traversait. Son corps devint flou, parut vibrer et se désagréger.

Le chien tremblait sous la main de Victor, il avait envie de bondir. Les nuages descendaient à une vitesse fulgurante, étouffaient tout ce qui se trouvait devant eux. Josépha n'était plus qu'une image tremblante, une tache sombre qui se diluait au milieu du torrent. Elle tourna la tête, jeta un regard aveugle dans sa direction. Elle semblait savoir qu'il était là. Puis elle disparut comme si on avait tiré un rideau devant elle.

Il n'y eut plus rien. L'eau coulait pareille à une lame agitée de frémissements.

Il entendit la voix de Josépha, elle l'appelait. Il scruta le mur mouvant. Elle savait qu'il était là. L'écho de son nom roulait dans les rochers. Il s'accrocha au chien et ils s'enfoncèrent dans le brouillard.

Ils la trouvèrent assise au bord du torrent, près d'un sac à dos militaire, son appareil et le pied replié posés sur un rocher. Elle essuyait ses jambes avec une serviette, elle sourit en voyant Victor et le chien surgir entre les arbres.

– Victor, vous êtes venu.

Elle passa un jean et des chaussettes, enfila des bottes. Elle repoussa le chien qui voulait la lécher.

– Vous saviez que j'étais là ?

– J'ai senti une présence derrière moi. J'ai eu peur, j'ai souvent peur quand je suis seule dans la forêt. Alors j'ai espéré que c'était vous.

– De quoi avez-vous peur ?

– De tout. Venez, remontons, il fait froid ici.

Ils grimpèrent la pente en s'accrochant aux pierres et aux branches, elle montait souplement malgré le poids du sac. Elle était essoufflée en arrivant à la voiture ; elle posa le sac à terre, ses mains tremblaient légèrement, ses joues avaient rosi sous l'effort. Elle sortit un thermos. Il y avait autour d'eux un silence prodigieux. Elle rangea l'appareil et boucla le sac, ouvrit le coffre et le déposa à l'intérieur.

– J'ai déjà été prise dans un brouillard pareil.

Elle lui tendit une timbale de café. Elle le regardait, hésitait. Elle attendit qu'il ait bu le café. Elle reprit la timbale et la serra entre ses mains.

– J'étais à la chasse avec mon mari. Je m'étais éloignée de lui depuis un moment. Brusquement j'ai senti qu'il me regardait dans la lunette de son fusil. Il était quelque part, dissimulé, peut-être à des centaines de mètres et il me regardait dans la lunette de son fusil. J'ai pensé qu'il allait me tuer, qu'il allait me traverser le cœur avec une de ces balles à gros gibier…

– Qu'avez-vous fait ?

– Rien. J'attendais le coup de feu et j'ai entendu comme un bruit de vagues. J'ai vu les nuages descendre de la falaise à une vitesse hallucinante ; je me suis retrouvée dans le brouillard ; je ne savais plus où j'étais, j'avais l'impression d'être suspendue dans le vide. Une dizaine de chamois sont passés devant moi, ils avaient l'air de tirer le brouillard derrière eux.

– Vous pensez que ce brouillard vous a sauvée ?

– Oui. Mais vous savez, tout le monde ici pense que je suis folle.

– Vous en avez parlé à votre mari ?

– Oui, le soir, au retour, je lui ai dit que je savais qu'il m'avait mise en mire. Il a répondu que j'étais hystérique. Je ne suis plus jamais allée à la chasse avec lui.

Elle se détourna et ouvrit la portière pour prendre un bonnet et des gants posés sur le siège.

– J'ai promis de vous montrer quelque chose pour vous remercier d'avoir accueilli ce chien chez vous.

Si vous le voulez, c'est le moment, mais Pompidou ne peut pas venir avec nous.

Elle fit monter le chien dans le coffre et referma le hayon. Il se coucha tranquillement comme s'il était de retour chez lui.

– Vous avez besoin d'être sauvée ? lui demanda-t-il.

Elle se tourna vers lui. Il perçut brusquement la chaleur de son regard, en même temps que quelque chose qui essayait de s'enfuir.

– Je crois que nous avons tous les deux besoin d'être sauvés.

Elle mit son bonnet et ses gants et s'éloigna dans le chemin qui s'obscurcissait. Elle le conduisit plus haut dans le torrent, dans un endroit encaissé où jaillissait une cascade. La lumière avait baissé, une nappe de brume prisonnière du trou s'effilochait entre les arbres. C'était un large cercle bouillonnant de rochers sombres et luisants entouré d'une végétation dense. Le bruit était assourdissant, ils restèrent un instant face à la cascade rugissante, puis elle l'entraîna sur le côté de la chute. C'était un endroit abrité où l'eau tournait en rond sur un lit de gravier. Un rideau de fougères poussait entre les roches, les arbres se serraient sur la pente. Quand ils furent au milieu des fougères, Josépha lui fit un signe et se mit à genoux sur le sol, il s'accroupit près d'elle et elle lui désigna l'endroit où la rive faisait une boucle calme.

Ils étaient complètement dissimulés. Elle avait posé une main sur son bras, ils ne bougeaient pas, le regard tourné vers la rive, écrasés par le vacarme de la cascade. Victor ne comprenait pas ce qu'il devait regarder. La cascade l'hypnotisait, il sentit son corps refroidir, ses muscles devenir durs.

La lumière baissait régulièrement, la cascade avait l'air d'une machine à fabriquer la nuit et le froid. Il sentait la concentration de Josépha comme celle d'un chasseur à l'affût. Brusquement sa main serra son bras et il fut connecté à elle. Sa main glissa le long de son poignet, trouva la sienne. Ses doigts se mêlèrent aux siens et il vit les fougères s'ouvrir et une boule sombre rouler jusqu'à la rive.

C'était un loup. Un loup de quelques semaines qui se redressa sur ses pattes et s'ébroua après sa chute. Il était maladroit, il secouait la tête sous son collier de fourrure grise et semblait cligner des yeux. Puis il s'avança jusqu'à la rive et resta devant la chute, les pattes dans le torrent, s'amusant de l'eau qui le giflait.

Victor arracha sa main à celle de Josépha et se dressa brutalement. Le loup ne le voyait pas, occupé à se lécher sous les rochers. Josépha regardait Victor, stupéfaite. Elle lui hurla quelque chose qu'il ne comprit pas et il vit un second loup sortir au milieu des fougères.

Celui-là était une bête adulte, longue, efflanquée ; l'échine basse et la gueule qui semblait trop lourde et pendait au bout de son cou. Celui-là savait qu'ils étaient là, sans doute une femelle qui surveillait son petit. Elle se tenait face à eux, les pattes légèrement écartées, la gueule baissée et regardait dans leur direction avec des yeux aveugles et froids. Elle paraissait exténuée, malade, elle n'avait pas peur, elle dégageait une impression de sauvagerie et de méchanceté, un dédain mêlé d'épuisement et de renoncement. Le louveteau jouait entre ses pattes, inconscient de ce qui se passait, la bête ne bougeait pas, aussi raide qu'une statue.

Victor lui faisait face, on eût dit que seul le vacarme de la cascade les séparait. La main de Josépha s'accrocha à sa jambe, il fit un pas en avant pour se dégager. La bête le regardait, attendait.

Il savait ce qu'elle attendait ; elle voulait qu'il recule, qu'il s'en aille avec sa femelle et lui laisse la place. Elle était chez elle, elle était fatiguée, elle n'aurait pas la force de se faire une autre tanière. Elle était prête à se battre ; la fuite n'était pas une option. Il avança dans l'eau et ramassa un morceau de bois flotté poli comme un os. Il marcha vers le loup qui attendait, le louveteau fit un bond quand il le découvrit et se cacha derrière sa mère, la femelle se raidit et ne bougea pas.

Il s'enfonçait dans l'eau jusqu'aux genoux, la louve avait un regard mort, glacé. Il avança et elle se mit à trembler, à vibrer, bien plantée sur le sol, sa croupe s'abaissa imperceptiblement comme si elle s'alignait sur une rampe. Ses babines se retroussèrent et découvrirent des dents longues, blanches, bien rangées comme des petites machines de guerre. Sa gueule s'abaissa encore, presque à toucher le sol et il vit les muscles de son poitrail rouler et se verrouiller dans la fourrure grise, ses yeux devinrent des fentes vides.

Il la frappa une fois sur la gueule entre l'oreille et la mâchoire, la bave et le sang giclèrent sur le côté. Il la frappa une autre fois, alors qu'elle reculait pour bondir ; au flanc, juste sous le cou, et lui brisa une patte. Elle trébucha et montra l'intérieur de sa gueule noire, ses yeux déments, et il la frappa encore sur l'échine d'un coup si violent que son bois se brisa et lui laissa un morceau à l'arête tranchante. Il allait le lui enfoncer dans le poitrail quand la bête se tourna, le ventre frottant le sol et s'enfuit en boitant sur trois pattes, la gueule pendante, le louveteau entre les pattes.

Le bruit de la cascade explosa dans ses oreilles. Josépha était dressée au milieu des fougères, un air de folie plaqué sur le visage.

Ils traversèrent le village endormi. Les mains de Victor tremblaient encore. Quand il avait ôté le fusil planté sous le menton de Josépha, il tremblait tellement qu'il crut que le coup allait partir. Il avait éjecté les cartouches avec maladresse, il ne pouvait ni lever les yeux, ni lui parler. Ils étaient restés un long moment l'un en face de l'autre sans pouvoir faire un geste, puis elle avait quitté la pièce. Elle était revenue habillée, ses cheveux coiffés et tirés sur sa nuque.

Ils passèrent le pont et montèrent par la terrasse jusqu'à la maison de Charles. Le chien les accueillit en bondissant, la pièce était encore chaude du feu qui s'était consumé. Josépha monta dans sa chambre, le chien dans les jambes. C'était une grande maison déserte, Charles avait voulu qu'elle soit pleine d'enfants, de jeux et de cris. Il l'avait remplie de chiens, d'habitudes maniaques et de discours obsessionnels.

Victor posa le fusil et le sac, s'assit dans le fauteuil où elle était la veille quand il était venu lui dire que Pompidou était mort. Sur le mur, il y avait la grande photo du torrent dans le brouillard qu'elle avait faite le jour où il avait à moitié tué le loup. Il se demandait s'il devait se lever, retourner chez lui, faire son sac et quitter la Vallée. Si elle ne le trouvait pas quand elle redescendrait, elle ne viendrait pas le chercher, elle ne prendrait pas un autre fusil. Charles reviendrait de la chasse, il lui dirait que Victor avait quitté la Vallée, que le chien qui vivait chez lui était mort et enterré dans la forêt.

Il aurait dû partir le jour où il avait frappé le loup. Il avait abandonné Josépha devant la cascade. Elle avait l'air d'avoir dix ans ; une petite fille en bonnet et en gants de laine perdue dans la forêt. Il lui avait tourné le dos et il avait grimpé les rochers pour retourner chez lui. Le chien l'avait rattrapé sur le chemin. Il était allé se coucher au pied de son bureau et Victor était resté face à lui à voir et à revoir le sang gicler de la gueule du loup, à penser à cette femme qui s'approchait dangereusement de lui. Après, il ne la vit plus. Il la croisait parfois dans le village au milieu des autres, elle semblait ne pas lui prêter d'attention particulière, elle ne parla à personne de l'épisode du loup et bientôt ils portèrent ce silence entre eux comme un secret.

Josépha apparut dans l'escalier vêtue d'une tenue de chasse, le jeune chien toujours dans ses jambes, excité par la promesse de course et de traque qu'il voyait dans ses vêtements. Il se frottait à elle, la gueule levée pour attendre les ordres.

– Je vais faire un thermos de café, dit-elle au bas de l'escalier. Veux-tu que nous prenions la voiture ?

Victor voulait affronter Charles à sa manière et arriver sur lui par les Abymes. S'ils débarquaient au pied du refuge avec la voiture, Charles allait les entendre et se préparer à les accueillir. Ce serait déjà une victoire pour lui de les voir arriver tous les deux et se découvrir. Il était sur son territoire, avec ses amis et ce qu'il dirait aurait valeur de jugement. Victor voulait entrer furtivement sur son terrain comme Charles était entré dans la maison pour tuer le chien. Il ne voulait pas entendre ses discours et ses raisonnements, il voulait observer l'animal capable d'égorger un chien et d'attacher sa femme dans un lit.

– Non, dit-il. Je veux le surprendre. Je veux que nous allions là-haut par la route la plus longue.

– C'est quelque chose que nous allons faire tous les deux ?

– Oui.

– C'est la première chose que nous ferons ensemble, à part nous cacher et nous embrasser au bord du ruisseau.

– Je veux le faire avec toi, Josépha.

Elle était émue et se pencha pour enfoncer ses mains dans la fourrure du chien. Ses yeux étaient brillants quand elle se redressa.

– Je m'excuse pour ce que j'ai fait. J'aurais dû te faire confiance. Mais je n'ai pas l'habitude, je ne sais pas comment faire.

– Je sais, dit Victor. Moi aussi, j'ai oublié ce que c'était. Nous allons essayer.

Elle repoussa le chien et s'approcha de lui. Il se leva et la serra dans ses bras, il sentait son corps frêle sous les habits rugueux qui rappelaient des souvenirs violents d'affûts et de chasse.

– Alors ce n'est pas de ça dont tu as besoin, dit-elle, en se détachant de lui pour prendre le fusil posé sur le sac.

Il la regarda sortir en emportant le fusil. Elle entra dans le bureau de Charles et il entendit le bruit de la vitrine qu'elle ouvrait. Elle revint dans la pièce avec un autre fusil et une boîte de munitions qu'elle posa sur le sac. C'était une carabine 30.06 avec une lunette, un long canon noir, une crosse garnie de caoutchouc et un chargeur amovible. Elle attendait sur le sac, doucement menaçante.

– Allons faire du café, dit-elle. Il faut emmener le chien, il va devenir fou tout seul ici. C'est le préféré de Charles.

Ils reprirent le chemin vers la maison de Victor pour gagner le côté nord de la montagne. Ce versant était couvert d'une forêt de sapins qui montait abruptement jusqu'à la falaise. Après ce n'était plus qu'éboulis, grandes plaques de roches lisses dressées verticalement jusqu'à deux mille mètres. Il y avait des passages escarpés, d'anciens chemins de contrebandiers qui permettaient de franchir la falaise pour atteindre les alpages et après gagner l'Italie. Il n'y avait plus de prairies, ni de cours d'eau. C'était un endroit sombre, sauvage, le sol brûlé par les aiguilles de sapin. Une masse noire, énorme et déchiquetée qui avait donné sa réputation de dureté et de solitude à la Vallée. Elle n'aimait que la neige et la roche, les sapins se gorgeaient des brouillards et des pluies interminables. C'est par là que venaient l'hiver, les éboulements meurtriers, les orages et la foudre qui s'abattaient sur le village. On disait dans la région que même les bêtes fuyaient cet endroit. Pendant la guerre les Allemands y emmenaient des otages pour débusquer les maquisards. C'était par là que les loups, venant d'Italie, étaient entrés dans le pays pour commettre leur propre massacre.

Ils traversèrent le hameau devant la maison de Victor, les fenêtres étaient sombres mais les cheminées fumaient. Victor savait que sa voisine et la femme de Barrère les verraient passer ; rien n'échappait à leur attention. Elles ne diraient rien mais des questions occuperaient leur journée. Que faisait Josépha avec Victor à cette heure ? Elle portait un fusil et lui avait un sac, il y avait un chien avec eux. Si la mère Barrère avait pu, elle aurait appelé son mari mais le téléphone ne passait pas dans les alpages : *« J'ai vu la femme de Charles passer avec le voisin, elle avait un fusil. Ils allaient vers les Abymes. »* Elles ne diraient rien mais elles sauraient qu'il allait se passer quelque chose. La voisine de Victor allait relier cela avec la mort du chien. Elle monterait à l'étage pour voir la direction qu'ils prenaient, après elle s'assiérait pour réfléchir au camp qu'il fallait choisir. Elle aimait bien Victor mais il y avait des règles dans la Vallée. Cet homme et cette femme allaient faire des problèmes. Même si Charles était un imbécile, il était du pays et il savait conduire les choses. Elle se souviendrait de ce que disaient son mari et les vieux du village : *on ne va pas là-haut, les Abymes portent la poisse, on n'y va pas, c'est tout…*

Ils passèrent devant la fourmilière et la tombe du chien, le monticule cuivré paraissait vivant, parcouru de frémissements. On eût dit un petit monument en construction. Ils commencèrent à grimper entre les arbres, il n'y avait pas de chemin ; seulement une pente raide couverte d'aiguilles mortes sur la terre dure et sèche. Josépha marchait devant, elle portait le fusil, crosse à l'épaule, canon vers le bas, le chien collé à sa jambe. Il ne gambadait plus, il avait perdu son insouciance. Il était dressé pour la chasse.

Un matin de l'hiver précédent, Charles avait annoncé au village que Josépha avait disparu. Elle était partie la veille dans la neige avec son sac et son appareil photo et elle n'était pas revenue. Il était allé à sa recherche, il avait suivi ses traces dans les bois derrière chez lui mais il avait neigé toute l'après-midi et quand il était arrivé dans la prairie, il avait perdu sa trace ; la neige avait tout effacé. Il raconta qu'il était allé chercher ses chiens et qu'il avait continué à fouiller la forêt une bonne partie de la nuit en envoyant sa meute sur sa piste. Il raconta son histoire au café du village, en buvant le grog que lui avait fait la patronne. Les gens affolés voulurent organiser une battue mais Charles les dissuada, disant que ça ne servirait à rien ; l'espace était trop grand et il ne savait pas quelle direction elle avait prise. Il avait appelé la gendarmerie et elle allait envoyer un hélicoptère. Il entra dans les détails, expliquant que l'hélico était équipé d'une caméra thermique capable d'analyser les espaces boisés à la recherche d'une source de chaleur, elle était efficace durant quatre jours jusqu'à ce que le corps soit trop refroidi. L'hélico pouvait faire des recherches la nuit, il disposait d'un phare pouvant éclairer un stade de foot à 200 m d'altitude. Les gendarmes l'avaient rassuré, ils allaient la retrouver ; il suffisait d'attendre l'hélicoptère qui allait décoller de sa base et serait là dans les prochaines heures. Il avait obtenu cette aide d'urgence grâce à ses relations à la préfecture. Il mit le village en ébullition, tout le monde s'installa au café pour attendre l'hélico, boire une quantité de grogs et écouter Charles raconter la nuit qu'il avait passée dans la neige avec ses chiens.

Bien sûr l'hélicoptère ne vint jamais. Charles disparut un moment pour donner des coups de fil et réapparut une heure plus tard en disant que Josépha était revenue. Il expliqua qu'elle avait chuté dans le torrent et s'était assommée contre les rochers. Par une chance extraordinaire un randonneur en raquettes l'avait trouvée. Elle n'avait ni papiers, ni téléphone, l'homme l'avait traînée jusqu'à sa voiture et conduite à l'infirmerie du monastère, de l'autre côté du col. Les moines avaient pris soin d'elle et l'avaient discrètement ramenée jusqu'à l'entrée du village. Elle était choquée, tuméfiée mais elle allait bien, c'était un miracle. Josépha avait besoin de repos et Charles qui devait se rendre dans la plaine demanda aux gens de la laisser tranquille. Au retour, il passerait remercier les religieux. Quelqu'un fit remarquer que si Josépha était restée dans l'eau glacée, la caméra thermique n'aurait servi à rien. Pour fêter cet heureux dénouement, Charles offrit à boire à tout le monde.

C'est cette histoire abracadabrante que Paule, sa voisine, raconta à Victor un matin de grand gel. Le génie de Charles avait été de mêler les religieux à l'affaire. Dès qu'il était question de cette communauté, les gens perdaient leur objectivité. L'évocation de ces hommes retirés dans le silence effaçait toute spéculation. À l'idée que Josépha ait été ramenée à la vie par un de ces ermites, le visage recouvert d'une capuche, un grand silence respectueux se faisait dans les esprits.

Mais ce n'était pas l'absurdité de cette histoire qui poussa Victor à aller taper à la porte de Josépha. Il n'avait pas oublié sa terreur quand il avait frappé le loup. Il ne lui avait pas parlé depuis. Il l'imagina enfermée dans les mensonges de Charles, blessée, en proie à cette peur viscérale dont elle lui avait parlé. Il décida de braver les consignes de son mari et d'aller prendre de ses nouvelles.

La neige craquait sous ses bottes quand il descendit au village. Elle écrasait les buissons et les arbres, les maisons avaient l'air ensevelies sous une couche de silence et d'oubli. La rue était déserte, un long trait blanc l'avait effacée pour la rendre aux prairies qui dévalaient vers elle ; la forêt moutonnait comme le ciel descendu au ras des toits. On ne voyait pas la fumée des cheminées, on n'imaginait pas qu'il pût y avoir des gens derrière ces murs qui semblaient des remparts tombés après un siège. Le froid cognait au front, la lumière vous perçait les yeux. La terrasse de la maison de Charles était glacée, des glaçons pendaient aux rambardes. Il fit le tour et alla frapper à la porte de derrière.

Il ne se passa rien, il n'y eut que le silence qui recouvrait la montagne. Il n'y eut même pas d'aboiement de chien.

– Victor ? C'est vous ?

La voix venait de nulle part. Il recula, les fenêtres étaient hautes, on n'y voyait que le reflet des arbres et des champs enneigés.

– Victor ?

Il rabattit sa capuche, plissa les yeux dans la lumière, le froid lui engourdissait les lèvres. Il devait faire moins huit ou moins dix.

– Josépha ?

– Oh ! Mon Dieu, Victor, c'est vous ?

Le bois craqua, la porte s'ouvrit faisant tomber des paquets de neige sur le seuil. Il vit dans l'ombre la silhouette brouillée de Josépha entourée d'une couverture.

– Victor, vous êtes venu.

Elle recula jusqu'au fond du couloir. Il tapa des pieds et entra, referma la porte. Il ôta ses gants, il faisait presque aussi froid dans la maison qu'à l'extérieur. Elle tremblait, sa voix était rauque.

– J'étais dans mon lit, je…

Elle eut un hoquet, écarta la couverture qui l'enveloppait comme une nonne.

Il vit les marques violacées sur son cou et sa poitrine, les bleus sur sa peau blanche jusqu'à son ventre. Son visage sortit de l'ombre, il semblait déformé, mâchoire et lèvres enflées. Son œil droit était à demi fermé, la paupière violette et gonflée.

– Nom de Dieu Josépha…

Elle eut le même étrange hoquet et s'enferma dans la couverture. Elle lui tourna le dos et s'enfonça dans le couloir. Il la suivit avec un moment de retard, il la retrouva dans la longue pièce, assise devant la cheminée froide. Son souffle faisait une buée blanche sous la couverture.

– Josépha, que s'est-il passé ? Pourquoi fait-il si froid ici ?

– Le froid me fait du bien, chuchota-t-elle.

Il s'accroupit devant elle, le cuir des bottes craqua et il n'y eut plus aucun autre bruit. Il voyait ses pieds nus sur les dalles glacées, le froid devait monter jusqu'à son cerveau et arrêter ses pensées.

– Vous êtes venu.

– Charles a raconté une histoire insensée. Il a demandé de vous laisser tranquille.

– Et vous ne l'avez pas écouté ?

– Où est-il ?

– Je ne sais pas, il est parti ce matin, il a emmené les chiens. Il va revenir ce soir. Pourquoi êtes-vous venu ?

– Josépha, vous avez besoin de voir un médecin. Que s'est-il passé ?

– Je n'ai pas besoin de médecin. J'ai besoin de savoir pourquoi vous êtes venu. Pourquoi n'avez-vous pas accepté ce qu'il a dit ?

– Je vais faire du feu, je vais vous faire du café…

– Victor…

Sa voix était un mince fil métallique ; il allait se briser s'il bougeait. Ce n'était pas de feu, ni de café dont elle avait besoin.

– Vous êtes venu parce que vous saviez que Charles m'avait frappée comme vous avez frappé ce loup.

Il ne dit rien, il sentit le froid l'envahir. Elle était nue et blessée sous la couverture, il pouvait la laisser dans la baraque gelée comme Charles l'avait demandé.

– Josépha, pourquoi vous a-t-il frappée ?

– Je lui ai raconté ce qui s'était passé. Je lui ai dit que vous vouliez tuer ce loup. Il adore les loups, tous les gens adorent les loups. Ils croient qu'ils en ont un dans le corps qui leur enseigne la liberté…

Elle se mit à pleurer. Victor regardait l'impressionnante photographie qu'elle avait faite du torrent ce jour-là. Il voyait Charles qui se dissimulait dans le brouillard. Elle bougea pour s'approcher de lui, la couverture s'ouvrit et il vit son corps blanc, ses jambes qui se serraient, ses seins pointus qui tremblaient sous le froid.

– Je lui ai dit que j'étais tombée amoureuse de vous quand je vous ai vu frapper ce loup…

Ils restèrent ensemble toute la journée dans la maison encerclée par la neige. Victor savait que Charles pouvait arriver d'un moment à l'autre mais il s'en moquait. Il avait fait du feu et du café, elle s'était habillée. Elle se réchauffait sur la couverture, devant la cheminée, Victor lui apportait des poches de glace qu'elle tenait contre son visage. Le soir tombé, elle lui dit qu'elle ne pourrait pas passer la nuit dans la maison avec Charles. Elle avait mal dans tout le corps, il l'aida à enfiler ses bottes. Elle mit une toque de fourrure, un long manteau bordé au col et aux manches de parures de vison et ils montèrent jusqu'à la maison de Victor.

Avant de partir, elle ouvrit toutes les fenêtres, laissa la porte de la maison grande ouverte. Le froid se précipita comme un dément à l'intérieur pour fouiller et geler les pièces. Charles allait trouver la maison abandonnée comme un cadavre dans la neige. Ce n'était pas suffisant, elle monta à l'étage, ouvrit un robinet et bientôt l'eau commença à descendre l'escalier comme un petit ruisseau. Il faisait moins dix, elle allait geler dès qu'elle toucherait une pierre. Ils savaient que

Charles n'oserait pas chercher Josépha dans le village, ni clamer que sa femme avait disparu une nouvelle fois. Il craindrait simplement qu'elle ait appelé les gendarmes et qu'ils soient venus la chercher pour la conduire à l'hôpital.

Il avait neigé toute la journée, le chemin avait disparu. On ne voyait plus les murs qui le bordaient, ni les buissons, ni les arbres ; seulement des troncs noirs qui étayaient le manteau qui recouvrait la terre. Ils s'enfonçaient jusqu'aux cuisses dans la neige, Victor soutenait Josépha qui s'accrochait à son bras. Elle était légère comme les branches courbées sous la neige ; il craignait de lui faire mal mais elle bougeait souplement sous son bras. Avec sa toque et son long manteau noir on eût dit un grand oiseau nocturne qu'il avait capturé. La neige craquait, scintillait dans la nuit, de lourds amas tombaient des arbres et crépitaient comme une pluie d'étincelles, le froid mordait à leur bouche. Au hameau la neige montait jusqu'aux toits, des chemins avaient été ouverts à la pelle ; des marches creusées dans la pente.

La maison était encore chaude, le chien les attendait. Il installa Josépha dans un fauteuil. Elle avait les yeux brillants de fièvre. Il la couvrit d'un édredon, lui dit de ne pas bouger. Il prit une hache et sortit. Il tira des bûches de la réserve et les fendit sur la pierre de son seuil. Puis il traversa la route et coupa de longues branches de sapin vigoureuses et saines. Il les traîna devant chez lui et tailla dans les branches d'épais rameaux verts gorgés de résine. Il rentra les bûches et les branches, Josépha somnolait dans le fauteuil.

Dans la salle de bains, il fit couler l'eau dans la baignoire. C'était une pièce un peu délabrée mais l'eau pouvait être brûlante si on lui laissait le temps. Il remplit la baignoire avec une eau fumante qui commença à saturer la pièce de vapeur, il ressortit et revint avec les rameaux de sapin. Il les jeta dans l'eau et en couvrit la surface ; il remua l'eau et les branches et aussitôt une chaude odeur balsamique envahit la vieille salle de bains.

Josépha dormait quand il revint près d'elle, le chien à ses pieds. Il la réveilla doucement et il eut pitié quand elle le regarda de son œil brillant sous la paupière gonflée. Il lui ôta ses bottes, repoussa l'édredon et l'aida à se lever. Elle était sonnée par la fatigue et la marche dans la neige, il défit son manteau, ses cheveux coulèrent sur ses épaules quand il enleva la toque. Il la conduisit à la salle de bains.

On eût dit qu'ils pénétraient dans un sauna. L'air chaud était parfumé de pin et d'odeurs de terre et de forêt. Elle soupira de surprise et se tourna vers lui.

– Entrez dans l'eau doucement, lui dit-il, elle est très chaude. Glissez-vous sous les branches, le tanin des aiguilles et la résine vont vous faire du bien, le sapin est relaxant et stimule la circulation. C'est un anti-inflammatoire et un antiseptique naturel.

Il posa une serviette pour sa tête sur le bord de la baignoire et lui en donna une autre.

– Trempez-la dans l'eau et couvrez-vous le visage, cela dégonflera votre œil. Vous pouvez vous endormir dans le bain, je viendrai vous réveiller avant que l'eau soit froide.

– Victor, je…

– Reposez-vous, je vais faire du feu et vous préparer un grog et de l'aspirine.

Il sortit en ne laissant qu'une minuscule lumière. Il savait qu'elle allait dormir et macérer dans ce thé de montagne.

Il mit du bois dans la cuisinière et fit chauffer de l'eau. Il fit du feu dans la cheminée, les pièces étaient petites et la maison chauffait vite. Il ouvrit la porte de la chambre, c'était l'unique pièce avec un lit, peut-être que Josépha pourrait y dormir. Quand il revint dans la cuisine, l'eau bouillait. Il la versa dans un thermos, rajouta un tiers d'une liqueur fabriquée par les moines. Il jeta dedans deux cachets d'aspirine, ferma et remua comme un cocktail. Les moines avaient fabriqué cette liqueur pour soigner les vieux et les malades. Ils la buvaient ou en frottaient leurs vieux os avant de faire leur jardin ou de couper du bois dans ces parties de la forêt où personne n'allait jamais.

Elle n'avait pas voulu aller à l'hôpital, elle n'avait rien de cassé, elle ne voulait pas porter plainte. Charles était quelque part à rôder dans la montagne, Josépha pensait qu'il était allé avec les chiens dans la cabane de chasse, qu'il allait se saouler et qu'il reviendrait dans la nuit. Il allait se traîner à ses pieds pour se faire pardonner. Charles avait défoncé d'un coup de pied la porte de l'atelier où elle s'était enfermée. Il ne l'avait pas frappée à coups de poing, il l'avait giflée de plus en plus fort avec ses énormes battoirs. Il la maintenait, il la giflait quand elle se débattait. Puis il l'avait violée.

Au bout d'une heure, Victor ouvrit doucement la porte de la salle de bains, l'humidité coulait le long des murs ; la pièce était une serre. Les épaules et le cou de Josépha sortaient de l'amas d'aiguilles et de rameaux qui flottaient sur une eau sombre comme du thé ; on eût dit une mystérieuse créature de la forêt, ses longs cheveux se mélangeaient aux branches. Il toucha son épaule, l'eau commençait à refroidir ; il vit à son regard qu'elle essayait de comprendre où elle était, pour la première fois il vit la couleur de ses yeux.

Il retourna dans le bureau, fit sortir le chien qui avait trop chaud. Le chien s'allongea sous la neige qui recommençait à tomber et regarda les flocons fondre sur son museau. Victor se fit du café avec l'eau qui restait du grog qu'il avait préparé. Il le buvait assis dans la cuisine lorsqu'il vit Josépha sur le seuil, pieds nus avec son grand manteau et une serviette qui entourait ses cheveux.

Il resta un instant sans réagir devant le noir sinueux du manteau et la serviette rouge comme un turban. Personne ne venait chez lui à part sa voisine. Son visage avait rosi dans la chaleur du bain et son œil avait presque complément désenflé ; il restait une marque sur sa joue, ses lèvres avaient la fraîcheur d'un fruit rouge. Il se leva et l'entraîna dans le fauteuil près du feu, son corps roulait sous le manteau et donnait des idées de voyages et de bateaux loin des montagnes et du silence étouffant de la neige.

– Tenez, buvez ça, lui dit-il en versant le contenu du thermos dans une tasse. Aspirine et herbes des montagnes…

Elle souffla et but, sourit en reconnaissant la liqueur des moines.

– Je me sens tellement mieux, ce bain était extraordinaire. Personne ne s'est jamais occupé de moi ainsi.

– Ce n'est rien, je me suis souvenu de mes lectures en coupant du bois dehors. Que comptiez-vous faire dans votre grande baraque glacée ?

– Je ne sais pas. Je ne savais pas quoi faire, j'avais peur et vous êtes venu.

– Vous pouvez dormir dans la chambre cette nuit mais il va revenir. Qu'est-ce que vous allez faire ? Je ne peux pas grand-chose pour vous.

– Je vais m'installer chez une amie au-dessus du village. Charles la déteste, il ne viendra pas me chercher chez elle. Il va devoir s'occuper de sa maison ; tout va geler cette nuit, les tuyaux, le chauffage… Il va devoir vivre comme un ours ou descendre dans la plaine. Ça me laissera du temps.

– Du temps pour quoi ?

– Je ne sais pas, Victor. Simplement du temps. Tout reviendra pareil après.

Elle regardait les flammes en sirotant le grog, son visage se cuivrait dans la pénombre.

– Non, rien ne revient jamais, répondit Victor.

Le chien gratta à la porte, Victor alla lui ouvrir. Il s'ébroua dans le couloir et trotta jusqu'à la cheminée où il s'écroula comme un gros paquet de chair et de fourrure. Victor alla se poster devant le feu et regarda les pieds nus de Josépha et le tas pâle et mouillé que faisait le chien. Ils avaient la même crudité douce et désespérante.

– Je voulais mourir. Pourquoi êtes-vous venu ?

Il sentit sa main sur la sienne. Il ne dit rien, il baissait la tête.

– C'est à cause de ce loup, n'est-ce pas ?

Elle le tira vers elle, attrapa sa tête. Le vison sur sa manche était pareil à la fourrure du loup.

– Qu'est-ce qu'ils vous ont fait, Victor ?

Il rêvait de loups, la nuit, le jour, il n'y avait pas de différence. Victor était inconscient, dans un coma de stade 2 sous assistance respiratoire, le crâne et le visage recouverts de pansements et de bandages, des perfusions accrochées aux bras. Il était entouré de loups, il voyait passer des formes blanches puis elles disparaissaient et il retournait parmi les loups. Quelquefois il était au milieu d'eux, quelquefois il les voyait de loin qui s'approchaient au milieu d'un champ de neige. Il ne savait pas pourquoi il y avait des loups, Il ne savait pas où il était. Quelquefois il voyait une femme penchée sur lui, ses lèvres remuaient, elle disait quelque chose ; il ne comprenait pas. Il était terrorisé, il attendait qu'il se passe quelque chose, il savait que cela allait arriver ; les loups attendaient aussi, il était couché au milieu d'eux, ils l'entouraient, il sentait leurs corps chauds, il fallait simplement qu'il reste immobile. Il devait se concentrer pour ne pas commettre d'erreur, il devait s'éloigner de cette femme, avant que les loups ne se rendent compte de sa présence et ne la déchiquettent.

Un jour il ouvrit les yeux, tout était blanc comme les champs de neige. Une infirmière se tenait devant lui, elle lui disait qu'il avait eu un accident et qu'il avait subi une opération chirurgicale au cerveau. Elle lui demandait s'il se souvenait de quelque chose. Il ne se souvenait de rien, il replongeait dans l'inconscience. Quand il sortait du sommeil, il voyait des médecins, des gens qui le soignaient, le lavaient, changeaient ses pansements, lui posaient des questions. Les médecins lui demandaient s'il se souvenait de quelque chose, s'il savait qui il était. Victor ne se souvenait de rien, il ne pouvait pas parler, il se souvenait de son nom, de rien d'autre.

Au bout d'un certain temps il put se lever, se nourrir tout seul. Il recommença à parler, il ne se souvenait toujours de rien ; un médecin lui expliqua que ce n'était pas l'accident qui avait causé cette amnésie mais l'opération au cerveau. Sa mémoire allait revenir, il fallait du temps. Victor attendait, il n'avait rien d'autre que le souvenir des loups.

Il demandait ce qui était arrivé. Les médecins lui répondaient qu'ils en parleraient dès que ses souvenirs commenceraient à revenir ; pour l'instant il avait simplement besoin de repos et de calme. Une psychiatre lui montra une carte d'identité avec son nom et une adresse qu'il ne reconnut pas et lui dit qu'il était chercheur et professeur d'économie politique. Il n'en avait aucun souvenir. Victor lui parlait des rêves qu'il faisait. La psychiatre lui demandait de raconter ce qui se passait durant ces rêves. Victor lui décrivait des prairies, des rochers, la meute qui l'entourait, les longues files de loups dans la neige, derrière lesquels il marchait, les nuits couché auprès des bêtes qui rôdaient autour de lui, leurs yeux vides, leurs gueules qui s'ouvraient sur des mâchoires brillantes.

Bientôt il reprit des forces, il contemplait son visage quand il revenait des séances de scanner ou d'IRM, en essayant de lire ce qu'il y avait derrière, comme les machines le faisaient dans des ronronnements et des claquements en explorant le territoire des loups. Il déambulait dans l'immense bâtiment de l'hôpital, il portait un dossard où était fixée une étiquette marquée : NEUROLOGIE SERVICE DU PR TALLENDIER et un numéro de téléphone. Victor errait, il arpentait les étages, les couloirs, s'asseyait à la cafeteria, s'installait dans les salles d'attente au milieu des gens pour les écouter, les observer, essayer d'être comme eux. La meute attendait, le surveillait à travers leurs regards.

Un matin il franchit par curiosité les portes coulissantes de l'unité de neurologie et se retrouva sur le parvis. De lourds nuages pendaient dans le ciel, un vent froid balayait les baies vitrées qui conservaient l'odeur lourde et la chaleur de l'hôpital. Il eut la sensation qu'un vent de cime se jetait sur lui ; il regardait les escaliers, les allées, les pelouses ; ils étaient couverts de loups, de bêtes qui grouillaient.

Il recula, les portes s'ouvrirent dans son dos, il courut dans les couloirs, se réfugia dans les sous-sols du bâtiment. Il monta, descendit des escaliers, se perdit dans les immenses coursives, appela des ascenseurs qui n'arrivaient jamais, erra dans le labyrinthe de sa mémoire perdue. Il poussa des portes battantes, se retrouva dans une salle déserte dans une lumière jaunâtre de veilleuses. Les portes se refermèrent en chuintant dans son dos.

Un panneau rouge indiquait : URGENCES NEUROLOGIQUES. Il y avait une dizaine de lits vides séparés par des paravents ; des lits hauts, blancs, propres, le drap parfaitement tiré, une couverture pliée au pied. Ils étaient entourés d'un tas d'appareils, de tuyaux, de câbles, d'écrans, de matériels nécessaires à une intervention. Au-dessus de chaque lit un écran clignotait : PRÊT EN ATTENTE. L'espace était large entre les paravents, on sentait qu'une dizaine de personnes pouvaient brusquement envahir le box autour d'un corps sanglant, agir dans l'urgence avec précision, se jeter sur le corps pour le maintenir violemment en vie. Les lits étaient alignés, tous semblables et vides, froids, silencieux, équipés comme des machines de guerre. Les loups entrèrent dans la pièce.

Victor terrorisé s'agrippa aux barreaux d'un lit. Et brusquement il n'y eut plus que le métal, la lumière aveuglante, les appareils bruissant dans les bips hystériques des alarmes, des appels et des voix angoissées. Il se mit à hurler jusqu'à ce que deux infirmiers le maîtrisent, l'attachent sur un lit et appellent le numéro qu'il avait dans le dos.

Les médecins arrivèrent, la psychiatre, les infirmières, d'autres qu'il ne connaissait pas. Ils l'entourèrent, le branchèrent aux appareils. Un infirmier lui fit une piqûre. Victor commença à sombrer, un brouillard jaune sembla s'écarter devant lui. Il leur dit qu'il se rappelait quelque chose : il était jeune, il était à la chasse. Ils sortaient d'une forêt avec son père pour entrer dans un long alpage au pied d'une falaise. C'était l'aube, la brume s'était écartée et ils avaient vu les cadavres étalés sur le sol. Il y en avait des dizaines et des dizaines : des moutons égorgés, à moitié dévorés, des corps sanglants, les boyaux qui sortaient. Il y en avait partout ; pattes en l'air comme des sacs crevés, cous tordus, têtes qui pendaient avec leurs yeux exorbités et leurs langues vrillées entre leurs mâchoires.

La prairie était jonchée de cadavres, certains bougeaient encore en agitant leurs pattes. Ils marchaient au milieu du massacre, ils trouvèrent le reste du troupeau au bas d'un précipice ; les bêtes s'étaient jetées dans le vide pour échapper aux loups.

Ils baissaient tous la tête autour de lui. Ils avaient des airs durs et des yeux brillants. Personne ne parla, personne ne bougea. Une infirmière pleurait et essayait de cacher ses larmes. La psychiatre prit sa main et se pencha sur lui. Victor comprit que ce qu'il attendait allait arriver.

Ils arrivèrent aux Abymes un peu après dix-sept heures. Ils sortirent du couvert des arbres par un sentier qui serpentait sur une pente couverte de grandes gentianes et de ciguë, de massifs de rhododendron étalés entre les pierres. C'était la dernière montée avant d'atteindre le plateau qui ouvrait sur l'alpage. C'était une longue marche, qui vous cognait et mettait des alarmes dans vos jambes et votre souffle. Peu à peu le corps réagissait et une légère ivresse remplaçait la fatigue. Ils firent une pause à mi-chemin pour boire le café qu'avait préparé Josépha et manger les biscuits et les fruits secs qu'elle sortit des poches de sa veste. Elle avait posé le fusil contre un arbre, on voyait à ses gestes qu'elle était sur son territoire, à sa façon de s'asseoir, de disposer précisément ses affaires et de parler au jeune chien qui se collait à elle. Elle retrouvait son corps de danseuse, sans cette raideur qui imposait aux autres une espèce de silence et de résignation. Depuis la fonte des neiges, Victor l'avait souvent accompagnée dans la montagne mais il ne l'avait jamais vue portant avec tant de désinvolture une arme qui paraissait si meurtrière.

LES ABYMES

Ils s'étaient arrêtés au bord d'un lac entouré de roseaux, grand comme un bassin dans un jardin public. Il apparut brusquement après une montée de sapins si serrés et obscurs qu'on eût dit une cave. C'était le Lac Noir, un endroit qui avait mauvaise réputation. Il devait son nom à son eau sombre, immobile, qui ne reflétait rien. Des roseaux aussi sombres se dressaient comme une barrière protégeant les rives ; on n'y accédait que par un minuscule passage. Derrière les arbres, la falaise lui faisait une ombre glacée. On disait au village que le lac recelait les armes et les corps suppliciés des maquisards que les Allemands avaient traqués à la fin de la guerre. On avait cru longtemps que l'endroit accueillait des sorcières pour leurs sabbats. Mais c'était seulement un de ces lieux sombres et solennels que fabriquait la nature et qui donnait à la Vallée sa réputation de dureté. Il y avait une photo du lac dans l'atelier de Josépha ; on la voyait de dos qui entrait nue dans le lac, de l'eau jusqu'à mi-cuisses. On avait envie de la suivre et de se perdre avec elle. Les randonneurs se perdaient parfois en cherchant le lac et se blessaient souvent en glissant sur les rochers. Au village on les mettait en garde contre la montée des Abymes.

Mais c'était seulement un endroit d'une beauté monacale ; ils burent le café et mangèrent les biscuits au milieu du silence. Il sentit l'odeur de la cigarette que Josépha avait allumée et ce parfum avait un goût d'intimité qui donnait une douceur soudaine à ce décor intimidant. Il y avait la même douceur dans le regard de Josépha. La violence de la maison avait disparu, comme si la longue montée l'avait épuisée. Josépha se pencha sur Victor, son front toucha le sien, et tout son corps se pressa contre lui. Il embrassa son cou, ses yeux fermés, ses narines nues.

Ils montèrent un éboulis ; une avalanche de pierres qui avaient dévalé du sommet, comme si on avait fait sauter un barrage, se hissèrent sur des rochers tranchants. Le jeune chien gémissait en cherchant son chemin. Victor serrait le poignet dur de Josépha, entourait sa taille pour trouver un équilibre. Il la tenait contre lui, un vent froid leur balayait la figure avec de brusques poussées qui surgissaient de trous béants et les plaquaient contre la roche. Il fallait suivre le vent qui indiquait le passage, ils virent le chien qui fuyait pour faire un long détour. Le vent arracha le chignon de Josépha puis tout s'apaisa brusquement lorsqu'ils atteignirent le plateau, protégé par la muraille qui verrouillait les alpages. Le chien tournait en rond audessus d'eux en poussant des jappements ; il avait remonté la moitié de l'éboulis puis il les vit, fonça vers eux avec des bonds de chèvre.

– C'est ici que j'ai vu le troupeau massacré.

Devant eux s'étalaient les Abymes, un vallon encaissé couvert de pâturages, d'un vert tendre ponctué des taches blanches des rochers posés comme des sculptures. L'herbe montait haut sur les pentes jusqu'aux falaises qui dissimulaient les précipices.

– Il y en avait partout éparpillés dans la prairie. Les bergers étaient dans l'autre vallée, ils avaient conduit les moutons le soir. Ils les changeaient régulièrement de place. Les loups les ont attaqués dans la nuit, le troupeau affolé a fui par le couloir d'avalanche ; ils ont franchi la crête et sont tombés dans le ravin.

– Je n'en ai jamais entendu parler.

– C'était une autre époque, les gens qui l'ont vécue sont morts. Nous sommes arrivés de l'autre côté avec mon père. On campait sur les Goulets entre les deux vallées. On a prévenu les bergers et on a passé la matinée à achever les bêtes, on les entendait bêler dans tout le vallon. Après cela, mon père a cessé de chasser, il n'est plus jamais revenu ici. Cette histoire est entrée dans la légende des Abymes.

– On en fait partie maintenant nous aussi. C'est pour ça que tu voulais venir ici ?

– Non, Josépha. C'est simplement un endroit magnifique. Allons-y, la nuit va tomber.

Ils entrèrent dans l'alpage, on voyait au fond la tache sombre que faisait le refuge au pied de l'éboulis qui menait aux Goulets. Le passage permettait d'atteindre l'autre vallée où se trouvaient Charles et les autres. Ils suivirent un sentier qui avançait tout droit sur l'herbe rase ; la lumière était jaune, reflétée par la roche lisse qui se détachait sous le ciel : un ciel haut, d'un gris laiteux qui semblait ne faire que passer et ne laisser derrière lui que le silence et la dureté des pierres. Une petite brise traversait le vallon apportant des odeurs de terre et d'herbes sèches, des choucas au bec jaune les suivaient, tournaient au-dessus de leurs têtes en poussant des cris d'alarme. On eût dit la lande déserte d'un très ancien pays qui menait à la mer.

Il n'y avait pas grand-chose dans la cabane ; un simple refuge en pierre avec un toit en tôle pour s'abriter des orages. Il n'y avait même pas de porte ; une cheminée de brique tissée de toiles d'araignée, quelques fagots et une cagette remplie de vieux journaux. Dans un coin deux bottes de paille avaient été éventrées et étalées sur le sol en terre battue. Devant l'entrée on avait construit un foyer avec de grosses pierres carrées et une grille en métal protégée par un tumulus qui faisait un cairn pointu. Il y avait d'autres cairns dans l'éboulis derrière le refuge qui permettaient de trouver le chemin des Hurtières.

Il plut durant la nuit et Victor fut réveillé par le bruit des gouttes qui frappaient le toit de tôle. Josépha dormait serrée contre lui ; ils avaient fait un trou dans la paille et s'étaient enveloppés dans un long tissu de soie que Victor avait tiré de son sac. C'était une couche sommaire mais pleine de miracle ; une tiédeur à l'odeur de paille et de parfum, les habits ouverts qui offraient la chair nue et douce. Josépha aimait que Victor la dépouille de ses vêtements et la laisse nue et honteuse de ce plaisir, si abandonnée qu'elle réclamait la jouissance comme un remède. Elle qui haïssait les mains et les corps des hommes.

Après l'agression de Charles, Victor et Josépha ne s'étaient pas vus pendant des mois. Le couple avait disparu, Josépha s'était installée dans le chalet d'une vieille femme en dehors du village. C'était une riche veuve qui voyageait beaucoup et passait de plus en plus de temps dans des endroits plus accueillants que la Vallée. Elle n'appréciait pas Charles, ils avaient eu des différends au sujet de placements ou d'investissements que Charles lui avait fait faire. Elle n'aimait pas voyager seule et profita de la présence de Josépha pour se faire accompagner à une cure thermale à Saint-Malo.

Charles, lui, avait dû remettre en état la maison qui avait souffert de sa nuit de Walpurgis. À son retour, il avait trouvé son foyer vide et ravagé par les mercenaires de l'hiver. La neige était rentrée par toutes les ouvertures, l'eau qui coulait de l'étage avait inondé son bureau avant de tout transformer en givre, les conduites des sanitaires et du chauffage avaient éclaté et Charles avait pu constater comment un gros radiateur en fonte pouvait se briser comme du verre. Il n'y avait plus d'électricité et seules ses bouteilles de whisky avaient résisté à l'assaut. La voisine de Victor l'avait vu hébété, enfermé avec ses six chiens dans sa voiture. Il s'était réfugié dans la plaine où il passait son temps à lire des devis et à s'engueuler au téléphone avec des artisans.

Cette année-là l'hiver fut particulièrement féroce. Le village resta complètement isolé pendant des semaines entières, des avalanches bloquaient les routes. Les gens s'enfermaient, ceux qui travaillaient dans la plaine ne pouvaient rentrer et le village se transforma peu à peu en camp assiégé. La Vallée faisait peser sa volonté impitoyable, plaçant chacun face à lui-même. Elle montrait qu'elle pouvait réduire les villageois s'ils ne trouvaient pas les ressources pour résister ; ils ne valaient pas plus que les pierres ou les arbres, ils n'avaient rien que la Vallée ne pouvait leur prendre. Cet hiver-là, Victor ne parla à personne, même sa voisine hésitait à monter jusqu'à chez lui. Quand il allait chez elle prendre de ses nouvelles, elle n'avait rien à lui dire, elle veillait sur son feu, économisait les bougies lorsque l'électricité était coupée, mesurait ses provisions. Les produits frais n'arrivaient plus et il fallait vider les congélateurs dans la neige quand le courant manquait. Cette année-là trois familles décidèrent de quitter la Vallée, épuisées par ces longs mois d'attente et de solitude.

Mais l'hiver s'en alla, la neige disparut comme par enchantement. Les gens se rendirent brusquement compte un jour que le siège était fini, l'armée avait levé le camp. L'épaisse couverture nuageuse s'éclaircit, les prairies et les bois ressurgirent comme des réfugiés en haillons. Il fallut du temps pour s'y faire, pour oublier les durs moments passés mais on sentait qu'il se préparait une fête.

Victor était avec le chien, il balayait le perron devant sa porte, enlevant tout ce que les ruissellements avaient laissé. La campagne brillait d'un éclat neuf, les montagnes se dressaient avec dédain imposant leur puissance intacte. Elles se découvraient après tous ces mois d'obscurité comme des divinités qui auraient décidé de laisser un peu de répit aux hommes. Il entendit un grondement monter sur la route ; le chien se dressa, avança dans le chemin et regarda vers le tournant les oreilles dressées. Victor vit le gros 4x4 de Josépha surgir derrière les arbres et avaler la côte en rugissant.

Il s'arrêta devant la maison, le silence retomba, et le chien s'approcha de la voiture, l'échine basse et la queue battante. Victor vit la silhouette de la jeune femme derrière la vitre, elle regardait vers lui mais elle ne bougeait pas, ne sortait pas de la voiture. Le chien poussait des petits aboiements de plaisir.

Victor savait que s'il ne faisait rien, elle allait repartir. Elle lui laissait le choix. Il était immobile avec son balai à la main, le chien tourna la tête vers lui avec l'air de se demander ce qu'il attendait. Il posa le balai contre le mur et monta le chemin. Quand il fut près, il vit la figure pâle de Josépha qui ne souriait pas, ses yeux qui le scrutaient et il ressentit un étrange mélange d'inquiétude et de soulagement, comme s'il était devant quelque chose qu'il attendait sans le savoir.

Il ouvrit le hayon et le chien sauta à l'intérieur puis il fit le tour de la voiture, vit la porte de la maison qu'il avait laissée ouverte et monta à côté de Josépha.

Elle démarra et la voiture bondit sur la route. Elle conduisit en silence jusqu'au carrefour qui menait au col au-dessus du village et arrêta l'engin au croisement. Elle se tourna vers lui, les bras tendus et raides, les mains serrées sur le volant.

– Je vais en ville chercher un objectif que j'ai commandé. Voulez-vous venir avec moi ?

Elle avait changé. Il l'avait quittée blessée et humiliée, elle resplendissait. Victor était à bout de forces, il avait traversé l'hiver comme un détenu qui a vu sa peine rallongée ; il était maigre, pâle, il se sentait vieux. Depuis des mois ses journées étaient semblables, presque mesurées. À l'aube il sortait avec le chien, chaussé de raquettes, et faisait toujours le même circuit sur les hauteurs du village. Il passait au-dessus des maisons écrasées par la neige, contemplait les feux et les lumières qui s'allumaient puis s'enfonçait dans les bois sombres qui le ramenaient chez lui. Le lendemain il marchait dans les traces de la veille. La promenade durait invariablement deux heures, puis il coupait du bois sur son porche et se cloîtrait jusqu'au lendemain. Une fois par semaine il descendait à l'épicerie du village faire des provisions. On trouvait toujours des pommes de terre, des poireaux ou des choux que les gens arrachaient à la terre gelée. Quelquefois de la viande fraîche quand le camion arrivait à monter mais toujours du lard conservé dans le suif ou fumé. Quand le sucre manquait on trouvait du miel, les réserves de thé remplaçaient le café. Et il y avait les pommes que sa voisine conservait dans une grange à clayettes derrière sa maison. Le boulanger faisait des grosses boules farineuses qui semblaient pouvoir se conserver tout l'hiver et qu'on mangeait avec des fromages de chèvre durs comme de la pierre. Victor faisait des soupes épaisses avec du lard que le chien mangeait volontiers avec lui et quand il trouvait de la viande, il la réservait au chien qui en avait plus besoin que lui. Le chien était un bon compagnon, il adorait ce genre de vie. Il avait besoin d'une promenade supplémentaire l'après-midi, Victor lui ouvrait la porte où il revenait gratter à la nuit tombée.

Le reste du temps Victor se demandait ce que faisait Deutsche-Telekom qui en était à sa deuxième opération européenne en moins de deux semaines. Le groupe annonçait que sa filiale rachetait son rival Tele2 pour 190 millions d'euros. Était-ce le début d'un cycle qui verrait les opérateurs historiques lutter contre la concurrence ? Victor réfléchissait, plongé dans cette partie d'échecs. Le chien, étalé devant la cheminée, semblait en être le partenaire intraitable. Il posait sa pipe qui avait remplacé les cigares qu'il ne trouvait plus dans le village et repoussait sa chaise. Il allait dans la cuisine en lâchant derrière lui : « à table, Monsieur le Président. » Après il allait se coucher dans le lit étroit de la chambre devant le portrait des deux femmes blondes aux cheveux emmêlés.

– En ville, Josépha ? D'accord, pourquoi pas !

Elle se détendit brusquement et remit la voiture en route. Ils franchirent le croisement et la voiture se mit à monter la route du col et ses belles courbes qu'elle prenait avec une souplesse et une douceur qui donnaient un plaisir étonnant. Des perspectives s'ouvraient que Victor découvrait pour première fois.

Josépha conduisait en silence le regard rivé sur la route. Elle était d'une élégance qu'il ne lui avait jamais vue ; une courte jupe de laine serrée sur des bas sombres, une veste de tweed un peu masculine, son chignon flou dégageait son cou et son oreille où brillait un bijou. Il regardait son profil et se sentait hirsute et négligé, le corps habité par une fatigue que l'hiver avait laissée. Il sentait le parfum de Josépha dans l'odeur de la vieille voiture.

Il appuya sa nuque sur le siège et se laissa glisser dans le paysage qui tournait. C'était une danse, une valse qui avançait autour d'une idée folle. Ils atteignirent le col où ils virent un instant la plaine immense et brouillée qui s'étalait bordée de brumes et la ville minuscule serrée au pied des montagnes.

– Comment allez-vous, Josépha ?

Elle lui jeta un regard rapide, elle eut un sourire qui s'adressait plus à elle qu'à Victor. Puis la voiture plongea dans la descente et tout se referma et se resserra autour d'eux.

– Je suis retournée auprès de mon mari et tout recommence comme avant.

Elle avait pris cette décision en regardant la mer, à Trouville devant l'hôtel des Roches Noires où sa vieille amie possédait un appartement. À Saint-Malo, devant la longue mer d'hiver démontée, sous le ciel déchiré de lumières pâles. Tout bougeait, tout vibrait autour d'elle ; l'horizon l'angoissait, la Vallée aux falaises encaissées lui manquait. Elle était revenue dans la maison où son mari l'attendait au milieu de ses chiens et de ses fusils. Il l'avait accueillie avec des excuses et des discours interminables qu'elle n'écouta pas.

Quand Charles crut que tout était revenu à la normale, elle prit une canne de montagne à bout ferré et profitant qu'il lui tournait le dos, assis à sa table, dans son bureau, elle lui en assena un violent coup à travers les épaules. Il poussa un hurlement et se retourna ébahi, juste pour prendre le pommeau tourné de la canne sur le côté de la tête. Il s'écroula et elle le roua de coups, frappant son dos, ses cuisses et ses épaules, cherchant à lui faire mal sans lui briser les os. Ce fut une scène épique, Charles se protégeait le crâne de ses bras en hurlant, les chiens hurlaient devant le spectacle et se mirent à se battre entre eux et se mordre sauvagement. Josépha eut la satisfaction de voir Charles se traîner à quatre pattes au milieu des chiens puis se redresser et s'enfuir comme le loup sous les coups de Victor. Elle distribua encore quelques coups de canne pour calmer les chiens et vit par la fenêtre Charles qui courait au milieu du bois en se tenant les côtes.

Elle savait que ce n'était pas fini, Charles allait revenir. Il était capable de l'attacher à la terrasse et de la tuer devant la maison cernée par les gendarmes et les caméras de BFMTV. Il revint sans bruit à la nuit tombée, il sentait l'alcool, Josépha était couchée. Elle voyait son corps massif remplir le cadre de la porte, elle ne bougea pas et quand il s'approcha du lit immense qui semblait flotter dans le noir, elle lui dit d'une voix aussi froide que l'hiver :

– Tu rêves que je te fasse un enfant ; un garçon à ton image ou une fille que tu accableras de ton amour. Tu rêves que je fabrique un bébé avec ce corps et que je le mette au monde, alors laisse Victor en paix et tu pourras m'attacher dans ce lit et te servir de moi pour faire cet enfant.

Le jour grisait par le trou de la porte. Le feu était éteint, la cabane était chaude et sèche mais on sentait la masse d'humidité qui gorgeait les Abymes ; la nuit avait laissé son empreinte pareille à une mer sombre. Victor se dégagea de la fine couverture et sortit de la paille. Le jeune chien se traîna sur son ventre jusqu'à lui et enfonça son museau dans son cou. Victor prit sa gueule dans ses mains et caressa sa tête fauve en tirant sur les poils pour découvrir ses yeux. Il avait des yeux d'or qui flottaient dans un brouillard laiteux, il voulait se lover dans ses bras comme un enfant. Il le berça un instant puis le repoussa en lui disant de ne pas réveiller Josépha.

Il tira de son sac le quart en métal et les croquettes que Josépha avait ajoutées, enfila ses chaussures et sortit de la cabane. Le ciel était noir au-dessus des sommets, à l'ouest une barre lumineuse se dissolvait dans les nuages, entraînant l'averse de la nuit loin derrière les montagnes. Il allait faire une journée de pluie et de brouillard qui annonçait l'automne. Il emplit le quart à la source derrière la cabane et but l'eau froide et dure comme de la pierre, pareille à un alcool longtemps distillé. Il remplit le quart de croquettes et les mouilla, les posa devant le chien qui se jeta dessus, la queue battant comme un fléau.

Il revint dans la cabane et sortit le sac. Ils avaient besoin d'un petit déjeuner solide ; ils n'avaient pas mangé la veille, se contentant de biscuits, de fruits secs, et de l'eau délicieuse de la source. Il ôta la grille du foyer et empila du bois sous le cairn. Il fit une construction haute tout en équilibre ; une pyramide complexe de branchettes entrelacées, plus épaisses à mesure qu'elle montait, jusqu'aux grosses branches en faisceau qui fermait le tout. Puis il sortit un morceau de bougie de son sac, l'alluma et le plaça au centre de la pyramide sur un éclat de bois sec. C'était une méthode qu'il avait apprise lors d'un voyage dans les montagnes de l'Atlas. De cette façon on pouvait toujours allumer un feu dans des conditions difficiles ; avec du vent, du bois humide ou même sous la pluie en tenant un sac ou un tissu au-dessus de la pyramide.

Leur fille Apolline n'était pas née lorsque Victor avait fait ce voyage avec son épouse. Ils étaient de jeunes professeurs cultivés et aimables que leur guide emmenait dans des villages perchés rencontrer des gens simples et accueillants. Justine était une jeune femme blonde et si diaphane qu'il lui semblait qu'elle disparaissait dans la lumière. Quand elle se tournait vers lui, son regard paraissait posé sur une brume dorée. Il avait vu cet or dans les yeux du chien tout à l'heure. À cette époque, les femmes de l'Atlas ne portaient pas de voile. Elles avaient des fichus de paysannes ou des parures de métal et de verre colorés. Elles mettaient des jupes écarlates, des blouses et des châles aux teintes d'épices, elles portaient d'énormes charges de paille ou de bois sur leur dos dans les sentiers muletiers. Justine prenait leurs habits et leurs manières et bientôt il ne la distinguait plus des autres femmes. Le soir, dans les maisons de terre collées à la montagne, il prononçait son nom, et elle réapparaissait.

Un feu rieur et lumineux brûlait maintenant sous les pierres. Le ciel se fermait et un gris inhumain apparut au-dessus des montagnes. Un gris translucide venu des origines, un gris sans pays, un gris de deuil. Justine avait été atteinte de huit balles de fusil d'assaut à la terrasse d'un restaurant le 13 novembre 2015 à Paris. Les balles l'avaient traversée et avaient tué leur fille assise en face d'elle. En quatre minutes quinze personnes étaient mortes, dix autres grièvement blessées, une centaine de douilles de Kalachnikov jonchaient le sol.

Victor posa la grille sur les pierres, alla à la source chercher le quart qu'il avait laissé au chien, le lava, le remplit d'eau et revint le poser sur la grille puis il rentra dans la cabane. Il pouvait sentir l'odeur de feu et de paille parce qu'il avait survécu. Il pouvait regarder les cheveux de Josépha mêlés à l'or blond de ses souvenirs parce qu'une balle de 7,62 avait ricoché sur du métal avant de se ficher dans son crâne. Il avait survécu non à la mort mais à son ancienne vie. Il prit le thermos sur le bord de la cheminée et ressortit s'asseoir près du chien qui regardait le feu.

Quand l'eau fut chaude, il versa dedans deux cuillerées à soupe de café qu'il remua jusqu'à ce que l'eau bouille. Il retira le quart du feu et laissa le café reposer puis le versa dans le thermos ; c'était un café épais, à la turque, assez fort pour engourdir ses pensées. Il retourna à la source rincer le quart, le remplit de nouveau et le déposa sur la grille. Il sortit un morceau de pain du sac, le trancha et le posa sur les pierres chaudes. Quand l'eau frémit, il versa dedans deux sachets de soupe chinoise au bœuf pimenté. Le chien appuya sa tête sur son genou, Victor le caressa et lui parla comme à un enfant.

On l'avait ramassé au milieu des morts et des blessés, il n'avait pas de papiers, rien qui permette de l'identifier. On avait trouvé sur lui un trousseau de clefs et un billet de cinquante euros. Il avait claqué la porte de son appartement et retrouvé sa femme et sa fille pour dîner avant qu'elles aillent au cinéma et que lui rentre travailler. Il y eut beaucoup de confusion après les attentats, il avait fallu comprendre qui étaient tous ces morts et ces blessés, les relier à leurs vies, aux autres morts et blessés, comprendre le cheminement qui les avait conduits à cet endroit à ce moment précis. Pendant longtemps des gens cherchèrent des disparus sans savoir s'ils étaient morts ou vivants. On avait fini par identifier Victor grâce à ses empreintes, on ignorait où il vivait et ce qu'il faisait là puis on établit un lien grâce à son ADN avec une jeune fille également tuée sur les lieux.

Un jour à l'hôpital, la psychiatre était entrée dans sa chambre et lui avait dit que quelqu'un voulait le voir. Il n'avait jamais reçu de visite depuis qu'il était sorti du coma. Il vit entrer une grande femme brune d'une quarantaine d'années qu'il ne reconnut pas. Elle chuchota son nom et se pencha pour l'embrasser sur la joue puis elle tira une chaise et s'assit près de lui. Il était dans un fauteuil devant la fenêtre et regardait le ciel et les toits gris, l'empilement des fenêtres qui s'allumaient ou s'éteignaient au fil des journées et des nuits.

– Comment vas-tu, Victor ?

– Je vais mieux, je vous remercie.

Il vit les lèvres de la femme trembler. Des larmes apparurent dans ses yeux et glissèrent jusqu'à sa bouche qui tremblait comme une petite bête peureuse. Elle pencha la tête, sortit un mouchoir et l'appuya sur ses lèvres, elle posa une main sur son bras et leva sur lui ses yeux sombres.

– Tu ne me reconnais pas ?

Il secoua la tête puis se détourna de ce beau visage ravagé, retrouva le fil immobile du ciel et des toits. Il vissa son regard à ce qu'il connaissait.

– Je suis Elisabeth, je travaille avec toi à l'EHESS…

– Je m'excuse, madame, je ne me souviens pas de vous.

Elle retira sa main, il sentit qu'elle s'adossait à son siège et regardait avec lui ce qu'il voyait.

– Regardez là-bas, lui dit-il en tendant la main, une lumière va s'allumer dans ce bâtiment, au troisième étage.

Il retint son souffle puis la lumière s'alluma le long du bâtiment. Elle s'éteignait puis se rallumait toutes les quinze minutes sans qu'il comprenne pourquoi.

Ils restèrent assis en silence devant la fenêtre puis il finit par s'endormir dans le fauteuil. Quand il se réveilla, elle était partie, elle avait laissé sur la chaise une photographie où l'on voyait un groupe de gens buvant un verre dans ce qui ressemblait à une salle de conférences.

Il se reconnut dans le groupe et se regarda avec surprise : un homme en costume, chemise col ouvert, des papiers à la main, qui souriait à l'assistance. Une image de lui-même avec des cheveux qui bouclaient, élégant et décontracté, alors qu'il ne se connaissait qu'avec un visage émacié, le crâne entièrement rasé, traversé d'effarantes cicatrices suturées de fil noir et toujours vêtu de joggings à l'odeur de désinfectant.

Il reconnut également la femme brune qui était venue le voir ; sa coupe au carré et sa haute taille. Mais ce qui le terrorisa, ce fut la femme qui s'appuyait à son épaule et avait passé familièrement son bras sous le sien. Une femme dont la blondeur et la pâleur coulaient des cheveux aux chevilles, dont il pouvait presque sentir le poids contre son épaule et qui rayonnait comme un personnage portant une auréole dans une peinture. Au dos de la photo, il y avait un numéro de téléphone et les mots : *Séminaire EHESS : groupe d'études – Violence et sortie de la violence –* 8 novembre 2015, cinq jours avant les attentats.

Cet homme était sorti de chez lui pour rejoindre cette femme blonde, s'était assis dos à la rue à la terrasse d'un restaurant, avait peut-être demandé à la jeune fille qui accompagnait cette femme ce qu'elle voulait manger, avant qu'un mur de métal et de feu ne les écrase et ne les jette les uns contre les autres dans un éblouissement de sang et de douleur.

Une partie de sa mémoire était revenue ; des paquets d'information qui tombaient comme des dépêches depuis qu'il s'était souvenu du massacre des moutons dans la montagne. Son enfance et sa jeunesse, ses parents, leur vie à Paris, les gens qui les entouraient. Il se souvenait de ses études, des professeurs et des amis de cette époque, il pouvait même faire état de connaissances qu'il avait acquises dans son métier. Il pouvait parler anglais et allemand mais il était incapable de se rappeler où il habitait, où il travaillait. Son histoire s'arrêtait brutalement, à un moment précis qui correspondait à la fin de ses études. La dernière image qu'il voyait était son père qui l'accompagnait à l'aéroport CDG où il devait prendre un vol. Il ne se souvenait pas de la destination. Il semblait que l'avion l'ait directement conduit à l'hôpital où il s'était réveillé près de trente ans plus tard.

La balle avait fait des dégâts dans son cerveau. Il souffrait d'amnésie rétrograde organique due à la blessure et à l'opération qui avait suivi. Les médecins disaient que cette amnésie serait transitoire, le cerveau était capable de fabriquer de nouvelles connexions pour pallier ces lésions. Victor avait retrouvé des pans entiers de sa mémoire mais il y avait un seuil qu'il ne parvenait pas à franchir. Les psychiatres parlaient d'amnésie dissociative : une disjonction due à un stress extrême. On l'observait chez les militaires victimes d'ESPT ; le cerveau déconnectait les zones conservant le souvenir du traumatisme.

Quand Victor avait recouvré une partie de sa mémoire, on lui avait minutieusement expliqué les attentats des terrasses, les décès de Justine et d'Apolline près de lui. La voiture noire s'était arrêtée dans son dos, deux hommes en étaient descendus et avaient mitraillé la terrasse. Il avait été un des premiers touchés, la balle de 7,62 avait pénétré par le lobe temporal au-dessus de la cinquième circonvolution, au niveau de la formation hippocampique. On estimait que le projectile avait dû ricocher ou être dévié de sa trajectoire initiale et qu'il avait perdu de sa vélocité, sinon il aurait traversé le cerveau en entraînant une hémorragie massive. Son amnésie était due à la blessure et à la chirurgie lourde qu'il avait subie, la mémoire plus ancienne était revenue parce que le cerveau avait eu le temps de transférer ces informations dans d'autres parties du réseau neuronal.

Il ne se souvenait de rien, il n'éprouvait rien. Il était dans un état de sidération qui l'empêchait de comprendre ce qu'on lui disait : il était chercheur en sciences sociales, sa femme et son enfant avaient été tuées par une rafale de Kalachnikov, il avait reçu une balle dans la tête tirée par un extrémiste islamiste à la terrasse d'un café dont il ignorait même l'existence. L'idée était trop monstrueuse pour qu'elle puisse exister. Il se sentait projeté contre une membrane fine et résistante qui le rejetait en arrière. Derrière il y avait quelque chose qui allait le dévorer vivant comme aucun homme ne l'avait jamais été.

Une nuit il rêva que Dieu existait et qu'il venait lui rendre visite. Dieu s'assit sur le siège près de son lit et croisa les bras en le contemplant. Victor ne bougeait pas, ne faisait pas un geste car il savait que le couloir était rempli de loups, qu'ils grouillaient dans l'hôpital. Au bout d'un moment, Victor se rendit compte que Dieu caressait un louveteau blotti sur ses genoux. Dieu se pencha sur lui et lui chuchota : *Il faut que tu rentres chez toi et que tu trouves le livre.*

Le lendemain il reprit la photographie que la femme brune lui avait laissée lors de sa visite. Il l'appela et lui dit de venir le chercher.

Elle s'appelait Elisabeth Di Sipio, elle avait quarante-trois ans, elle connaissait Victor depuis plus de vingt ans. Elle le conduisit devant une porte cochère rue Charlot, dans le IIIe arrondissement de Paris.

– C'est là que tu habites.

Il regardait la longue rue étroite qui s'enfonçait tout droit entre les immeubles ; une rue pratiquement déserte en ce début d'après-midi qui ne lui disait rien. Il était sonné par le trajet en voiture, le bruit, l'agitation des rues l'avaient rempli d'électricité. Il avait reconnu certaines choses, il avait reconnu la statue de la République mais pas la place. Le grand parvis vide carrelé de gris ne lui évoquait rien, il se souvenait d'une place où les voitures tournaient autour de la statue comme un manège.

– Je vais me garer plus loin, attends-moi.

Il descendit et attendit sur le trottoir en regardant autour de lui. Il avait l'air d'un idiot avec ses grosses baskets et son jogging. Il se mit à trembler doucement, il sentait l'air froid sur son crâne rasé. Il était devant une porte verte, au numéro 32. Il y avait des boutiques et un café, un mélange d'immeubles anciens de cinq étages et en face, une entrée qui s'enfonçait derrière une grille en fer. Sur le porche était écrit en grosses lettres : MARCHÉ DES ENFANTS ROUGES. Il ne savait pas où il était.

La femme revint, s'arrêta devant lui avec un air doux, posa une main chaude sur sa joue.

– Mon Dieu ! Victor… dit-elle en baissant la tête.

Puis elle le prit par le bras, il cessa de trembler et elle l'entraîna comme un enfant et poussa la porte verte.

Il y avait un passage voûté et dans une cour pavée, un immeuble blanc qui en faisait le tour. Des plantes et des arbustes dans de gros pots en terre bordaient les murs, il y avait trois entrées avec des perrons en pierre. Ils montèrent celui du milieu, elle tira un trousseau de clefs de son sac et déclencha l'ouverture de la porte avec un badge en plastique.

Un couloir aux murs blancs avec un carrelage rouge, un escalier en bois ciré qui tournait avec une rampe de fer et au bout, un petit ascenseur étroit et tout en vitre. Elle appuya sur le bouton et se tourna vers lui.

– Je voudrais te serrer dans mes bras, Victor, je n'ose pas. Je ne sais pas quoi dire. Ton médecin a appelé pendant que je garais la voiture, elle va venir un peu plus tard…

Elle devait mentir, c'est elle qui l'avait appelée parce qu'elle avait peur mais il ne dit rien et prit cette femme brune dans ses bras. Elle se mit à pleurer en essuyant ses larmes et l'ascenseur arriva. Ils se serrèrent dans le petit espace et il la vit qui appuyait sur le bouton du quatrième. L'ascenseur s'éleva en faisant un bruit doux ; il ne pensait rien, ses pensées étaient arrêtées. Il était terrifié ; il savait que les loups venaient de cet endroit.

Ils sortirent sur un palier où il y avait deux portes, la lumière de la cour éclairait le palier par une fenêtre en vitrail ; des petits carreaux colorés sertis dans un métal brillant. Elle s'approcha d'une porte et lui tendit les clefs.

Il secoua la tête. Elle resta un instant sans plus savoir que faire, son regard lança une espèce d'appel puis se durcit brusquement et elle enfonça la clef dans la serrure et déverrouilla la porte.

Quand elle s'ouvrit, il comprit brutalement que c'était cette femme qu'il voyait dans ses rêves au milieu des loups. Il recula, sentit son cœur monter dans sa gorge et s'enfuit en courant dans l'escalier.

Josépha sortit de la cabane les cheveux emmêlés, une main devant les yeux pour se protéger de la lumière. Elle alla à la source et commença à se déshabiller. Elle posa ses affaires sur l'herbe en une pile bien nette à côté de ses bottes et quand elle fut nue, entra dans le petit bassin qui s'était formé sous la pierre où l'eau arrivait à ses chevilles. Elle s'accroupit, attrapa l'eau à pleines mains et se frotta le visage et le corps avec cette eau glacée. Victor la voyait frissonner sous le vent, l'eau éclaboussait sa peau blanche, ses mains parcouraient son corps comme des ailes nerveuses. Elle se redressa, les bras en arrière pour tirer ses cheveux. C'était beau et douloureux, Victor baissa la tête. Il entra dans la cabane, ressortit avec le tissu dans lequel ils avaient dormi, le secoua pour chasser les brins de paille et l'ouvrit devant elle. Elle s'enveloppa dedans et se serra contre lui ; elle tremblait, il frictionna ses épaules et son dos. Elle se laissait aller sous ses mains de tout son poids lourd et moelleux.

– Charles va vouloir m'échanger contre quelque chose, lui dit-elle.

– Tu crois qu'il veut faire un marché avec moi ?

Est-ce que Charles allait échanger Josépha contre sa vie ? Jeter son cadavre dans une crevasse et laisser l'hiver et la neige le recouvrir ? Personne ne le retrouverait, personne ne le chercherait et on l'oublierait. Sa voisine saurait mais ne dirait rien.

– Non, il va te tuer.

Il l'entraîna dans la cabane, le chien marchait derrière eux la tête basse. Il étala le tissu sur la paille et l'allongea contre lui. Elle frissonnait, elle paraissait aussi nue que les pierres, la paille, ou les chemins qu'ils avaient montés et le chien se coucha contre eux, le museau palpitant pour sentir leur odeur.

– J'ai peur, Victor.

Ses beaux seins sur son buste maigre lui donnaient l'air vulnérable. Il embrassa son cou, elle frémit comme s'il touchait l'intérieur de son corps. Il posa la tête sur son ventre et elle se tendit. Il ne bougea plus, il attendait et bientôt sa respiration s'adoucit. Son ventre devint souple sous sa joue et il la sentit s'alourdir comme si elle allait changer de substance, couler et se mélanger à la paille et à la terre de la cabane. Mais elle se tourna violemment, son dos et ses fesses contre le chien comme un coussin soyeux, et l'embrassa.

Ils mangèrent devant le feu qui s'éteignait. Ils trempaient le pain dans la soupe chinoise et le piment leur brûlait agréablement la bouche. Ils finirent le café et burent l'eau claire de la source en regardant le ciel s'ouvrir au-dessus des montagnes, puis ils ramassèrent du bois autour de la cabane pour remplacer celui qu'ils avaient brûlé et se mirent en route. Il était huit heures du matin, les choucas posés sur les rochers s'envolèrent en criant et les suivirent jusqu'au pied de l'éboulis.

Il n'y avait pas de chemin, juste un grand champ de pierres qui roulaient sous leurs pieds. Victor savait qu'il y avait plus haut un tumulus à demi effondré qui indiquait la direction des Goulets. Si vous le ratiez, vous continuiez le long de la pente pour vous retrouver sur un sentier qui tournait entre les rochers et vous amenait au bord d'un précipice ; neuf cents mètres d'à-pic avec en bas la ligne minuscule du torrent, la route qui serpentait et les maisons du village serrées au bord de la forêt. Le gouffre était ravagé par des éboulements continuels qui arrachaient la végétation ; un endroit hanté par des rapaces qui tournaient interminablement en poussant des cris solitaires. Si vous ne preniez pas garde, vous pouviez basculer dans le vide ou vous retrouver coincé sous la falaise sans pouvoir revenir en arrière. Victor surveillait le chemin. Ils faisaient un bruit de pierraille en s'élevant sur la pente, le chien marchait devant eux, souple et élastique, Josépha portait le fusil à l'épaule, le serrait contre sa hanche, le buste penché pour garder l'équilibre. Parfois une pierre se détachait et roulait jusqu'au bas de l'éboulis avec un son qui résonnait longtemps. Victor repéra le tumulus à peine visible et appela le chien qui avançait dans la mauvaise direction et se tourna pour contempler les Abymes. La cabane paraissait dérisoire cernée par les langues de rochers, comme une épave rejetée par la montagne. Les pâturages couvraient les versants parsemés de pierres blanches, pareils à un tapis de jeu posé sur des pavés. La lumière se mélangeait aux couleurs crues des pentes. C'était le paysage des rêves qu'il faisait à l'hôpital. Le vallon était semblable, les cadavres des moutons avaient disparu. Les mêmes vents anciens s'engouffraient dans le défilé. Il savait que c'était la dernière fois qu'il venait ici.

– Tu es sûr que c'est le bon chemin ?

– Oui, il faut longer la falaise, il y a un passage qui permet de monter sur la crête. Est-ce que ton chien est capable de trouver tout seul son chemin ?

– Non, il est jeune, il suit toujours la meute.

– Alors il va falloir le porter.

Ils atteignirent le bas de la falaise et la longèrent sur l'éboulis qui devenait vertigineux. La falaise s'effritait et laissait des coulées de cailloux qui s'effondraient sous leurs pas. Ils se collaient à la paroi ; Josépha avait le pied sûr et avançait souplement, les pierres roulaient et rebondissaient dans la pente. Ils arrivèrent devant une faille dissimulée derrière un éperon qui ne se distinguait pas sur la muraille. Une grande plaque de pierre escarpée s'élevait sur une dizaine de mètres, enclavée dans les rochers comme une cheminée.

– C'est les Goulets d'Hurtières, le seul passage qui reste entre les deux alpages. C'est un chemin de contrebandiers. Avant il y avait des barreaux scellés dans la pierre mais pendant la guerre les maquisards les ont enlevés.

– Comment passaient les moutons ?

– Il existait un chemin que les moines avaient ouvert quand ils exploitaient des mines. Il y a trente ans, la montagne s'est écroulée et a complètement recouvert le col. Les Abymes se sont refermés. Même les bandes de loups qui franchissaient en une nuit la frontière avec l'Italie ont abandonné les Abymes.

– On ne chasse pas ici. Je ne connaissais pas ce passage.

– Les bêtes préfèrent l'autre versant qui ouvre sur d'autres vallées. Ici, elles se sentent piégées.

Il appela le chien et l'attrapa par la peau du cou. Il le caressa et lui parla pour l'amadouer puis il le souleva dans ses bras. Il ouvrit son coupe-vent et glissa l'arrière-train et les pattes de l'animal à l'intérieur, il remonta la fermeture et le serra d'un bras contre lui. Il était chaud, il sentait son cœur battre contre sa poitrine. Le chien le lécha et posa sa tête contre son épaule. Il continua à lui parler et à le caresser. Le chien sentait comme les loups de ses rêves, sa gueule contre sa gorge.

Il regarda le rocher, sa masse granuleuse comme la peau d'une bête pétrifiée. Il toucha la pierre glacée et pensa à la peau de Josépha dans la cabane. Il trouva un creux et sa main s'accrocha, ses ongles s'y scellèrent. Le chien remua lorsqu'il posa un pied pour s'élever, il le serra contre lui, se hissa de deux mètres, chercha des prises, l'une après l'autre, s'accrocha de la main et du pied et atteignit le milieu du rocher. Le chien se mit à trembler, il tendit le bras, s'étira pour atteindre un creux, son pied glissa sur une arête humide et il se colla à la roche pour se rétablir. Dans l'équilibre instable où il était, il sentit brutalement le corps de sa petite fille contre lui, ses bras qui entouraient son cou, la douceur de ses cheveux sur ses lèvres. Il ferma les yeux, sa petite fille se serrait de tout son petit corps contre sa poitrine. Elle avait peur, elle fermait les yeux, elle ne voulait pas aller là-haut, elle ne voulait pas grandir. Justine attendait près de la cabane, elle n'osait pas entrer à l'intérieur, elle ne voulait pas se réchauffer ; elle préférait attendre au milieu des rochers. Ils allaient revenir, ce n'était qu'un jeu, un amusement dangereux. Ils pourraient redescendre par le chemin ou attendre dans le vallon qu'on vienne les chercher. Victor les avait perdues. Pourquoi quelqu'un ne viendrait pas ? Pourquoi les abandonnerait-on ? Elle savait que s'était impossible, Victor ne voulait pas qu'elles se perdent, qu'elles ne reviennent jamais…

L'odeur du chien le recouvrit brusquement. L'animal se débattait, il bavait dans son cou. Victor se rendit compte de ce qu'il faisait ; il quittait les Abymes, il grimpait avec une bête puante et chaude accrochée à sa poitrine.

Quand il atteignit le sommet, deux coups de feu résonnèrent dans la montagne et leur écho roula longtemps jusqu'à eux.

Le matin où Josépha était venue chercher Victor pour qu'il l'accompagne à la ville, elle lui avait raconté l'hiver qu'elle avait passé dans le chalet de sa vieille amie puis au bord de la mer, à Trouville et à Saint-Malo. Il était tôt, ils marchaient dans les petites rues pavées d'un vieux quartier. Elle lui parla de son enfance dans une cité du Nord qui ne lui avait laissé aucun souvenir. Elle vivait entre des immeubles et des centres commerciaux, elle n'en sortait jamais. « Il n'y a rien à dire de cette époque, nous n'étions ni heureux, ni malheureux ; le monde était incompréhensible. Les seuls souvenirs forts qui me restent de ce temps, ce sont des faits divers : des histoires de violence, d'accidents, des drames familiaux. Il fallait avoir de la chance, la foudre tombait parmi nous… » Elle n'avait pas fait d'études, les circonstances l'avaient amenée à travailler dans un restaurant d'autoroute où elle allait rencontrer Charles. Elle avait dix-huit ans, elle allait y rester deux ans, jusqu'à ce que Charles l'emmène à l'autre bout du pays. « C'était un restaurant d'autoroute ouvert 24 heures sur 24 et je faisais la nuit. J'étais serveuse, je faisais les repas du soir et je servais toute la nuit les routiers, les voyageurs de commerce et tous les chauffeurs qui transportaient les légumes frais, le poisson, les fleurs pour les magasins et les marchés de la région. Il y avait beaucoup de trafic, la frontière n'était pas loin. Il y avait les coups de feu où tout le monde arrivait en même temps et de longues plages calmes où l'on avait le temps de s'occuper des clients, de leur parler. Il y avait des habitués, des gens qui racontaient leur vie, des inconnus qu'on ne reverrait jamais. La nuit les gens sont différents, on a l'impression qu'ils retrouvent des émotions oubliées. Parfois des bandes venaient pour se saouler et semer le désordre mais c'était comme des pirates qui abordaient une île. » Une navette venait la chercher le soir dans son quartier et la ramenait le matin, elle vivait chez ses parents. « Quand je ne travaillais pas, je passais des heures au cinéma, j'allais voir tous les films projetés au centre commercial. Je faisais les magasins pour acheter des vêtements, des chaussures, de la lingerie ; je testais sur moi les images de mode, je me maquillais pendant des heures et j'attendais la navette qui allait venir me chercher en fumant des cigarettes et en écoutant les hits à la radio. Je croyais que j'allais passer ma vie ainsi et puis un soir, Charles est arrivé. »

Charles était un ingénieur qui avait un contrat avec une entreprise de la région. Il vivait dans un studio en ville et passait le soir pour dîner au restaurant avant de rentrer chez lui. Au début il était entré par hasard puis il avait remarqué Josépha ; une jeune serveuse timide. « Il est venu tous les soirs pendant un an. On a fait peu à peu connaissance et il a fait partie des habitués. Après le dîner, il restait au bar pour bavarder avec le personnel. Quand j'étais de service au bar, il restait une bonne partie de la nuit. À cette époque Charles travaillait pour une société qui l'envoyait un peu partout dans le pays et même à l'étranger. Il adorait parler et raconter des histoires, il était ambitieux et plein d'énergie ; il avait l'air de connaître le monde entier et de tout savoir. Il s'est tout de suite intéressé à moi, il voulait me séduire. Il n'était ni beau, ni laid, il était quelconque mais il avait une façon incroyable de vous encercler de paroles et d'histoires, de faire le vide autour de vous et de se retrouver au centre de l'attention. Bientôt mes collègues l'appelèrent *mon Charles*, elles savaient qu'il venait pour moi, il avait quinze ans de plus que moi, en fait il s'ennuyait et il avait décidé de faire ma conquête. Dans d'autres circonstances, je n'aurais pas fait attention à lui mais cela faisait partie du travail ; être aimable et souriante, se laisser envahir, et j'étais prisonnière de la nuit où Charles entrait comme il voulait, m'enveloppait de son attention et de son expérience qui m'intimidait. Plus tard, j'ai compris que cette attention était un poison qu'il mesurait soigneusement et inoculait à ceux qu'il voulait s'aliéner. S'il avait eu des gestes séducteurs, je l'aurais repoussé. Mais il savait comment faire avec moi ; c'était un jeu et je ne savais pas qu'un jeu pouvait durer un an. Je n'avais pas beaucoup d'expérience amoureuse, je n'étais pas attiré par les hommes et je croyais à cette époque que j'aimais les femmes. J'avais eu dans mon adolescence des épisodes désagréables avec des garçons qui m'avaient dégoûtée de leur corps et de leur esprit de conquête. Je ne voulais pas être conquise. J'avais eu quelques expériences avec des filles et à ce moment-là, j'avais une espèce de liaison avec une femme plus âgée que moi qui était serveuse et faisait les nuits avec moi. Elle détestait Charles, elle me mettait en garde contre lui, elle était jalouse aussi… »

Ils s'étaient arrêtés dans un café vieillot qu'elle connaissait et avaient commandé un petit déjeuner. Pompidou avait refusé d'entrer et s'était allongé devant la porte le museau entre les pattes. La vieille dame qui tenait le bar leur avait apporté un pichet de café, une pile de crêpes, du beurre salé et un pot de miel. Josépha l'appelait la Mère Ticket et lui demanda des nouvelles de sa santé et de sa famille. La vieille dame en blouse grise et en pantoufles lui caressait les cheveux en lui répondant avec des accents maternels. « Elle connaît bien la famille de Charles, lui dit Josépha. Elle a connu Charles tout petit. Elle a tenu longtemps un des meilleurs restaurants de la ville. À la mort de son mari, elle a acheté ce café pour occuper ses journées. Son mari est mort dans un accident de chasse, là-haut dans la Vallée. On n'a jamais su ce qui s'était passé. Ils nettoyaient leurs armes, ils étaient ivres. Les témoins ont dit la même chose : l'un d'eux s'est brûlé au poêle, le fusil qu'il tenait est tombé et le coup est parti. C'est le père de Charles qui a tué accidentellement le mari de la Mère Ticket, il a montré aux gendarmes sa paume brûlée et infectée. Charles était avec eux lorsque ça s'est passé, il avait quatorze ans… »

La Mère Ticket était assise derrière son comptoir et regardait la rue. Le café était sombre et poussiéreux, les vitres un peu sales. Dehors la rue brillait, les boutiques étaient neuves, les pavés fraîchement lavés. Josépha beurrait les crêpes et les recouvrait de miel sans les manger. Victor trempait à peine ses lèvres dans le café. « C'est ma vieille amie qui m'a présenté la Mère Ticket quand je suis arrivée dans la région. Il y a quelque chose entre Charles et elle, un lien que je ne comprends pas. Je crois qu'il a peur d'elle. Je viens la voir de temps en temps. Elle m'a aidée, elle m'a beaucoup parlé de Charles et de sa famille. C'est avec elle que j'ai compris qui était mon mari, auparavant je ne vivais que dans les histoires qu'il racontait. Charles est un menteur pathologique. »

Elle posa sa tasse, planta ses coudes sur la table, prit ses joues dans ses mains et se tut brusquement. Victor vit le vide se faire lentement dans ses yeux. Il vit le restaurant, la jeune fille qui servait. Il vit entrer Charles qui posait ses clefs de voiture sur le bar et regardait autour de lui pour chercher Josépha ; Josépha maquillée et apprêtée qui fumait une cigarette devant la fenêtre où s'alignaient les immeubles, le ciel gris et le silence qui étouffait son cœur.

– Victor…

Ses yeux s'embuèrent, les larmes noyèrent les couleurs qui flottaient dans son regard et elle se mit à pleurer doucement, le visage enfoui dans ses mains. La tristesse entra dans le vieux café comme un intrus qui veut régler des comptes obscurs. Il n'imaginait pas que cette femme endurcie puisse verser des larmes aussi tristes ; il ne l'avait jamais vue pleurer, même le jour où il l'avait trouvée dans sa maison, défigurée par les coups de son mari. Il avança la main pour effleurer son bras et eut l'impression de toucher une rampe de pierre. La Mère Ticket sortit de derrière son comptoir et s'approcha en traînant ses pantoufles. Elle s'arrêta dans le dos de Josépha et pressa la tête de la jeune femme contre son ventre. Elle dominait Victor de toute sa taille grise et le dévisagea de ses petits yeux durs.

– Qui êtes-vous ? demanda-t-elle.

Il ne sut que répondre, ce n'était pas son nom qu'elle voulait connaître.

– Qu'est-ce que vous lui avez fait ?

Les mains de Josépha quittèrent son visage, elle sourit à travers les larmes et attrapa les poignets de la vieille femme.

– Laissez, Mère Ticket, ce n'est pas sa faute. Victor habite le village depuis un an. Il m'a aidée au début de l'hiver quand j'ai eu des problèmes avec Charles. Je voulais simplement le remercier.

– Vous devriez peut-être la laisser tranquille, dit la femme.

Il y eut un silence. Les paroles de la femme sonnèrent durement dans le vieux café sombre.

– Je connais Josépha depuis longtemps, elle peut dire que ce n'est pas votre faute mais je ne l'ai jamais vue dans cet état. Elle n'avait jamais amené quelqu'un ici…

– Je suis désolé, madame.

– Qu'est-ce que vous avez fait ?

– J'ai recueilli un soir Josépha chez moi parce que son mari l'avait battue.

La Mère Ticket leva les sourcils et poussa un soupir, elle planta solidement ses mains dans les épaules de Josépha comme si elle voulait la clouer sur la chaise.

– À cause de vous ?

– Oui, madame.

– Alors ? Qu'est-ce que vous avez fait ?

– J'étais avec Josépha au bord du torrent et j'ai à moitié tué une louve qui était là avec son petit. Josépha a été bouleversée, elle en a parlé à son mari et ça a entraîné les choses…

– Vous avez tué un loup, là-haut dans la Vallée ? Vous avez fait ça ? dit la femme. Qu'est-ce qui vous a pris ? Qu'est-ce qu'il vous avait fait ce loup ?

Victor vit une ombre passer dans le regard de Josépha : une peur insidieuse qui gagna peu à peu tout son visage.

– Il y a trente ans, j'ai vu un troupeau de moutons massacré par des loups, là-haut dans la Vallée, des dizaines de cadavres…

– Oui, je me rappelle cette vieille histoire.

Il sentit la main de Josépha se poser sur la sienne, ses doigts se mêler aux siens.

– Victor…

– Je n'ai pas supporté de voir ce loup.

– Pourquoi ? Vous êtes sentimental ? demanda la femme.

– Je ne sais pas, madame.

– Pourquoi êtes-vous venu dans la Vallée ?

– Non Victor, je vous en prie…

– Je suis tombé dans le coma il y a deux ans. Dans mon inconscience je voyais des loups qui me cernaient et me terrorisaient. Quand je me suis réveillé, je n'avais aucun souvenir de ce qui m'était arrivé. Puis j'ai retrouvé la mémoire.

Il regarda Josépha. La peur l'avait envahie tout entière, elle avait l'air suspendu à sa main.

– Et vous avez trouvé quoi ?

On lui avait expliqué qu'un long processus avait conduit à cet instant meurtrier. Processus dans lequel étaient impliqués des États, des armées, des hommes politiques, des chefs religieux, des populations entières et des événements qui s'étaient déroulés des siècles auparavant. Une énorme machination qui avait abouti à ce déluge de feu et de sang dans un petit quartier tranquille de la capitale. Justine aimait cette ville où elle était arrivée à vingt ans. Elle traduisait et enseignait la littérature, elle était une spécialiste de Dante et de ce qu'on appelle la « catabase » : le mythe initiatique de la descente aux enfers. Apolline était une jeune fille née en 1991, l'année de *Tempête du désert*, de la guerre en Croatie, du putsch des généraux algériens contre le FIS, l'année où le Soviet suprême dissout l'URSS et où Gorbatchev sous la pression d'Eltsine signe le décret interdisant le PCUS. L'année où Pablo Escobar se livre à la justice colombienne et choisit la prison confortable où il pourra négocier avec l'État, après avoir proposé de racheter la dette du pays. Apolline était une jeune Parisienne blonde comme sa mère, qui faisait des études de cinéma. Elle venait d'avoir vingt-quatre ans et ce soir-là, elle trempait les lèvres dans un verre de vin blanc en attendant les plats qui allaient arriver lorsque la voiture noire s'était arrêtée dans le dos de son père. La dernière image qu'il avait eue de sa fille, c'était le sourire qu'elle lui adressait avant que son regard ne se transforme en une expression d'incompréhension et d'effarement.

Il avait cherché un lieu qui n'appartenait pas au monde où sa femme et sa fille avaient été assassinées. Cet endroit n'existait pas. La ville était sa catabase. Il n'y avait pas un rayon de lumière qui ne les faisait apparaître. L'image du massacre des moutons lui avait rendu la réalité : ils étaient des moutons, simplement des moutons ; sans pouvoir sur l'énorme machine qui les entourait, sans même la vigilance que la nature donne aux bêtes. Ils étaient des moutons réunis dans la quiétude d'un soir d'automne à Paris et la meute était venue et les avait massacrés.

– Ma femme et ma fille ont été tuées devant moi, dans un attentat le 13 novembre 2015 à Paris, il y a eu 130 morts et 413 blessés. J'ai reçu une balle dans la tête et j'ai survécu.

Le souvenir de la Vallée avait resurgi quelque temps après ; il s'était souvenu de cette Vallée comme d'un lieu initiatique, un monde d'avant Justine et Apolline, un endroit de sa mémoire cerné par une nature sauvage où il se rendait avec son père pour tuer des animaux.

Josépha regardait Victor terrorisée, elle ressemblait à une sainte qu'on va brûler sur un bûcher. La Mère Ticket avait l'air d'avoir reçu un coup de bâton derrière la tête. Il entendit la voix de Justine : *Vers quel supplice allez-vous, vous qui descendez la côte ?* Il devait refermer la porte qu'il avait ouverte. C'était trop tard, il ne pouvait pas. Il décida de les emmener un peu plus bas avec lui.

– Qu'est-ce qui s'est vraiment passé ? demanda-t-il brutalement à la vieille femme.

– Que dites-vous ?

Quelque chose remonta dans ses yeux noirs et plissés. Un regard de surprise et de méchanceté.

– Qu'est-ce qui s'est vraiment passé, là-haut ?

Il voyait qu'elle comprenait ce qu'il voulait dire et qu'elle le détestait pour cela : quel droit lui donnaient les horreurs qu'il leur avait dites ?

– Là-haut dans la cabane, le jour de la chasse où votre mari a été tué ?

– Pourquoi…

– Mère Ticket, vous vouliez la vérité. C'est à mon tour maintenant. Dites à Josépha ce qui est vraiment arrivé cette nuit-là.

Josépha était pétrifiée, elle ne comprenait pas ce qui se passait. La bouche de la vieille femme se plissa jusqu'à faire un bec, ses joues se creusèrent. Si elle avait pu, elle serait retournée s'asseoir derrière son comptoir pour contempler la rue mais ce n'était plus possible maintenant.

– C'est le passé, chuchota-t-elle.

– Il n'y a pas de passé dans cet endroit, lui dit Victor. Le mari de Josépha l'a frappée et violée parce que j'ai tué un loup qui sortait du passé.

– Mon Dieu…

– Dites-lui ce que vous attendez derrière votre comptoir.

La main de la vieille femme s'accrocha comme une serre au poignet de Josépha.

– Nous devions de l'argent au père de Charles. C'est lui qui nous avait apporté les fonds pour acheter le restaurant. C'était une famille riche et influente dans la Vallée. Le restaurant marchait bien, c'était devenu un lieu connu dans toute la région. Le père de Charles a augmenté le montant des remboursements, il voulait sa part et entrer dans l'affaire. Mon mari a refusé, alors il nous a forcés à vendre et nous a jetés dehors. Ils étaient tous à la chasse. Ce jour-là le père de Charles avait bu et ils se sont battus. Le père de Charles était très violent, mon mari l'a maîtrisé et l'a enfermé dans la remise à bois pour qu'il dessaoule. Charles n'était pas là au moment de la bagarre mais quand il a trouvé son père, le visage en sang sur un tas de fagots, il a pris son fusil et menacé mon mari. Mon mari a essayé de lui prendre le fusil et Charles a tiré et l'a tué sur le coup. C'était un enfant, ils ne voulaient pas qu'il aille en prison. Ils se sont tous mis d'accord pour dire que c'était un accident et donner la même version. Le père de Charles a posé sa paume sur le poêle et s'est brûlé pour authentifier son histoire, il a donné à chacun une grosse somme d'argent pour qu'ils se taisent...

Elle retira sa main du bras de Josépha et frotta ses paumes l'une contre l'autre puis ses doigts, longuement, déformés par l'arthrite qui la faisait souffrir.

– Sa main n'a jamais guéri, il a fallu l'amputer. Le père de Charles a repris le restaurant. Ils n'ont jamais rien dit jusqu'au jour où un vieux qui était avec eux est mort. Après l'enterrement sa femme m'a apporté une lettre...

Et elle retourna derrière son comptoir.

Ils avaient laissé la vieille dame repliée comme un spectre sur sa douleur. Victor avait vu comment elle avait verrouillé derrière eux. Il comprit que la Mère Ticket n'ouvrirait plus son café. Le chien s'était dressé lorsqu'ils étaient sortis dans la rue et les avait suivis. Le chien savait qu'il ne fallait pas entrer. Josépha n'avait plus de force, Victor l'avait prise par le bras et l'avait entraînée et ils s'étaient mis en route tous les trois le long de la rue déserte jusqu'à la voiture. Il ouvrit la portière et l'aida à s'installer puis il monta derrière le volant sans un mot et démarra.

Josépha était anéantie, elle ne pouvait plus conduire, elle ne pouvait plus parler. Il allait la reconduire chez elle, il allait garer la voiture devant sa maison, l'abandonner comme une blessée dans la vieille carcasse métallique et retourner dans la maison du hameau pour réfléchir à un nouvel endroit où s'installer. Charles allait la trouver, son mari s'en occuperait.

Ils quittaient la ville lorsqu'il sentit sa main sur son bras et entendit sa voix tremblante dans les grondements du moteur :

– Victor, arrêtez-vous s'il vous plaît…

Elle était pâle, il crut qu'elle était malade et il s'arrêta au bord d'un parking de supermarché. Il était à moitié vide, de grandes flaques d'eau brillaient au milieu de taches d'huile, le ciel était bas et gris pareil au bâtiment d'où sortaient des lumières délavées. Son visage semblait serti dans cette image de pluie et de béton sale. Elle se tourna vers lui et essaya de dire quelque chose. Elle s'y reprit à deux fois.

– Victor, qu'est-ce que nous allons faire ?

Le *nous* fit à Victor l'effet d'un mot oublié ou sorti d'une langue étrangère. Il coupa le moteur, le silence les recouvrit.

– Qu'est-ce que vous voulez dire ?

– Je ne savais pas, Victor. Je savais que vous n'étiez pas comme nous mais mon Dieu, je n'imaginais pas ça…

– Comment pouviez-vous savoir ? Je vais vous ramener et puis je partirai.

– C'est impossible. C'est trop horrible, Victor. Je n'ai jamais entendu ou imaginé une chose aussi atroce…

– C'est ma faute, j'aurais dû me taire. Je n'avais pas le droit.

– Vous étiez devant la Mère Ticket comme devant la louve, j'ai cru que vous alliez la frapper.

– Elle n'aurait pas dû me questionner comme elle l'a fait. Vous n'auriez pas dû venir me chercher, vous n'auriez pas dû me parler de vous, ni m'emmener dans ce café. Vous n'auriez pas dû emmener ce chien chez moi. L'hiver était passé, Josépha, j'avais passé l'hiver.

– Comment faites-vous, Victor ?

– Je ne sais pas, Josépha. J'ai trouvé cet endroit, c'est tout. Maintenant il faut que je parte.

– Où pouvez-vous aller ?

Il ne répondit pas. Ils regardaient à travers le pare-brise le monde gris qui disparaissait au bout du parking. La montagne commençait là, avec la route sinueuse qui s'élevait et s'enfonçait dans la forêt.

– Je ne peux pas retourner là-bas, dit-elle.

– Pourquoi ?

– Je ne peux plus être avec eux.

– Que pouvons-nous faire ?

– Vous êtes venu ici parce que la vie n'avait plus de sens mais elle vous a épargné. Quelque chose nous attend là-haut, Victor. Je ne sais pas ce que c'est… Je ne veux pas que vous partiez. Je veux que vous me parliez de cette tragédie, je vous écouterai, Je serai là pour vous. Le reste n'a aucune importance, ce sera notre secret. Je n'avais pas le droit de venir vous chercher mais c'est vous qui êtes entré dans la maison de Charles, le jour où je voulais mourir…

Après ce jour, Victor et Josépha se retrouvèrent tous les jours dans la montagne. La neige commença à quitter les sommets, Josépha lui laissait un message sur son téléphone lui disant où elle se trouvait, et il partait avec le chien la rejoindre au bord du torrent ou dans la forêt. Ils marchaient jusqu'au soir sur les chemins qui surplombaient la Vallée, se séparaient au sommet des prairies et rentraient chacun de leur côté.

Victor et Josépha ne se cachaient pas mais ils ne voulaient pas provoquer les gens en s'affichant ensemble. Quand il s'élevait au-dessus du village, Victor avait l'impression d'entrer dans le territoire hanté de sa mémoire. Il regardait par sa fenêtre les prairies se perdre dans la brume, la forêt qui paraissait infranchissable avec au-dessus la roche nue, les falaises usées sous le ciel toujours menaçant. Josépha était quelque part au milieu de ce monde sauvage et l'attendait. Il imaginait sa silhouette fragile passant sous les sapins où la lumière n'arrivait jamais, dans le vacarme du torrent, se hissant sur les rochers, s'accrochant pour ne pas glisser. Il savait qu'elle avait peur. Il regardait le sac posé près de la porte et le chien couché dessus qui attendait qu'il se décide. Il attrapait le sac et le chien se dressait en même temps comme s'il était accroché aux courroies.

Il avançait lourdement, commençait à monter au-dessus du village. Parfois il le traversait et les gens le saluaient d'un signe de tête, ils cessaient leur conversation et se retournaient à son passage. Parfois sa voisine était sur le pas de sa porte ou dans son jardin et lui souriait avec un regard perçant qui transformait ce sourire en grimace inquiétante.

– Tu as changé depuis que tu as ce chien, Vic !

– C'est vrai, Paule.

– Fais attention aux éboulements, la montagne bouge après la neige.

Il s'éloignait en lui disant qu'il serait prudent mais elle le rappelait en se dressant au-dessus de sa barrière.

– Vic ! Si tu ne revenais pas, on ne saurait pas où te chercher !

Une fois passé le village, la peur lui tombait dessus. C'était obscène : un vieux chien et un homme vieillissant qui se tordait les mains au milieu du chemin en se tenant le ventre. Il se penchait contre un tronc pour vomir puis s'asseyait sur les cailloux pour reprendre son souffle. Il restait devant le chien qui le contemplait patient, attendant qu'il retrouve des forces. C'était si terrifiant qu'il hésitait chaque jour en regardant le sac jeté près de la porte.

Puis la montée s'emparait de ses muscles et de son souffle. Le chien se retournait pour l'attendre, il avait l'air d'apprécier son courage et imposait le rythme. Peu à peu l'angoisse se détachait de lui, remplacée par une sensation de vide et de nudité. Il était impatient alors de retrouver Josépha.

Il ne savait jamais exactement où elle se trouvait. Elle lui donnait une indication vague : la Chevelane, les Prises, la montée des Issards : des lieux qui n'étaient pas indiqués sur les cartes. Quand il les voyait s'afficher sur son téléphone, sans autre indication de temps ou de direction, il avait l'impression de recevoir un code. Il se mettait en route sachant qu'il pourrait marcher des heures sans la trouver ; Josépha n'était qu'un minuscule point dans un chaos d'arbres et de rochers. Mais le message disait qu'elle l'attendait et c'était une pensée réconfortante. Il arrivait à l'endroit : un lieu sombre, encaissé, ou un immense espace désert traversé par le vent, et il ne trouvait que la solitude hautaine de la Vallée. Mais chaque fois le chien le conduisait jusqu'à elle, il sentait sa trace bien avant de percevoir sa présence.

Elle lui apparaissait au détour d'un chemin, marchant vers eux ou assise au pied d'un arbre, adossée à un rocher, en train d'écrire dans un carnet. Elle levait la tête ou s'arrêtait devant lui, lui faisait un sourire lumineux et disait simplement : « Bonjour Victor. »

Victor ne parvenait pas à lui répondre. Ils avaient l'air de se rencontrer par hasard mais son silence montrait qu'il n'en était rien. Il pensait à elle depuis le matin et se préparait à ce qui l'attendait. Le sourire de Josépha était quelque chose de nouveau entre eux. Tout le monde au village pensait qu'ils étaient amants et qu'ils se cachaient pour mener leur aventure mais ils n'étaient pas amants à cette époque, ils le deviendraient plus tard, au début de l'été.

– Venez Victor.

Elle le prenait par le bras et l'entraînait puis elle lâchait son bras, intimidée, et ils avançaient l'un derrière l'autre. Les premiers temps ils marchaient en silence, puis au fil des jours il commença à lui parler des attentats. Quelquefois ils restaient l'un devant l'autre sous la pluie et se dévisageaient, encombrés sous leur imperméable, leurs visages ruisselants comme s'ils étaient baignés de larmes. Il lui racontait l'hôpital, le moment où il s'était réveillé sans savoir qui il était. Il parlait à un visage anonyme qui semblait surgir de ces moments d'égarement. Il regardait sa bouche, ses yeux, les mouvements légers de ses paupières et de ses lèvres ; tous ces petits signes de vie et de chaleur, comme s'il devait réapprendre ce qu'était une personne.

Ce qu'il racontait était à l'image brutale de ce qui les entourait : le froid, la pluie, le brouillard qui effaçait soudainement la montagne et les enfermait. Ils traversaient les dernières plaques de neige, les rochers suintaient, les arbres avaient l'air de pourrir dans l'ombre humide des sous-bois. Ils avaient froid, le torrent les plaquait contre les murailles et son vacarme les obligeait à se rapprocher, à crier, la moitié des mots arrachés par sa fureur. Ils se perdaient, s'épuisaient, marchaient des heures, escaladaient ou se traînaient sur les rochers, les mains et le visage griffés par les branches et les ronces. Quelquefois Joséphа pleurait d'épuisement et de tristesse. Elle se laissait tomber sur le sol et ne bougeait plus. Victor la contemplait sans pouvoir rien faire. On eût dit qu'il attendait que la terre la dévore.

Le soir venu, ils se séparaient, éreintés par le froid et la fatigue et retournaient chacun de leur côté, rejoindre le village et les lumières qui s'allumaient entre les maisons. La nuit, ils sentaient la montagne bouger dans leur poitrine, les paroles de Victor résonnaient dans le silence. Victor regardait le chien, il pensait à Joséphа près de Charles qui devait l'interroger sur sa journée. Il restait longtemps éveillé à se demander ce qu'elle devait lui dire. Le lendemain, un nouveau message l'attendait dans son téléphone.

Il dit à Josépha que le dernier souvenir qu'il lui restait lorsqu'il avait commencé à retrouver la mémoire, c'était son père l'accompagnant à l'aéroport Charles de Gaulle. Il avait vingt-quatre ans, il préparait une thèse de doctorat. Il vivait chez ses parents dans le quartier des Batignolles à Paris. Il partait en voyage et son père l'avait accompagné à l'aéroport en voiture. Il se souvenait bien de ce jour, du trajet, de la longue queue à l'embarquement. C'était l'été, son père était vêtu d'un léger costume bleu et d'un polo blanc, il portait de grosses lunettes de soleil. Il s'en souvenait parfaitement, comme si cela s'était passé la veille. Il se souvenait de leur discussion, ils parlaient d'argent, de la façon dont il pourrait financer ses études et vivre pendant la rédaction de sa thèse. Il y avait la foule, le bruit, l'agitation. Il se souvenait de l'accolade que lui avait donnée son père à la porte d'embarquement et même de l'odeur familière de son eau de toilette. Après il n'y avait plus rien, il n'avait aucune idée de l'endroit où il allait. Ses souvenirs s'arrêtaient brutalement à ce moment-là. Il n'y avait plus que le vide, comme si l'avion l'avait conduit directement à l'hôpital où il s'était réveillé vingt-cinq ans plus tard.

Josépha portait un bonnet de laine, elle était pâle et ses lèvres étaient dessinées d'un léger rouge nacré, ils étaient assis au bord du torrent. C'était un cirque encaissé qui encerclait une prairie où le torrent se brisait au bas de la falaise en trois cascades vertigineuses. Il coulait en deux bras séparés à travers la prairie avant de se réunir et dévaler de nouveau la forêt. Ils entendaient le bruit des cascades au-dessus d'eux et le souffle qu'il faisait entre les sapins. Ils étaient assis entre les deux larges bras où l'eau peu profonde brillait sur un lit de cailloux, l'herbe était rase tissée de fleurs blanches et jaunes. Pendant la montée sur le versant sombre de la montagne, Josépha lui avait demandé pourquoi il n'avait jamais parlé de la Vallée à sa femme ou à sa fille. Victor avait répondu qu'il avait refoulé le souvenir de cet endroit.

– Mais vous Josépha, comment êtes-vous venue ici ?

– Les parents de Charles sont morts et il a hérité d'une grosse somme d'argent. Il a créé une société et après avoir beaucoup bougé, il a voulu s'installer sur les terres de sa famille. Il avait des projets pour la Vallée, il a beaucoup investi dans la rénovation et la modernisation du village. Il est devenu le roi, ici. Il y a eu ce projet de casino, mais d'autres aussi, il voulait faire de la Vallée un endroit comme Gstaad en Suisse, pour les riches et les célébrités. Je faisais partie de ces projets ; je devais lui assurer une descendance nombreuse et docile, il n'aime pas qu'on lui résiste.

– Qu'est-ce qui n'a pas marché ?

– Il a fait venir de nombreux experts mais toutes les études ont montré que c'était impossible. La Vallée n'aime que le chaos et la résilience, les moines qui se cachent ici en savent quelque chose. Quant à sa descendance, j'évite les relations avec mon mari. Je vais vous choquer mais quand je ne peux les éviter je lui demande de m'attacher pour que les choses soient claires.

Elle le regardait bien en face. Ils buvaient le café du thermos qu'elle avait apporté, assis entre les deux bras du torrent. Victor avait étalé le grand tissu de soie qu'il avait toujours dans son sac. Il l'avait trouvé dans une armoire de la maison, un vieux rideau avec des fleurs rouges et des feuilles enroulées sur des treilles. Il était léger, il ne prenait pas de place, il pouvait aussi servir de couverture et parfois Josépha l'enroulait autour d'elle pour se réchauffer. Elle avait l'air alors d'une dame espagnole.

Il avait placé une bougie entre deux cailloux et empilé au-dessus des brindilles et du bois pour faire un petit feu. Le bois était souvent humide mais il y avait toujours des branches mortes de sapin. Les aiguilles et la résine compensaient l'humidité. Le petit feu clair et l'odeur de pin et de résine ravissaient Josépha.

– J'ai toujours rêvé d'être scout quand j'étais enfant, dit-elle.

– Pourquoi ?

– Ça me faisait rêver. On m'avait donné une brochure qui expliquait ce que faisaient les scouts. On les voyait monter des tentes dans la forêt, chanter autour d'un feu ou jouer tous assis en rond avec leur uniforme. Et vous Victor, c'est chez les scouts que vous avez appris à faire du feu ?

– Non, c'est au Maroc.

Victor se leva pour aller chercher de l'eau dans le torrent. Il sentit le regard de Josépha dans son dos, elle savait qu'il se passait quelque chose. Il puisa un peu d'eau dans le quart et s'étira en regardant les nuages qui laissaient passer un pâle rayon de soleil. La lumière changea aussitôt ; elle devint transparente et tremblante comme une fine gelée d'or. Il vit le chien, assis sur un promontoire à quatre cents mètres devant eux, la tête dressée, qui semblait surveiller son territoire. C'était un *pastou,* un chien de défense. Tout petit, il avait été placé au milieu des moutons dans la bergerie. Il prenait des coups de tête des brebis et se faisait rouler au sol, il devait se tenir dans un coin et accepter de rester sur le dos, pattes écartées pour que les bêtes le reniflent et le lèchent. C'étaient de durs mois d'apprentissage. Il ne voyait les hommes que lorsqu'ils venaient le nourrir. Il ne recevait jamais de caresses ; sa famille c'était le troupeau. Il grandissait au milieu des moutons et bientôt les dépassait en taille et en puissance, il les accompagnait partout. Il établissait un périmètre de protection autour d'eux. Pompidou n'avait jamais eu beaucoup de lien avec les êtres humains.

Il revint s'asseoir près de Josépha et lui tendit le quart. Elle le regardait toujours, elle attendait. Elle avait les traits tirés, les rides autour de ses yeux et de sa bouche atténuées par un maquillage léger. Il était difficile de lui donner un âge. Elle avait un corps frêle, sa poitrine et ses hanches semblaient rajoutées à une structure fragile, les bras et les mains délicats comme une adolescente. Quand elle lui avait parlé de la mer, il l'imaginait comme un bois flotté, sombre et délicatement façonné, abandonné sur le sable. Elle lui avait dit que lorsqu'elle vivait à Lyon, elle pesait presque quatre-vingts kilos. Elle avait fondu en une année après son arrivée dans la Vallée. Elle sourit sous son regard scrutateur.

– Vous me regardez.

– Oui.

– Et qu'est-ce que vous voyez ?

– Excusez-moi, il y a longtemps que je n'ai regardé quelqu'un.

– Est-ce que vous regardez quelqu'un ou est-ce que vous regardez une femme ?

– Pourquoi est-ce qu'avec vous, je n'ai pas l'impression de voir une personne mais une femme ?

– Vous voulez dire une femme de l'espèce des femmes ou de l'espèce animale ?

– De l'espèce animale…

Elle rit et il vit ses dents blanches et ses lèvres qui pouvaient mordre et embrasser.

– C'est parce que je redeviens celle que j'étais avant que Charles ne me transforme en bonne femme.

– Vous le détestez ?

– Non. C'est comme vous à l'aéroport avec votre père. J'ai l'impression de me réveiller et que mon dernier souvenir est le comptoir du restaurant où je pose un verre devant lui. Que s'est-il passé toutes ces années, Victor ?

Que s'était-il passé ? Victor ne savait pas ce qu'avait été la vie de Josépha mais la sienne avait commencé ce jour à l'aéroport, jusqu'à ce que les deux islamistes sortent de la voiture noire et la détruisent à coups de Kalachnikov, l'arme emblématique des guérillas de libération. De longues rafales calmes et précises d'abattoir ; les gens fauchés un verre à la main au prétexte que les Occidentaux tuaient des musulmans dans le monde entier : des femmes musulmanes, des enfants musulmans, des chiens musulmans ; tout un tas de musulmans opprimés par la physique quantique, les seins nus qui les avaient allaités et les confessions de Jean-Jacques Rousseau. Les musulmans étaient les premières victimes des islamistes.

– Il faut que je vous parle d'Elisabeth, lui dit-il.

– Qui est Elisabeth ?

– C'était une philosophe qui travaillait avec moi, on a fait nos études ensemble. Juste avant les attentats nous dirigions un séminaire à l'EHESS. Quand elle venait me voir à l'hôpital, je ne savais pas qui elle était. Elle connaissait bien ma vie et ma famille. Elle savait où j'allais ce jour-là, à l'aéroport…

– Comment le savait-elle ?

– J'étais invité dans un riad à Marrakech qui appartenait aux parents d'Elisabeth. Elisabeth était la seule à le savoir, elle ne me l'a pas dit.

– Pourquoi ?

Victor détourna les yeux, il chercha quelque chose autour de lui. Il vit le chien dressé sur le promontoire, il se souvenait comment il l'accompagnait dans ses marches solitaires dans la Vallée, comment il restait des heures assis près de lui, silencieux, attendant qu'il se remette en route.

– C'est au Maroc que j'ai rencontré ma femme, dit-il à Josépha avec son bonnet de laine et son regard qui le transperçait.

Il ne dit plus rien. Il s'enroula mentalement autour de l'image de Justine la première fois qu'il l'avait vue sur la place Jemaa el-Fna ; figure blonde et diaphane, accrochée au bras d'un homme arabe, en chemise blanche avec un fin collier de barbe et des yeux de velours.

Elisabeth détenait les clefs de sa mémoire. Elle venait tous les jours à l'hôpital, elle parlait à l'équipe médicale, elle restait tard le soir et lui parlait du travail qu'ils faisaient, elle lui apportait des livres qu'il empilait sans les ouvrir

« Pourquoi je ne me souviens pas de vous ?

– Je ne sais pas, Victor, mentait-elle.

– Pourquoi je ne me souviens pas de vous si nous avons fait nos études ensemble ? Je me souviens des profs, des étudiants, je me souviens de tout jusqu'à ce jour avec mon père à l'aéroport. Pourquoi ? »

Elle se refermait sur elle-même. Elle mentait à Victor, elle mentait à l'équipe médicale.

« Pourquoi ne se souvient-il pas de vous ? demandait la psychiatre.

– Je ne sais pas, répondait Elisabeth.

– Est-ce qu'il y a eu quelque chose entre vous ? Est-ce que vous être en train de le protéger ? Il n'y a rien que l'on puisse faire pour lui sinon lui dire la vérité. Il n'y a malheureusement rien que l'on puisse faire pour effacer ce qui est arrivé. »

Elisabeth savait que le jour où elle lui dirait où l'avion l'avait emmené, Victor retrouverait la mémoire. Elle allait lui donner sa femme et son enfant morts, elle allait lui rendre le souvenir de ce moment où les balles avaient déchiqueté la terrasse et ceux qui s'y trouvaient. Elle allait lui montrer leurs corps souillés de sang : Justine et Apolline dans les tiroirs de la morgue qui attendaient qu'il se souvienne d'elles.

Elle ne s'en sentait pas la force. Elle était terrorisée, elle ne voulait pas être celle qui le conduirait à l'abîme.

Mais il arriva que Victor cessa de parler, de se nourrir et de s'intéresser à ce qui était autour de lui. Il restait allongé les yeux fixes, le corps raidi par des crampes qui le faisaient crier la nuit. Il souffrait de migraines atroces, ils lui remirent des perfusions, lui donnèrent de la morphine qui décuplait ses hallucinations. Il tremblait et gémissait comme si on le torturait lorsque le kiné massait ses muscles tétanisés. Un soir, Elisabeth regarda ses yeux caves, sa bouche qui tremblait, il essayait de dire quelque chose. Elle se pencha, et il s'accrocha violemment à son épaule : *« Ayez pitié, je ne sais pas où je suis. »* Elle vit ses yeux fous lorsque sa tête retomba sur l'oreiller.

« Victor, lui dit-elle, nous allons retourner là-bas...

– Où ?

– Dans ton appartement de la rue Charlot, là où tu vivais.

– C'est là que je suis ?

– Victor, repose-toi, reprends des forces. Je vais venir te chercher. Nous irons là-bas, nous passerons la nuit là-bas, je vais m'occuper de toi. Attends-moi, je vais te conduire là-bas. »

Victor ne raconta pas cela à Josépha entre les deux bras du torrent. Il ne pouvait pas, il n'avait pas la force. Il se demandait s'il pourrait jamais le faire. Mais dans la lumière froide qui tombait sur elle, dans la douceur étonnante qu'il découvrait dans ses yeux, il dit à Josépha comment il avait rencontré celle qui allait transformer sa vie.

– Elle allait se marier. Elle était là pour se marier, lui dit-il.

Justine adorait le Maroc, elle y allait depuis qu'elle était enfant. Elle y avait vécu lorsque son père ingénieur agronome avait été engagé pour s'occuper des troupeaux du roi Hassan II. Adolescente, elle y revenait pour retrouver ses amis qui appartenaient à la bourgeoisie proche du roi. Leurs familles les envoyaient en France, aux États-Unis ou au Canada poursuivre leurs études et ils revenaient passer l'été dans leur pays.

– Justine avait fait des études de lettres classiques en Angleterre, depuis un an elle était à la Sorbonne où elle se spécialisait dans l'œuvre de Dante. Elle devait se marier en octobre avec un Marocain qui faisait des études d'informatique aux États-Unis. Ils étaient là depuis un mois, ils faisaient le tour des villes impériales et des endroits branchés où l'homme présentait sa future femme à sa nombreuse famille et à ses relations.

Elle devait se convertir à l'islam, elle devait faire aussi un court séjour dans une clinique suisse pour une opération qui allait lui rendre sa virginité. Ils étaient de passage à Marrakech et devaient assister à la soirée qu'allait donner dans son riad la mère d'Elisabeth pour ses amis marocains et français.

– C'était la première fois que je venais au Maroc. La mère d'Elisabeth voulait profiter de mon séjour pour annoncer mes fiançailles avec sa fille.

– Vous deviez vous marier ?

– Nous nous connaissions depuis longtemps, c'était presque programmé. Nous avions une relation intense mais le mariage n'était pas dans nos projets.

– Vous l'aimiez ?

– Oui, nous étions très proches, nous nous servions l'un de l'autre pour penser, nous avions découvert l'amour ensemble. Nous étions un couple même si nous ne vivions pas ensemble. Mais je ne savais rien de l'amour avant de rencontrer Justine.

– Excusez-moi Victor, je suis de celles de l'espèce animale qui ne connaissent rien à l'amour. Il faut que vous m'expliquiez.

Il ne pouvait pas, pas devant une femme qui se faisait attacher dans son lit par son mari.

– Il faut que vous sachiez une chose, Josépha. À cette époque, lorsqu'on s'asseyait dans le somptueux salon de l'un de ces riches Marocains, une petite fille apparaissait aussitôt près de vous avec un plateau, un verre et une carafe d'eau glacée. Elle baissait les yeux, attendant que vous vous serviez. Elles avaient dix ou onze ans, elles dormaient sur le sol de la cuisine sur une couverture. Ils allaient les chercher à la campagne, pour les parents c'était une chance que leurs filles soient placées dans une maison qui pouvait les nourrir. Elles servaient et travaillaient jusqu'à la nuit. Quand vous alliez dîner chez eux, le repas était un délice, il avait été préparé par l'épouse. Elle ne mangeait pas avec vous, elle attendait assise dans un coin de la pièce sur un tabouret, voilée de noir de la tête aux pieds, elle ne parlait pas, elle ne comprenait pas le français. Elles ne savaient ni lire, ni écrire, elles étaient très jeunes, ils allaient aussi les choisir à la campagne. Les hommes étaient habillés à l'européenne, ils vous parlaient de Paris d'où vous veniez, des études que faisaient leurs enfants à l'étranger. J'ai compris ce que voulait dire l'amour lorsque j'ai vu Justine au bras d'un de ces hommes sur la place Jemaa el-Fna à Marrakech…

– Vous voulez dire que vous avez voulu la sauver ?

– Je ne l'ai pas sauvée. Ils l'ont tuée, Josépha. Ils l'ont assassinée avec ma fille.

Un matin, ils prirent le gros 4x4 de Josépha. Elle voulait le conduire plus haut dans la montagne, à un endroit qu'il ne connaissait pas. Ils roulèrent une dizaine de kilomètres jusqu'au col puis laissèrent la voiture à l'entrée d'un chemin qui s'enfonçait sous une voûte de sapins noirs et, après une montée lente et tortueuse, débouchait sur un sentier abrupt qui semblait creusé dans la roche. C'était un endroit sombre et angoissant pareil à un tunnel, jusqu'à ce que le chemin atteigne la falaise. Il n'y avait pas un chant d'oiseau, les bois pourrissants montaient d'une terre qui semblait usée et épuisée par les énormes racines qui plongeaient dans son sein. Un hiver immuable était prisonnier de ces lieux, tout était mort à hauteur d'homme, sec ou brûlé par un acide verdâtre qui recouvrait tout. On sentait que des créatures sans forme se dissimulaient sous les amas de racines et de mousses ; des insectes hybrides, aveugles, entre le végétal et l'animal, qui se reproduisaient et se nourrissaient de la moisissure dont ils étaient faits. Ils marchaient l'un derrière l'autre, ils ne parlaient pas, le chien avançait la tête basse, sans folâtrer, comme s'il suivait un parcours dangereux.

– Je n'aime pas cet endroit, dit Josépha à mi-voix.

Elle se retourna et sembla s'assurer qu'il la suivait toujours.

– Charles m'a demandé ce que je faisais avec vous. Hier, lorsque je suis montée aux Combes pour vous retrouver, Christophe le Grêlé m'a suivie pendant un moment. C'est Charles qui l'avait envoyé.

– Qu'est-ce que vous avez fait ?

– Je suis capable de dire de telles obscénités qu'il a pris la fuite. Quand on veut se débarrasser d'un homme, il ne faut pas crier à l'aide, il faut lui balancer de telles horreurs qu'il vous croit cinglée.

– Et à Charles, vous avez répondu quoi ?

– Il allait à Genève. Je lui ai dit que j'avais rangé sa mallette pleine de billets dans la pièce des chiens.

– Il passe de l'argent ?

– Ce n'est pas le sien. Il touche des commissions à chaque passage. Cela dure depuis des années, il m'a même proposé de le faire.

Elle se remit en route et il la suivit dans le sentier qui disparaissait peu à peu entre les arbres. Bientôt, il n'y eut plus rien, la forêt semblait le piétiner pour le faire disparaître.

– Un jour j'ai trouvé une mallette que je ne connaissais pas. Je l'ai ouverte, elle était remplie de liasses de billets, je l'ai vidée sur son bureau. Charles fréquente des gens qui se garent du fisc ou versent des commissions occultes, la Suisse est proche. C'est moins facile maintenant avec le contrôle de l'immigration mais il a organisé un vrai réseau au village. Il a paniqué quand il a su que vous faisiez des enquêtes économiques, il s'est demandé si vous n'étiez pas là pour lui.

Victor comprenait mieux l'acharnement de Charles à vouloir créer des relations avec lui. Il se promenait avec une femme dont le mari avait tué un homme et passait de l'argent sale. Il imaginait ce qu'avait dû ressentir Josépha en découvrant que Charles la regardait dans la lunette de son fusil.

Ils sortirent du couvert des sapins et se retrouvèrent devant un passage qu'on eût dit ouvert à coups de hache dans la falaise. Quand ils commencèrent à se hisser, Pompidou poussa un jappement, fit volte-face et disparut entre les arbres ; il allait faire le double de la distance pour les retrouver. La roche était sèche, le goulet ressemblait à un escalier à demi écroulé. Ils retrouvèrent la lumière et le vent au sommet, les nuages passaient au-dessus d'eux s'effilochant dans le bleu dilué du ciel. Josépha montait souplement, s'aidant des mains, plaquée à la roche comme un lézard camouflé sous ses habits de chasse.

Ils atteignirent la crête au milieu d'un grand silence, la roche brillait sous le soleil, les vallées s'étalaient sous la brume. À l'horizon il y avait encore des montagnes, plus hautes, leurs sommets couverts de neige. Il vit le chien dans la pente qui montait vers eux, sinuant entre les rochers, tache blanche presque invisible dans le précipice. Ils longèrent la crête jusqu'à un promontoire qui dominait comme une proue un désert de roches et d'éboulis à l'intersection de trois vallées. L'air était vif mais la montée leur avait donné chaud et Josépha ôta sa veste et l'étala sur le sol avant de s'asseoir dessus, son sac entre ses jambes. Elle tira sur les boutons de son gilet, le fit glisser jusqu'à sa taille et resta là, les épaules et les bras nus, ses beaux yeux plissés sous la lumière.

Victor pensa aux yeux de sa fille quand les deux hommes armés étaient sortis de la voiture noire. Ce n'était pas un regard de frayeur, ni de surprise, c'était pareil à un trou noir qui s'ouvrait devant lui. Après il n'y eut plus rien et il s'était réveillé sans savoir qui il était.

– Victor ? Ça va ?

Il regardait l'épaule de Josépha que la bretelle tombée avait découverte. Il avait ouvert la bouche pour questionner Apolline mais les mots avaient été arrachés de son corps et propulsés dans le néant. Quelque chose était écrit sur l'épaule de Josépha ; un secret, une vérité minuscule. Il leva machinalement la main et posa son doigt sur la chair renflée comme il l'aurait fait sur une dalle gravée de hiéroglyphes. C'était un geste anodin, léger, il appuyait à peine. La panique reflua.

Elle sourit, remonta son gilet sur ses épaules et le boutonna doucement, comme si elle enfermait le secret dans un étui précieux

– Vous savez, lui dit-elle, je suis frigide mais j'aime embrasser.

Elle sortit son appareil photo, clippa l'objectif qu'ils avaient rapporté de la ville.

– Montrez-moi votre main.

Il tendit le bras, montra sa main noueuse. Elle se pencha, le viseur collé au visage. Il entendit un déclic puis un autre. Elle bougea, il entendit une série de déclics en rafales.

– C'est avec elle que vous m'avez touchée.

Elle posa l'appareil et se mit à genoux. Elle se plaqua à la roche avant de laisser ses jambes glisser dans le vide et brusquement il ne vit plus que sa tête et ses mains. Il s'approcha du gouffre, elle descendait l'à-pic vertigineux vers une corniche qui longeait la falaise cinq mètres plus bas sous le promontoire. Elle cherchait soigneusement ses prises, tâtonnant, jusqu'à ce qu'elle trouve un appui, un creux pour assurer sa main. Elle se déplaçait doucement, collée à la paroi, ajustant avec souplesse le centre de gravité de son corps. Il aimait la façon orgueilleuse qu'elle avait de se mesurer avec ce qui l'entourait. Il ne savait pas s'il pourrait la suivre. Elle atteignit la corniche et leva la tête vers lui.

– Venez Victor, ce n'est pas si difficile. Il suffit de ne pas regarder en bas.

Ils étaient à près de deux mille mètres, le vide était menaçant. En bas s'étalait un chaos de roches, un désert qui vibrait dans la brume. Il retrouva les peurs de son enfance lorsqu'il suivait son père dans la montagne. Son père l'abandonnait en équilibre au sommet d'une cascade pour disparaître dans le vacarme. Il se retrouvait seul, il paniquait, jusqu'à ce qu'il retrouve, un à un, les gestes qu'il devait faire.

Il n'avait pas peur ce jour-là. Il était heureux à la terrasse du restaurant, il était impatient de retourner à son travail. Apolline riait, penchée sur l'épaule de sa mère ; leur blondeur était une histoire intime. Victor se mit à genoux, bascula ses jambes dans le vide. Il sentit son pied s'accrocher, la prise lâcha sitôt qu'il porta son poids dessus, ses mains et les muscles de ses bras se verrouillèrent instinctivement à la roche. Il était en équilibre instable, ses poumons se vidèrent brutalement et il découvrit avec stupeur qu'il allait tomber.

Il sentait le vide derrière lui pareil à la gueule d'un monstre qui allait le happer. Il se plaqua à la paroi comme un insecte. Il était tellement surpris de ce qui se passait qu'il était incapable de réagir. Il sentit quelque chose enserrer sa cheville, déplacer son pied et le poser sur une bosse où il put s'appuyer. Le courant revint dans son corps, l'air dans ses poumons comme une machine qui se remet en route. Il baissa la tête et vit que Josépha avait remonté la moitié de l'à-pic et le tenait par la cheville.

Elle le guida jusqu'en bas, sa main légère lui indiquant les endroits où il pouvait s'appuyer. Il se retrouva sur la corniche, le dos à la roche, face à Josépha qui avait l'air de flotter au bord du vide. Il reprit son souffle, il ne savait plus où il était, comme si pour la première fois, il avait franchi les frontières du village pour atteindre un monde inconnu.

– Vous avez eu peur.

Il prit conscience qu'elle était tout près et lui cachait le vide. Son regard était inquiet, elle se pencha et sa bouche effleura ses lèvres.

– J'ai vraiment envie de vous embrasser. Si nous le faisons ici, nous allons tomber dans le vide.

Elle le prit par la main et le tira le long de la corniche. C'était une voie étroite qui longeait la paroi sur une dizaine de mètres avant de tourner brusquement. Il la suivit sans comprendre, il n'y avait que le précipice devant eux.

Après le tournant, une sorte de balcon surplombait le gouffre. La roche arrondie était creusée par l'érosion avec un renfoncement comme l'entrée d'une grotte. De lourdes pierres détachées de la falaise faisaient une rambarde avec un espace assez large pour qu'on puisse s'y tenir. Ça ne menait nulle part, le reste de la corniche s'était éboulé et avait disparu dans le vide.

Elle ne se jeta pas dans ses bras, elle le toucha à peine. Ses lèvres caressèrent les siennes, et bientôt il sentit sa langue et la douceur humide de sa bouche. Il ferma les yeux, ce n'était pas un baiser amoureux, c'était une caresse animale, un long et lent attouchement sensuel.

Ça s'arrêta aussi brusquement que cela avait commencé. Elle était contre la rambarde, le regard apaisé. La distance entre eux paraissait incompréhensible.

– Je vous ai fait peur deux fois, dit-elle.

Elle avait l'air très jeune, engoncée dans ses vêtements, le bonnet serré sur la tête. Elle souriait.

– Josépha…

– Ne dites rien. Regardez la pierre derrière vous.

Il se tourna vers la cavité. C'était une pierre dure, lissée et arrondie par l'érosion, il vit des traits et des hachures qui montaient sous la voûte et s'alignaient dans un ordre qui ne tenait pas du hasard. Il se rendit compte que c'était des gravures ; des figures géométriques, des animaux, des personnages sommaires dessinés dans diverses attitudes. La cavité en était couverte.

– Qu'est-ce que c'est, Josépha ?

– De l'art pariétal, un site orné, à la lumière du jour.

– C'est extraordinaire, comment avez-vous découvert ça ?

– Je suis venue un jour faire des photos sur le piton, mon sac est tombé. J'ai cru qu'il avait versé dans le précipice puis je l'ai vu accroché sur les rochers. J'ai cherché un passage et j'ai trouvé ça.

Elle caressait la pierre d'un geste lent et doux.

– Quelqu'un est au courant ?

– Non.

– Vous ne pouvez pas garder ça pour vous, Josépha.

– Bien sûr que si !

Elle le regarda et se mit à rire devant son air perplexe.

– Je vous l'ai donné contre un baiser.

Victor contemplait le mur orné ; silencieux, intimidé par le miracle. Josépha poussa un soupir, s'assit sur le sol et sortit un paquet de cigarettes de sa poche.

– Je suis heureuse de vous l'avoir montré. Cela fait des années que je le garde pour moi.

– Vous avez trouvé un trésor, les sites en plein air sont extrêmement rares.

– C'est vrai. On croit que l'art paléolithique est uniquement dans les cavernes mais ce n'en est qu'une partie ; peindre ou graver dans les ténèbres n'allait pas de soi. Il y avait beaucoup de sites ornés en plein air dans des endroits abrités. Ici, au croisement des trois vallées, il devait y avoir des peintures, des couleurs magnifiques, des scènes peintes qui racontaient une histoire. Il n'y a que les gravures qui ont résisté.

Elle n'y connaissait pas grand-chose. Elle avait lu des livres, regardé des documentaires et parlé avec sa vieille amie qui était si cultivée.

– Certains spécialistes pensent que les peintures qu'on trouve dans les grottes n'ont trait qu'au monde souterrain, dit Victor.

– Il y avait une métaphysique des ténèbres, des profondeurs, mais elle avait son pendant lumineux qui célébrait la vie et qui a disparu. Nous ne connaissons qu'une infime partie de cet art.

Elle lui dit que les sites en plein air qu'on avait retrouvés dans le monde étaient toujours situés dans des endroits exceptionnels ; au bord des rivières, au pied de falaises immenses, dans des paysages spectaculaires et difficiles d'accès.

– J'ai fait des photos, je les ai réunies dans un album. J'aimerais vous les montrer. C'est comme des hiéroglyphes, il ne reste que le squelette de ce qu'il y avait. Il faudrait les dater et les étudier.

Victor imaginait ce qu'avait dû être ce mur. Il n'en restait que des signes érodés comme une écriture d'enfant ; des traits, des griffures où l'on reconnaissait parfois des formes humaines et animales, des carrés, des lignes droites hachées comme des grilles, de longues incisions qui faisaient un cadre à des scènes plus petites. Il croyait reconnaître des arbres ou des personnages aux membres immenses qui se mêlaient dans des figures géométriques. Il n'y avait pas de lignes courbes, il savait que cela tenait à l'outil de l'artiste et à la nature de la roche qui ne permettait pas toutes les possibilités. Il savait aussi que les artistes martelaient le support avec une pierre dure, les creusaient, les griffaient et qu'ensuite ils soufflaient des poudres de couleurs avec un roseau ou un os creux. Mais ce qui était remarquable et émouvant, c'était que l'organisation de la scène était perceptible, on sentait les décisions et les choix de l'artiste.

– Il faut faire des fouilles, il y a peut-être d'autres traces. Pourquoi avez-vous gardé ça pour vous ?

– Parce que c'est exactement le genre de chose dont rêve Charles. Faire de la Vallée un lieu exceptionnel, prendre la tête d'une équipe et diriger les événements. Il ferait venir des scientifiques, des journalistes et il régnerait sur tout le monde. Rien que d'y penser, ça me terrifie et me donne la nausée.

– Vous préférez être la gardienne de la montagne sacrée. C'est pour ça que vous m'avez embrassé devant ce mur ?

– Non, Victor, c'est parce que vous m'avez touchée. J'ai eu envie que vous me touchiez quand vous avez frappé ce loup. Vous m'avez montré qu'on peut lutter contre la peur. Ça paraît impossible ici.

Elle lui montra le vide et la forêt qu'ils avaient traversée pour arriver à la falaise. Elle appartenait aux moines. C'était un endroit noir, un endroit d'hommes et de chasseurs. Les moines s'étaient installés à l'an mille, ils avaient été chassés pendant la Révolution française, ils étaient revenus sous ordonnance royale en 1816 et ils avaient été chassés de nouveau en 1903. Ils s'étaient réfugiés en Italie et ils étaient revenus définitivement en 1940 grâce à Pétain qui leur avait offert une reconnaissance légale.

– L'endroit est classé, c'est une zone de non-droit, fermée à la circulation automobile et interdite de survol par les avions, comme pour une base militaire. Les moines veulent que ce lieu demeure un désert, une zone de silence. C'est là que se réfugient les loups.

La forêt s'étalait au fond du précipice, manteau sombre d'où montaient des volutes de brouillard qui se désintégraient lentement. La lumière luttait contre les ténèbres.

– Au Moyen Âge, les moines ont commencé à agrandir leurs possessions, ils ont exproprié les paysans et les artisans, ils ont refusé aux femmes le droit de passage sur leurs terres.

– Ma voisine m'a raconté que c'était un endroit dangereux, qui portait malheur.

– C'est plein de superstitions et d'histoires atroces qui se sont passées pendant la guerre. Les gens du village n'y vont jamais. Lorsque j'ai posé des questions sur l'art rupestre à ma vieille amie, elle m'a raconté qu'une paléontologue américaine était venue un jour dans la Vallée pour explorer les Abymes. C'était bien avant que j'arrive ici. Elle faisait des recherches sur les habitats, les restes fossiles et le temps géologique. Elle est partie un matin d'été avec son matériel de camping, elle faisait ça dans le monde entier. Son mari et ses enfants l'attendaient dans la maison que vous occupez actuellement. Trois jours après, le monastère a appelé le maire du village pour lui dire qu'ils avaient découvert le cadavre d'une femme au bas d'un pierrier. Les gendarmes ont dit qu'elle avait fait une chute de deux cents mètres sous la corniche des Baumes. Là où nous sommes passés tout à l'heure.

– Vous pensez qu'elle a découvert les gravures ?

– Je ne sais pas Victor, je ne sais vraiment pas. Mais si elle connaissait son travail, elle a dû monter directement ici. Elle avait toutes ses affaires, on n'a pas retrouvé son matériel photographique. Les gendarmes ont dit qu'elle devait l'avoir à la main lorsqu'elle est tombée et qu'il a disparu dans le précipice.

Ils retrouvèrent le chien couché sur leurs sacs. Josépha lui donna à boire et sortit un morceau de pain et des petits fromages de chèvre secs qu'on faisait au village.

– J'aimerais bien un de vos petits feux mais il n'y a pas de bois ici et c'est tout ce que j'ai.

Elle distribua le fromage sans oublier le chien qui le coinça entre ses pattes et se mit à le lécher.

– J'ai envie d'un grand dîner, d'un bon vin. Avec vous, je retrouve le goût des choses, Victor.

Elle lui décrivit les dîners que donnait sa vieille amie au chalet des Reclus où elle recevait des gens venant de la capitale ou de l'étranger ; des intellectuels, des artistes, et la cuisine fabuleuse qu'ils faisaient ensemble. Des soirées où Charles n'était pas invité.

– Qu'est-ce qui vous a rapprochée d'elle ?

– Le goût de la solitude et celui des femmes. Elle aime les femmes. Et aussi le fait d'être mariées à des hommes grossiers. Son mari était un médecin réputé, il travaillait énormément, il collectionnait les aventures sordides. Elle venait se réfugier ici, elle est riche et très intelligente. Charles a déployé beaucoup de charme pour faire sa conquête mais elle ne l'aime pas, elle dit qu'il est borderline et que c'est un escroc.

Ils mangeaient le pain et le fromage qui s'effritait dans la bouche, buvaient le thé qu'elle avait apporté.

– Pourquoi l'avez-vous épousé ?

– Je n'y suis pour rien. C'est la jeune fille que j'étais à l'époque qui a pris cette décision. Je suis l'otage de cette jeune fille…

Elle avait vingt ans quand elle avait épousé Charles. Victor lui demanda si elle se souvenait de ses vingt ans. Elle répondit qu'elle n'avait pas envie de se souvenir de cette époque.

– Une nuit, j'ai découvert le corps de mon amie, la serveuse avec qui je travaillais, dans les toilettes du restaurant. Elle avait fait une overdose, les pompiers ont dit que son cœur avait explosé. Elle avait pris de la cocaïne. Elle fumait parfois de l'herbe, je ne savais pas qu'elle prenait de la cocaïne ; c'était peut-être la première fois. Elle a abandonné sa petite fille de quatre ans. C'est elle qui m'a appris à embrasser…

Elle repoussa la nourriture et la timbale de thé, elle avait un air doux et timide, comme si elle racontait une anecdote gênante.

– C'est difficile de se souvenir de ce moment. Charles était présent cette nuit-là, assis au bar à raconter ses histoires. La nuit a fini dans l'horreur, avec les urgences, les pompiers, les flics. Ils ont fouillé le restaurant, interrogé tout le monde. Ils croyaient que c'était un lieu de trafic, ils ont pris Charles pour un dealer. Mon amie est restée allongée sur un brancard, recouverte d'un drap, entourée de quinze types qui la regardaient. À l'aube, j'ai demandé à Charles de me sortir de là. Je suis montée dans sa voiture, il a pris l'autoroute qui passait devant la porte. Il m'a emmenée directement à Lyon où il vivait, je n'ai jamais revu ma famille. Un an plus tard, nous étions mariés.

– Il vous a enlevée ?

– Il m'a emportée. Plus tard, j'ai compris qu'il avait gagné. Je n'étais rien. Il ne pouvait que gagner, il lui suffisait d'attendre au bar.

Les premiers temps à Lyon, elle trouva un travail dans un restaurant de la Croix-Rousse mais c'était le jour et c'était différent. Elle était plongée dans un univers inconnu, au milieu de gens qui la traitaient comme une domestique. Elle dit qu'elle s'habitua à la présence de Charles comme à celle d'un animal ; une espèce d'ours pataud dont elle ne comprenait pas les réactions, qui lui faisait un peu peur avec son corps massif, son odeur de poils et de sueur savonnée. Il était plus vieux qu'elle, sûr de lui, toujours affamé de quelque chose ; de nourriture, d'argent, de sexe. Elle se laissait faire, veillant à ce qu'il ne morde pas, s'assurant qu'il ait toujours son content de satisfaction. Ils ne fréquentaient personne, Charles n'avait pas d'amis. Il voyait énormément de monde, avait des rendez-vous, des réunions, des déjeuners où elle n'était pas conviée. Personne ne franchissait le seuil de leur appartement.

– Je vivais au milieu d'un flot de paroles, de projets, de voyages qui ne se faisaient jamais. Le mariage est arrivé comme un nouvel accessoire au milieu d'un catalogue, avec d'autres nouveautés : des enfants, la construction d'une maison, la création d'une entreprise que je dirigerais avec lui. Tout un tas de choses dont j'ignorais tout et auxquelles je n'avais jamais pensé. Quand je regardais derrière moi, il n'y avait que le vide, si je regardais devant il n'y avait que les discours de Charles. Je me suis retrouvée mariée parce que Charles connaissait le maire de Lyon et qu'il envisageait de rentrer dans l'équipe municipale.

Elle laissa tomber son travail de serveuse pour revenir à des choses qu'elle connaissait : le cinéma, la télé, les hits à la radio, le shopping dans les grandes surfaces où l'on pouvait passer des heures devant les vitrines, sous les lampes et la musique ambiante, entre le comptoir à cappuccino et les soldes aux Galeries Lafayette. Elle n'avait pas besoin d'acheter, il lui suffisait d'être avec des gens comme elle qui erraient au milieu des marchandises. Elle n'avait pas de soucis à se faire, Charles s'occupait de tout : l'argent, les courses, la cuisine, le présent et l'avenir. Elle envisagea d'ouvrir un bistrot de nuit dans une de ces rues en pente pour retrouver la complicité nocturne des gens de passage. Elle en parla à Charles qui trouva que c'était une idée formidable. Elle se mit en quête d'un endroit, visita de vieilles boutiques, imagina des plans d'aménagement, essaya de comprendre de quoi avaient besoin toutes ces jeunes personnes tatouées qui commençaient à hanter jour et nuit les vieilles ruelles de la colline. Elle voulait appeler l'endroit *Le Hipster*, parce qu'elle avait lu un article sur ces gens *qui refusent la culture mainstream à tous les niveaux de leur life style…* Elle savait que ce n'étaient pas les badauds des galeries commerciales qui viendraient boire ses cocktails. Elle traîna Charles dans les agences immobilières mais il y avait toujours quelque chose qui n'allait pas : l'emplacement, la structure du bâtiment, le prix complètement déplacé. Il la regardait en souriant, secouait la tête *: ce truc n'est vraiment pas pour toi.* Lui, bien sûr, savait.

Elle retourna au cinéma et dans les galeries commerciales et se mit à grossir. C'était nouveau, Charles adorait ça. C'est elle maintenant qui était devenue une espèce d'animal pataud, encombré d'un corps à la féminité exacerbée à qui Charles vouait un véritable culte.

– J'ai commencé à aller mal. J'avais l'impression d'être enfermée dans une gangue de chair et de graisse que Charles avait posée sur moi. Je ne sortais plus, je passais mon temps à regarder des séries à la télé. Je ne me levais que pour ouvrir le frigo et aller aux toilettes. Charles me dévorait, m'achetait des dessous, m'habillait comme une poupée gonflable et commençait à me faire des propositions d'échangisme ou de parties à trois, il passait son temps sur les réseaux sociaux. Il avait des maîtresses qu'il amenait à la maison sous prétexte de rapports à finaliser, d'affreuses femmes qui amenaient à boire et me regardaient comme un loukoum.

Josépha se mit à haïr tout ce qui avait trait à son corps, au contact d'un autre corps, au sexe, à la nourriture. Elle se souvenait de la jeune fille enfermée sous sa graisse qui reposait comme une morte, à l'image de son amie dessinée sous le drap du brancard, entourée d'hommes et de femmes déguisées en hommes. Elle comprit que dorénavant ce serait sa façon de vivre et s'y résigna. Elle repoussa les avances de Charles et se transforma en une jolie femme ronde qui mettait des robes fleuries en été, des doudounes matelassées en hiver, s'intéressait aux produits bio et à la décoration intérieure. Elle se remit à sortir avec un éternel sourire figé sur ses lèvres maquillées de rouge vif, passait des heures dans les cafés à feuilleter des magazines people, à attendre ses rendez-vous chez le coiffeur ou l'esthéticienne qui lui disait qu'elle avait une peau douce et merveilleuse.

– Pendant qu'elle me massait, m'épilait, me faisait des masques d'argile et des gommages, je pensais au corps de mon amie la serveuse qui était si maternel et pouvait se transformer en quelque chose de tellement voluptueux qu'il me faisait pleurer. Nous n'avions pas de véritables rapports sexuels, nous passions des heures paisibles à caresser nos corps exténués après une nuit de travail, après avoir été chercher sa fille chez sa mère pour la conduire à l'école. Nous allions chez elle, nous buvions du café en fumant des cigarettes et nous nous serrions l'une contre l'autre, épuisées, un peu effrayées par le gris qui montait de la cité et nous commencions à nous embrasser. C'était doux, la tristesse et l'ennui se transformaient en plaisir. Après nous dormions l'une contre l'autre jusqu'à l'heure d'aller chercher sa fille à l'école. Alors je retournais chez mes parents me préparer pour une nouvelle longue nuit au restaurant.

Elle était devenue à ses yeux une femme sans importance. Charles lui fichait la paix et parlait de s'installer en Chine grâce à ses contacts dans la franc-maçonnerie. Il lui demanda d'étudier le chinois et de lui servir d'interprète. À la place, elle trouva un travail d'hôtesse dans une société de photographie industrielle. Elle accueillait les clients avec ses élégantes tenues grandes tailles et gérait les rendez-vous des photographes. Les bureaux étaient décorés de magnifiques tirages de paysages et de portraits qu'elle se mit à regarder avec dévotion, ils lui donnaient l'envie d'entrer dans ces paysages ou de connaître ces personnages affichés sur les murs. Elle se lia d'amitié avec une retoucheuse de la société qui lui montra le travail qu'elle faisait. Sa façon d'entrer à l'intérieur des photographies, de modifier la réalité sans la truquer la fascina. Elle posa pour sa nouvelle amie qui fit de nombreux nus d'elle et l'entraîna à l'extérieur pour lui montrer ce que faisait la lumière sur les choses et ce qu'on pouvait en tirer pour sa propre vie. C'est là qu'était née sa passion pour la photographie.

– J'ignorais que des femmes pareilles existaient. Elle était comme un chat maigre avec des yeux et des cheveux verts, des tatouages magnifiques sur tout le corps qu'elle dessinait elle-même. Elle m'a fait connaître ses amis, les bars qu'elle fréquentait, elle était étincelante, tellement bien adaptée à ce monde qu'on eût dit un de ces animaux que la nature a façonnés pour survivre dans un milieu extrême. Elle était brutale, elle avait une façon de me tenir à distance et de me sauter dessus qui me paralysait. Elle m'a marquée, littéralement. Un jour elle m'a conduite chez son tatoueur et m'a dit de m'allonger sur le ventre. Ils m'ont fait un tatouage, sans me demander mon avis, à un endroit que je peux à peine voir.

Josépha remonta sa veste et tira sur le haut de son pantalon, découvrant une bande de peau au creux des reins. Il y avait un mot en petites lettres gothiques, souligné de deux traits qui ondulaient comme une vague : *Achĕrōn*.

– Je ne sais pas ce que cela signifie, je ne sais pas ce qu'elle a voulu faire. Je sais que c'est le nom du fleuve des enfers dans la mythologie, mais qu'est-ce que cela signifie ?

– Elle ne vous a rien dit ?

– Non, elle a toujours refusé de s'expliquer. Elle m'a simplement dit que j'étais dans le vestibule des lâches.

Victor baissa la tête pour qu'elle ne vît pas son visage. Est-ce que l'amie de Josépha avait voulu se moquer d'elle ? Qui connaissait le Vestibule des Lâches ? Cet endroit de l'enfer où attendent les âmes qui n'ont jamais fait la différence entre le bien et le mal. Elles courent interminablement torturées par des mouches et des guêpes qui les piquent jusqu'au sang. Elles ont toujours eu peur, le mépris les poursuit, du ciel et de la terre, de l'enfer même qui ne veut pas d'elles. Elles tournent en rond éternellement sans pouvoir traverser l'Achéron. Le troupeau de ceux qui ont vécu sans infamie et sans louanges.

Victor releva son visage soudain marqué de rides, creusé comme la pierre du mur orné.

– Pourquoi avez-vous accepté ?

– Qu'est-ce qui se passe, Victor ? Vous comprenez ce que cela veut dire, n'est-ce pas ?

Il devait lui dire maintenant qu'elle l'avait conduit ici.

– Ce sont les mots que Justine m'a dits le jour où je l'ai découverte blessée et presque nue, sur la place Jemaa el-Fna à Marrakech. En arabe, Jemaa el-Fna veut dire place des Trépassés.

Mais Victor ne connaissait pas le Vestibule des Lâches lorsqu'il avait vu pour la première fois Justine, assise à la terrasse qui dominait la place Jemaa el-Fna, serrant sous le sien le bras de son ami marocain. Il était allé à leur rencontre avec Elisabeth pour les guider dans le labyrinthe de la médina et les conduire au riad où devait avoir lieu la soirée. Ils s'étaient donné rendez-vous au café Argana comme si le destin avait voulu les mettre en garde contre ce qui se préparait. Quelques années plus tard, une bombe allait détruire le café faisant dix-sept morts et vingt blessés. Et neuf jours seulement après cette rencontre, Victor allait retrouver Justine, devant la façade du café, à moitié nue, entourée d'une foule d'hommes qui vociféraient devant cette apparition sacrilège. Elle pleurait, cachant son visage tuméfié. Victor l'avait entourée de la couverture qui était à ses pieds et elle avait parlé du Vestibule des Lâches.

LE VESTIBULE DES LÂCHES

Mais ce soir-là, dans le couchant qui brûlait au-dessus des lumières de la place, Elisabeth salua et embrassa le jeune Marocain qu'elle connaissait et Victor resta silencieux, intimidé devant cette femme qui ressemblait à la figure diaphane d'une Vierge de Botticelli. Il ne dit rien non plus quand ils partagèrent le thé à la menthe au-dessus de la foule immense et du bruit des tambours qui battaient comme un cœur fiévreux. Victor se souvenait de leur jeunesse radieuse alors, de la beauté de ce couple qui mêlait leur différence dans une fragrance secrète. Elisabeth riait de plaisir, ils n'avaient pas vingt-cinq ans et la vie semblait une ovation qui montait vers eux dans les cris de la foule.

Mais il n'y eut pas de fête ce soir-là dans le riad de la mère d'Elisabeth. Les invités buvaient du champagne dans le patio au milieu des fleurs, des fontaines qui mêlaient leur fraîcheur et leur parfum à la douceur des sourires et des conversations, lorsque l'employée de la maison apparut au milieu des hôtes, poussée brutalement par deux hommes en costumes gris et froissés hurlant quelques mots d'arabe qui imposèrent le silence. Ils se présentèrent à la mère d'Elisabeth, choquée, comme des membres de la Sécurité et réclamèrent de voir les papiers des invités. Victor se souvenait que Justine était dans l'escalier qui menait à la terrasse, sa main dans celle de son ami. Elle regarda les deux hommes avec une moue d'étonnement en remontant la manche de sa longue robe blanche qui glissait de son épaule nue. Son regard croisa celui de Victor et sembla le questionner comme s'il était responsable de ce qui se passait. Pendant qu'un flic épluchait les papiers des invités, l'autre restait près de l'entrée, les bras croisés, à toiser les gens avec un mépris non dissimulé. La plupart des invités étaient européens et se prêtaient de bonne grâce à cet examen, les invités arabes étaient nerveux et essayaient d'interroger le policier qui ne répondait pas et ne leur prêtait aucune attention. Cela dura longtemps dans une atmosphère lourde jusqu'à ce que le policier qui passait parmi les invités revienne vers celui qui était à la porte et lui tende les deux passeports qu'il avait à la main. Il les feuilleta rapidement et fit un signe de tête à l'autre qui se dirigea aussitôt vers Justine et son ami et leur désigna l'homme qui attendait dans l'entrée. Comme ils ne réagissaient pas assez vite, il les prit chacun par un bras et les poussa au milieu des gens vers son collègue.

Personne ne comprit ce qui se passa, le jeune ami de Justine protestait en arabe, l'autre lui répondait d'une voix froide, collant presque son visage contre le sien puis brusquement il le frappa, d'un coup bref à l'abdomen qui coupa le souffle au jeune homme et le plia en deux. Aussitôt l'autre lui tira les bras en arrière et le menotta dans le dos. Justine cria et repoussa le policier mais le premier lui agrippa fermement le bras et l'entraîna vers la porte, le second poussa le jeune homme vers la sortie en l'attrapant par la nuque.

Elisabeth et sa mère se précipitèrent vers eux mais le flic hurla quelque chose et leur claqua la porte aux nez, les gens étaient sous le choc. Quand ils sortirent dans la petite ruelle sombre, les autres avaient disparu.

On ne revit jamais le jeune ami de Justine, on a dit plus tard qu'il était enfermé dans la prison de Tazmamart, le sinistre bagne secret dans lequel le roi séquestrait ses opposants politiques. Elisabeth et sa mère essayèrent de comprendre ce qui s'était passé, firent jouer leurs relations pour savoir ce qu'était devenu le jeune couple. Elles se heurtèrent à un mur, personne ne savait rien, personne ne disait rien. La famille du jeune homme était terrorisée, c'était une famille de banquiers de Fès, proche du roi, qui tomba en disgrâce et finit par s'exiler aux États-Unis. De quoi était coupable le jeune homme ? Était-il la victime des agissements de sa famille ?

Justine était pratiquement seule au monde. Son père veuf, ancien employé agronome du royaume marocain, vivait dans une maison de retraite en Suède. Personne n'allait la chercher. La plainte que déposa la mère d'Elisabeth n'aboutit à rien. La police marocaine ne croyait pas à cette histoire d'agents de la sécurité. Ils expliquèrent que dans ce milieu oisif de la bourgeoisie, il y avait beaucoup d'histoires d'argent et de drogue qui finissaient mal. Ils affirmaient qu'ils avaient été victimes d'un règlement de comptes. Les avocats qu'elle contacta baissaient la tête en écoutant son histoire et au bout d'un moment ne répondirent plus au téléphone.

Tout le monde avait peur, une ambiance de deuil régnait sur le riad. Les amis s'éloignèrent, les Européens racontaient qu'un jeune couple français avait disparu quelques mois auparavant sur la route qui reliait Casablanca à Rabat le long de la côte Atlantique. On avait retrouvé leur voiture, portières ouvertes, face à l'océan et plus personne n'avait entendu parler d'eux. Les Marocains craignaient que l'arbitraire et le malheur ne les touchent par procuration. Le riad était déserté, Victor et Elisabeth allaient partir à leur tour lorsque neuf jours après cette sinistre soirée, le téléphone sonna dans la cuisine de la maison et qu'une voix d'homme dit en français avec un fort accent arabe que la femme qu'ils cherchaient attendait sur la place Jemaa el-Fna, avant de raccrocher.

Ils se précipitèrent dans la médina : Victor, Elisabeth, sa mère, ainsi que le couple qui s'occupait de la maison. Arrivés sur la place, ils se séparèrent pour explorer l'immense espace qui grouillait de touristes, camelots, charmeurs de serpents et diseuses de bonne aventure. Victor arpenta l'esplanade en dévisageant les femmes blondes, il longea le secteur des hôtels de luxe où la plupart des Européens se réunissaient puis traversa le quartier des épices, s'enfonça dans la foule au milieu des marchands de tapis et de tissus, explora les ruelles jusqu'à la Koutoubia et suivit le flot qui avançait par vagues vers le centre, attiré par les lumières et les roulements de tambour. Le soir tombait, il était impossible de retrouver quelqu'un dans cette marée humaine. Il décida de monter à la terrasse de l'Argana pour voir si d'en haut il pourrait distinguer quelque chose d'inhabituel. Il se fraya un passage au milieu des touristes affamés qui envahissaient les gargotes des marchands de brochettes et il vit devant le café un mouvement dans la foule comme un tourbillon au milieu d'une crue. Un cercle d'hommes arabes, tassés les uns contre les autres, tournait en criant, les bras levés, repoussant les touristes et grossissant à mesure qu'il tournait et se resserrait sur son centre. Victor essaya de s'approcher, fut repoussé par la vague hurlante, leurs yeux exorbités par la fureur ou la peur, leurs gestes qui imploraient le ciel. Il joua des coudes et des épaules en criant الشياطين, le mot arabe qui signifie *Démons* ; le mot tabou qui attire le malheur. Aussitôt le cercle se brisa, les corps s'écartèrent ; il traversa ce mur brusquement silencieux et découvrit la jeune femme qui ressemblait à une Vierge de Botticelli. Elle titubait sous les regards, le visage marqué de coups, la longue robe blanche qu'elle portait pour la soirée au riad, salie et déchirée, dévoilant sa cuisse jusqu'au ventre et la blancheur de sa poitrine qu'elle cachait avec les restes de tissu. Elle pleurait, une couverture grossière reposait à ses pieds, qu'elle n'osait ramasser de peur de dénuder plus crûment son corps. En le reconnaissant, elle poussa un cri, s'accrocha à son épaule. Elle insulta les hommes, elle voulait les frapper.

Victor la recouvrit du tissu grossier, la serra contre lui et la poussa au milieu des hommes qui étaient maintenant pareils à des troncs après un incendie. Ils s'écartèrent à peine, ils devaient les frôler, les pousser. Ils sentaient leur odeur, la dureté de leur corps, ils voyaient leurs yeux qui contemplaient un vide immense, leur souffle arrêté et leurs mains comme des outils de cuir serrant les pans de leurs habits.

C'est là, alors qu'ils fuyaient, poursuivis par les tambours et les cris de la foule dans l'air brûlant qui tombait autour d'eux, qu'elle releva son visage tuméfié et lui dit : *C'est ici le vestibule des lâches...*

Elle s'accrochait à lui, plaquant de toutes ses forces son flanc contre le sien. La couverture avait une odeur de moisissure et de cigare. Il sentait sous le tissu l'architecture délicate de son corps. Ils étaient ballottés comme un esquif dans la multitude. Elle était choquée, elle pleurait, balbutiait d'une voix étrange des mots qu'il ne comprenait pas : *Par moi l'on va dans la cité dolente. Par moi l'on va dans l'éternelle douleur. Par moi l'on va parmi la gent perdue.* Elle psalmodiait comme une âme en peine : *Avant moi il ne fut rien créé sinon d'éternel, et moi je dure éternellement...*

Dans le riad, il l'allongea sur un divan, devant le bassin où flottaient encore les cœurs des roses de la fête et arracha la couverture puante pour découvrir celle qu'il avait trouvée ; presque une enfant, une jeune fille terrorisée aux longues jambes blanches, le visage tourné sur le côté, la tête couronnée d'or. Il s'agenouilla devant elle et lui demanda ce qu'elle voulait lui dire. Mais elle ne répondit pas alors il appela, la confia à la fille des domestiques qui poussa des cris d'allégresse. Elle sortit chercher de l'aide et bientôt la maison fut pleine de femmes en djellaba qui repoussèrent Victor et s'occupèrent d'elle, commérant et jacassant comme un tribunal d'oiseaux noirs.

Victor découvrit que la phrase qu'elle lui avait dite sur la place était tirée de Dante, les mots qu'elle récitait étaient des vers de l'*Enfer*. Elle pouvait réciter ces vers en trois langues. Elle ne savait pas où les flics l'avaient emmenée, ils leur avaient bandé les yeux dès qu'ils avaient atteint la place où une voiture les attendait. Elle n'avait jamais revu son ami, ils avaient été séparés dès leur arrivée et enfermés. Pendant neuf jours les policiers l'avaient interrogée, menacée et brutalisée.

Victor et Elisabeth la ramenèrent à Paris. L'appartement où elle vivait dans le XVIe arrondissement avec son ami marocain était fermé, elle n'avait pas d'endroit où aller, alors Elisabeth l'avait accueillie chez elle.

Un an plus tard, Victor et Justine se mariaient à la mairie du XIe où ils s'étaient installés.

ET MOI JE DURE ÉTERNELLEMENT. C'étaient les mots que Victor avait fait graver sur la dalle qui recouvrait la tombe de Justine où elle reposait avec le corps de leur fille. L'horreur durait éternellement. L'amour ne durait pas. Seul Dieu dure éternellement, clamaient les djihadistes en traversant l'Europe pour gagner Paris, cachés au milieu des réfugiés.

C'est ce que Victor disait à Josépha dans la voiture qui descendait vers le village. Le fond de la Vallée était déjà plongé dans l'ombre, des lumières scintillaient comme des lucioles au-dessus d'un marais. Justine ne s'était plus jamais sentie en sécurité après son enlèvement. Elle avait été interrogée et menacée pendant neuf jours. Elle ne comprenait pas ce qui se passait, les flics lui disaient qu'elle n'était personne et qu'elle ne servait à rien, qu'ils allaient annoncer son suicide à son père. Ils se succédaient comme des machines pour l'interroger sur les agissements et les relations de son ami marocain. Ils disaient qu'il avait avoué faire partie d'un réseau qui voulait renverser le roi et qu'elle servait d'intermédiaire avec les agents étrangers qui complotaient contre le Maroc. Ils la traitaient comme un objet menotté sur une chaise, lui parlaient dans la figure en lui pinçant les cuisses, les joues et les seins comme si elle était un morceau de viande, lui laissant des marques violacées sur tout le corps. Ils la giflaient quand elle se débattait. Justine était terrorisée, elle ne comprenait rien à ce qu'ils racontaient. Elle devenait folle, elle se rendait compte qu'elle devenait une autre, qu'elle était quelqu'un qu'elle ne connaissait pas et que les flics lui décrivaient. Ils savaient tout sur elle depuis son arrivée au Maroc, les gens qu'elle avait vus, les endroits où elle avait été. Elle avait été suivie, épiée, photographiée, ils avaient des enregistrements de ses appels téléphoniques. Mais ce qui la terrifia, c'est qu'ils connaissaient sa vie à Paris ; son adresse, ses études à la Sorbonne, même les noms de ses professeurs. Ils connaissaient les endroits qu'elle fréquentait, les bars, les amis, les boulots qu'elle avait faits pour gagner sa vie. Pourquoi parlait-elle quatre langues ? Comment avait-elle posé dans des magazines de mode dès son arrivée en France quand elle avait dix-huit ans alors qu'elle se déclarait jeune fille au pair ? Ils lui dirent que son père qui avait travaillé pour le royaume était un espion et qu'elle avait suivi son chemin. Si elle pensait épouser un Marocain et vivre une idylle au royaume de Fès, elle pouvait faire une croix dessus parce que ce type n'épouserait jamais personne.

Cela dura neuf longs jours, entre les interrogatoires toujours menés par les mêmes flics et les heures d'isolement dans une pièce sans fenêtre aux murs gravés de dates, de dessins et de citations du Coran laissés par d'autres prisonniers. Elle ne dormait pas, mangeait à peine, sentait son esprit se dissoudre, luttait contre le désespoir en se récitant les vers de l'*Enfer* de Dante qu'elle était en train de traduire. Elle calculait interminablement la structure de l'œuvre, se trompait, recommençait : *Le poème est composé de trois parties, les parties se divisent en neuf cercles, sept corniches et neuf ciels. Chaque partie est composée de trente-trois chants. Le nombre trois est utilisé comme principe de combinaison de rimes ; chaque première ligne du rime tiercé est rimée avec la troisième ligne, et la deuxième ligne rime avec la première et la troisième ligne du rime suivant...* Jusqu'au neuvième jour où l'homme vint la chercher et la conduisit dans la salle d'interrogatoire où attendait l'autre flic. Ils la laissèrent debout menottée devant la table où son passeport était posé. Le flic le prit et le feuilleta en lui disant qu'elle avait fait de beaux voyages avec son ami marocain. Il lui demanda si elle savait où elle allait maintenant. Puis il cracha sur la photo du passeport, le referma, et le fourra dans la culotte de Justine. Ils lui bandèrent les yeux et l'emmenèrent. Ils la poussèrent dans une voiture, la voiture roula sur une piste cahoteuse puis sur une route. Justine savait qu'elle allait mourir, qu'ils allaient la tuer et jeter son corps dans un fossé. Ils ne dirent pas un mot, au bout d'un moment la voiture s'arrêta. Ils la tirèrent dehors et ôtèrent son bandeau, Justine vit que la nuit tombait et qu'elle était sur le bord de la place Jemaa el-Fna. L'un des flics jeta sur ses épaules une couverture pour couvrir sa robe déchirée et la poussa vers la foule. Elle regarda la voiture disparaître et tituba vers la place.

– C'est comme ça que notre vie a commencé, dit Victor, dans le Vestibule des Lâches. Justine était fragile, Elisabeth l'a aidée à reconstruire son existence, elles vivaient comme deux sœurs. J'ai compris qu'il y avait un monde souterrain et j'ai pénétré derrière Justine dans le labyrinthe où elle s'était perdue. Elisabeth a vite compris ce qui se passait. Un jour, elle est entrée dans mon bureau à l'université et m'a dit qu'elle avait accepté un poste d'enseignant-chercheur invité dans une université américaine. Elle est partie en me disant qu'elle espérait que nous serions heureux.

– Vous n'êtes jamais retournés au Maroc ?

– Si, quelques années plus tard. Justine voulait ce voyage comme un exorcisme. Quand nous sommes revenus, elle était enceinte de notre fille.

La voiture s'arrêta devant la maison de Victor. Quand il descendit, il était vidé, comme au retour d'un long voyage. Il ouvrit le hayon pour libérer le chien, fit le tour de la voiture pour contempler Josépha derrière le volant. Elle ne tourna pas la tête, elle ne descendit pas la vitre, le regard fixé devant elle. Il repensa au moment où il était accroché à la falaise. Tout cela lui parut lointain, irréel. Le chien attendait devant la porte, la gueule tournée vers lui. Il eut l'impression d'être happé par une main violente et se dirigea vers la maison. Il avait dit à Josépha que le jour de l'attentat, sa fille l'avait appelé pour lui donner rendez-vous au restaurant. Justine avait envie de rentrer mais Apolline avait insisté. Il lui avait répondu qu'il viendrait mais qu'il ne resterait pas longtemps. Victor attrapa la tête du chien et la serra dans ses mains jusqu'à sentir la mâchoire dure sous la fourrure, il ouvrait la porte lorsqu'il entendit la portière de la voiture claquer. Josépha avançait dans le chemin.

Elle s'arrêta face à lui, elle avait ôté sa veste et tremblait de froid. Il distinguait à peine son visage Il entendait les griffes du chien qui claquaient sur le plancher de la maison. Elle posa les mains dans son dos et se serra contre lui. Il lui entoura les épaules et la sentit trembler.

Ils ne bougèrent pas, ne firent pas un geste, son corps épousait le sien. Il pensait au moment où il avait failli tomber dans le vide. Josépha était souple contre lui, elle le serra de plus en plus fort jusqu'à ce que leurs souffles se rejoignent ; il sentait ses cuisses, son ventre, ses seins, sa tête dans son épaule sous ses cheveux qui avaient une odeur inconnue de menthe et de fleurs. Il n'arrivait à penser à rien d'autre qu'au vide qui l'attendait. Elle se serra encore plus étroitement contre lui, cessa de respirer et se colla si durement qu'il sentait maintenant ses os et tout son poids comme s'il la soulevait et la portait. Il sentait le vide qui dévorait leur ventre et les attirait lorsqu'il aperçut brusquement sa vieille voisine arrêtée dans l'angle de la maison, à moitié dissimulée dans l'ombre et qui les observait, des pots de compote à la main. Elle les regardait, un air froid et indéchiffrable sur le visage, avec les yeux vides de la louve dans le torrent. Puis elle recula et disparut sans un bruit.

Au même instant Josépha se détacha de lui, se détourna et sembla, elle aussi, couler dans l'ombre. Il se retrouva seul. Il entendit ronfler le moteur de la voiture et le silence revint. Victor vit la porte ouverte et le couloir qui s'enfonçait dans le noir.

Victor fit à manger pour le chien et ils mangèrent l'un en face de l'autre dans la cuisine ce qu'il avait préparé. Puis il s'assit derrière sa table et regarda les dossiers qui l'attendaient. Après son arrivée dans la Vallée, il avait répondu à une annonce dans un journal local qui recherchait des enquêteurs économiques. Les responsables de la société avaient été surpris par sa candidature car ils embauchaient des jeunes pour des recherches répétitives et des enquêtes téléphoniques. Il avait raconté une histoire : il venait de divorcer, il refaisait sa vie, il habitait dans la montagne et il avait juste besoin d'un boulot d'appoint pour continuer des recherches personnelles, ils l'avaient engagé. Victor était compétent et les dossiers étaient devenus de plus en plus sophistiqués. Il rencontrait régulièrement un cadre de la société qui lui apportait de nouveaux dossiers et récupérait les siens. C'était une occupation, presque un jeu, ça rythmait ses journées avec les sorties dans la montagne, les travaux de bois et les courses au village.

Un jour, il s'était rendu en ville pour rencontrer comme il en avait l'habitude l'homme de la société dans le bar d'un hôtel. Il fut surpris de trouver à sa place une femme qu'il ne connaissait pas. Elle se présenta comme une cadre commerciale de la boîte et l'invita à dîner.

Avec ses lunettes à la monture sévère, ses perles d'oreilles et son tailleur bleu marine, elle ressemblait à une de ces femmes tradi qu'on voit parfois à la sortie des églises. Ils allèrent dans un restaurant et ils parlèrent un moment des dossiers en cours, du travail de Victor et de la stratégie de communication de la femme auprès des banques et des institutions. Elle était éloquente et Victor l'écoutait poliment jusqu'au moment où il se rendit compte qu'elle ne disait plus rien. Elle le dévisageait au bord des larmes et lui dit d'une voix lavée par l'angoisse :

– Mon frère est mort au Bataclan…

Victor eut l'impression de prendre un coup de poing, d'être brusquement démasqué. Son premier réflexe fut de se lever et partir mais il était incapable de bouger.

– Il était au milieu de la fosse, il n'avait aucune chance de se cacher. Il a été abattu quand les terroristes ont commencé à tirer dans la foule juste après être entrés dans la salle.

21 h 40, les trois djihadistes entrent dans le théâtre par l'entrée principale. Ils viennent de tuer un agent de sécurité. Ils entrent dans la salle par l'arrière. Les gens serrés dans la fosse leur tournent le dos, les spectateurs font face aux Eagles of Death Metal. Les djihadistes tirent en rafales dans la foule en criant « Allah akbar » puis au coup par coup sur les spectateurs au sol. À ce moment-là, Justine et Apolline sont déjà mortes, criblées de balles. Victor a été jeté par-dessus la table sur le corps de sa fille, une balle dans la tête.

– Arrêtez !

La femme était restée bouche ouverte, les yeux comme un phare dans l'eau.

– Monsieur...

– Taisez-vous.

Il prit son verre et le vida pour ne plus la regarder. Ils l'avaient retrouvé, ils savaient qui il était.

Il y a mille cinq cents personnes dans le Bataclan. Le premier djihadiste est originaire de Wissembourg dans le Bas-Rhin, le deuxième de Chartres et le dernier de Drancy. Ils sont plus jeunes que cette femme qui doit avoir trente-cinq ans. Ils tirent et tirent encore, tuent 90 personnes, font des dizaines de blessés. Ils auraient pu faire plus de morts s'ils avaient voulu. Ils n'étaient pas kamikazes, ils voulaient commettre une tuerie, s'enfuir et continuer à tuer en affrontant la police : c'était un commando en opération. Deux sont abattus par la police, le troisième se fait sauter lorsqu'il est coincé.

– Je suis désolé pour votre frère mais je ne tiens pas à vous parler. Pourquoi êtes-vous venue ?

En 2004, Abu Bakr Al Naji, de son vrai nom Mohamed Hassan Khalil al Hakim, un cadre d'Al-Qaeda, théorise ce qu'il nomme *l'administration de la sauvagerie* : déchaîner la sauvagerie, installer la terreur partout : dans les pays musulmans où le travail d'islamisation pratiqué depuis les années 1970 a échoué, et dans les pays démocratiques qui concentrent un pouvoir décadent et satanique. Instaurer l'insécurité, démoraliser les populations, épuiser les forces de l'ordre, pratiquer une telle dureté et abomination que les forces régulières soient terrorisées et fuient, abandonnant les territoires et les populations. Alors la *charia* rétablit la sécurité sous la protection d'un ordre nouveau : l'État islamique.

Après l'attentat de *Charlie-Hebdo*, les populations musulmanes en France et en Europe sont déjà prisonnières de Daech. Le message est clair, elles doivent choisir entre deux mondes : *Dar El Islam*, le territoire musulman ou *Dar el Harb*, le territoire de la guerre. Elles ne disent rien parce qu'elles savent que le ver est déjà dans le fruit et les premiers soldats du *Djihad* commencent à quitter la France pour l'Irak et la Syrie. C'est devant eux que le frère de cette femme se retrouve au Bataclan.

– J'ai compris qui vous étiez en voyant votre nom et votre photographie au bureau. À l'époque, il y a eu des reportages sur vous. Je suis sensible à tout ça depuis la mort de mon frère. J'ai eu envie de vous rencontrer parce que c'est tellement incompréhensible de voir que vous remplissez des dossiers économiques... Je suis croyante, je hais les Arabes, je suis incapable de travailler avec quelqu'un qui ressemble tant soit peu à un Arabe. Il y a des femmes voilées dans mon quartier, j'ai envie de leur cracher dessus et de les gifler. Et avant tout, j'ai peur, j'ai peur et j'ai envie de me venger. J'ai des enfants et j'ai envie d'étrangler un petit garçon arabe et de l'abandonner dans une cage d'escalier. Vous voyez ? Trois ou quatre ans, comment pourrait-il résister ? Comment faites-vous ? Tout le monde finit par oublier, pas nous…

Dans la fosse, un des djihadistes crie : *Ceux qui veulent partir, partez !* Il y a du sang partout, des corps enchevêtrés. Ceux qui se lèvent sont abattus. La scène recommence plusieurs fois et cela fait rire les tueurs. *Le premier qui bouge, je le tue !* Un râle d'agonie : une balle, une sonnerie de téléphone : une balle, un mouvement pour se dissimuler sous les cadavres : une balle. La tuerie dure vingt interminables minutes puis les djihadistes se retranchent au premier étage avec des otages. Son frère est au milieu des corps. Toutes les images qu'on a vues avec les nazis massacrant les juifs et les fosses béantes remplies de cadavres existent vraiment.

– Venez, dit Victor à la femme en se levant.

Ils abandonnèrent leur repas, payèrent et quittèrent le restaurant.

Les djihadistes arrivés en Europe sont des tueurs expérimentés. Ils ont appris à manier la Kalachnikov et le pistolet Glock dans les ruines de Deir ez Zor, en Syrie : tirer au coup par coup, puis en rafales, lancer une grenade, attendre l'explosion, puis entrer et tirer. La vie humaine ne représente rien pour eux, le corps de l'ennemi est l'objet d'une haine hystérique ; ils ont travaillé sous les ordres d'Al-Maghribi à l'hôpital ophtalmologique d'Alep où ils interrogent, torturent et exécutent les prisonniers. Abaaoud se filme en Syrie, tirant des cadavres derrière son 4x4 ou jouant au football avec une tête décapitée. Ce sont ces tueurs qui surgissent devant Victor, Justine et Apolline et dans la salle de concert du Bataclan.

– Où allons-nous ? demanda la femme.

– Je ne vais pas vous répéter les discours que m'ont faits les psychologues : choc traumatique, représentation négative de soi et résilience… Suivez-moi si vous voulez franchir ces murailles.

– Quelles murailles ? De quoi parlez-vous ?

– Mon épouse disait qu'il fallait chercher son chemin entre les tombes de supplice et les hautes murailles…

La rue était calme entre les vieux immeubles. C'était l'été, l'air était doux, le soir commençait à peine. Ils traversèrent une petite place pavée où les gens bavardaient, assis aux terrasses des cafés. Ils prirent une rue sombre qui descendait vers un square poussiéreux planté d'arbres rachitiques. Des morceaux de pelouses pelées poussaient sous un éclairage morne, devant une petite barre d'immeuble aux fenêtres jaunâtres.

– Asseyez-vous un instant, je reviens, dit Victor à la femme en lui montrant un banc couvert de tags.

Il traversa le square jusqu'à l'immeuble où des enfants jouaient au ballon sur le parking à moitié vide. Ils criaient, ils étaient jeunes, les plus vieux fumaient, assis sur des scooters, dissimulés dans l'angle de l'immeuble.

Victor s'approcha d'un gamin à l'écart qui regardait les autres, adossé au capot d'une voiture. Il avait cinq ou six ans, des yeux bruns dans une figure chiffonnée, les cheveux rasés sur les côtés avec une petite crête lissée de gel.

– Bonsoir petit, lui dit Victor.

L'enfant tourna la tête, l'air à moitié endormi, regarda l'homme qui lui souriait.

– Je suis le directeur de ton école. Tu vois la dame assise là-bas ? Elle travaille aussi dans ton école, elle a un message important pour ta mère mais elle veut être sûre que c'est bien toi. Tu veux bien venir avec moi, juste pour lui dire ton nom ?

Le gamin le regarda un instant avec un mélange de sérieux et d'inquiétude puis haussa les épaules. Victor le remercia et lui effleura le bras, l'enfant avança avec Victor qui le guidait du bout des doigts, vers le banc où attendait la femme.

Il la vit pâlir à mesure qu'ils avançaient vers elle.

Le gamin était chétif, il flottait dans son survêtement, sa tête arrivait à peine sous la poitrine de Victor. On eût dit que la femme avait enfilé un masque de latex, sa peau collait à ses pommettes, plissait sa bouche dans une affreuse grimace. Elle mit ses deux mains dans ses cheveux et les souleva de son crâne comme un paquet d'algues noires. Victor poussa l'enfant devant elle et posa les mains sur ses épaules.

– Il est assez jeune pour vous ? demanda-t-il.

Les yeux de la femme passèrent du visage de l'enfant à celui de Victor. Ce qu'il y vit le remplit de honte et de tristesse.

– Dis à la dame comment tu t'appelles.

– Brahim el-Hassani, dit l'enfant d'une voix timide.

– Et ta mère ?

– Aïcha…

– Et ton père ?

– Abdelkader el-Hassani, dit l'enfant d'une voix plus forte.

– Est-ce que c'est lui ? demanda Victor à la femme. Est-ce qu'il est assez jeune ? Que voulez-vous en faire ?

La bouche rouge et plissée de la femme s'ouvrit et un son en sortit qui ressemblait à un bruit de tuyau, il vit qu'elle se mordait les lèvres pour ne pas hurler puis elle se redressa, les bouscula et s'enfuit.

– Merci Brahim, dit Victor. Ce n'est pas toi qu'elle cherche, tu peux retourner avec tes camarades.

Le gamin secoua la tête et repartit d'un pas tranquille vers le parking. Il reprit sa pose nonchalante, appuyé au capot d'une voiture. Victor retrouva la femme un peu plus loin, face à un arbre, au bout du petit square. Elle semblait hésiter à entrer dans la lumière de la place où bavardaient et riaient les gens aux terrasses. Elle ne tremblait pas, elle ne pleurait pas, elle se contentait de regarder les lumières et les gens. Il y avait quelque chose de raide et de cassé dans son corps.

– On aurait pu lui faire ce qu'ils nous ont fait, dit Victor. On aurait pu l'étrangler ou lui briser la nuque et le traîner par les pieds sur le parking en criant « mort aux musulmans »… On pourrait trouver une arme et les tuer tous devant leur maison…

– Mon Dieu ! Comment faites-vous ? dit la femme.

– Je ne sais pas. Je ne sais vraiment pas, madame. Mais je le fais tous les jours et c'est comme ça que ça existe…

Il prit son bras et la fit entrer dans la lumière. Elle se laissa aller contre lui et il y avait tous ces hommes et ces femmes assis à la terrasse dans la douceur du soir, qui étaient si beaux et si courageux de faire tous les jours des choses impossibles à faire. Des héros ; ils avaient compris qu'il n'y avait pas de Dieu.

Le chien se leva brusquement devant la cheminée où il dormait, traversa la pièce jusqu'au couloir. Victor le vit qui attendait devant la porte, tête dressée, la queue battant comme un éventail et il entendit frapper.

C'était sa voisine, la vieille Paule, qui était revenue avec ses pots de compote. Elle passa devant Victor, le chien dans les jambes et alla poser les pots sur le bureau, puis elle resta là, les bras ballant, à regarder dans le vide.

– Assieds-toi, lui dit Victor en faisant le tour du bureau.

– Je ne voudrais pas te déranger, répondit-elle d'une voix acerbe.

Victor ne dit rien, s'assit derrière sa table, la laissant mariner dans son ressentiment. Elle se posa sur le bord du fauteuil, la tête du chien sur les genoux qu'elle caressa d'une main distraite.

– Merci pour les compotes, elles sont délicieuses.

Elle hocha la tête, les yeux tournés vers la cheminée.

– Ton feu fait de la suie, le bois n'est pas assez sec…

– Tu sais que je n'y connais rien, je viens de la ville. Dis-moi ce que tu as à dire, Paule.

Elle repoussa la tête du chien et le regarda, les yeux plissés, les mains chiffonnant sa jupe.

– Qu'est-ce que tu fais avec cette femme, Vic ?

– Pourquoi vous m'appelez Vic ?

Elle haussa les sourcils.

– C'est un surnom, c'est tout ! On ne sait rien de toi de toute façon. On ne sait pas d'où tu viens, ni ce que tu fais ici. Tu es Vic, qui loue cette maison, qui marche dans la montagne et remplit des dossiers… Maintenant tu vis avec ce chien qui appartient au village.

– Josépha m'appelle Victor. Elle m'a apporté ce chien parce que son mari voulait le tuer.

– S'il veut le tuer, personne ne l'en empêchera. Pourquoi est-ce qu'elle te l'a confié à toi ?

– Elle devait penser que j'étais le seul à pouvoir le sauver.

– Tu as raison. Peut-être aussi qu'elle voulait contrarier son mari.

– Je crois qu'elle essayait de se sauver elle-même.

– Se sauver de quoi ? De quoi a-t-elle peur ?

– De vous, de la montagne, du village qui ne l'aime pas, de son mari qui la maltraite. Et de toi qui la juges.

– On croirait entendre un prêtre. Ne sois pas stupide ! C'est une garce, Vic, tu devrais te méfier d'elle.

– Je croyais qu'on était amis.

– Bien sûr qu'on est amis ! Comment on pourrait faire autrement ? On est voisins, on se parle, on se rend des services. Qu'est-ce que tu veux de plus ? Tu as besoin d'une femme ? Il n'y a pas de femme disponible dans le village, elles sont mariées ou ce sont des enfants ; tu devrais la laisser tranquille.

– Qu'est-ce que vous avez contre elle ?

– Je connais Charles depuis qu'il est petit. C'était un brave garçon, un jour il est revenu avec elle. Il a complètement changé, c'est incroyable comme les femmes peuvent tourner un homme. C'est comme toi, on ne sait pas d'où elle vient, ni ce qu'elle fait ici. Charles se démène comme un diable pour lui plaire, pour obtenir son attention. Mais rien n'est jamais assez bon pour elle, rien ne lui convient. Tout ce qu'il fait ici, c'est simplement pour elle, pour qu'elle soit fière de lui. Mais elle n'en a rien à faire, elle préfère photographier les cascades ou les rochers ou fréquenter cette espèce de snob du chalet des Reclus…

Victor ne put s'empêcher de sourire devant l'air outré de Paule. Il se retrouvait en plein mélodrame paysan à cause d'un chien et de quelques pots de compote. Il ne voulait pas avoir avec elle la même conversation qu'avec la Mère Ticket. Il n'avait pas envie de faire ses bagages au milieu de la nuit et de partir en abandonnant le chien devant la porte.

– Ne t'inquiète pas, Paule, je ne cherche pas de femme, je n'ai pas l'intention de voler Josépha à son mari. On marche, c'est tout. On marche dans la montagne avec le chien.

– N'empêche que je l'ai vue collée à toi comme une sangsue !

Victor sentit la colère monter dans ses bras jusque dans sa poitrine. La vieille femme le regardait avec son air de directrice d'école.

– Peut-être que ça ne te regarde pas, Paule…

– Peut-être, mais Charles commence à poser des questions et je sais reconnaître une garce.

Victor eut envie de la frapper comme la bête sous la cascade.

– Peut-être que tu es trop vieille pour comprendre, Paule. Peut-être que tu as vécu trop longtemps dans ce trou pour comprendre ce qui se passe dans le monde. Charles a frappé Josépha, il l'a violée. Il l'a frappée jusqu'à ce qu'elle tombe et quand elle n'a plus bougé, il l'a violée et a éjaculé sur son visage. Elle voulait mourir. Charles, quand il avait quatorze ans, a tué un homme que son père voulait ruiner, son père a acheté les témoins pour qu'ils se taisent. Charles couche avec la moitié des femmes du village parce qu'il se prend pour le roi. Voilà de quoi nous parlons dans la montagne. Mais tout cela tu le sais parce que vous vivez tous serrés comme des sangliers dans une bauge. Ça ne t'empêche pas de faire des compotes et de venir me faire la leçon…

La vieille femme ne respirait plus. Il n'avait pas haussé la voix, il lui avait dit ça sur le ton de la conversation. Elle était complètement immobile sur le bord du fauteuil, les yeux fixés sur les lèvres de Victor comme si elle n'arrivait pas à croire ce qui en était sorti. Victor crut qu'elle allait s'ébouler comme un morceau de montagne. Puis elle eut un frémissement, s'accrocha au bord de la table pour se relever. Quand elle fut droite, face à lui, elle le regarda bien en face et ses yeux ne cillaient pas.

– Tu n'as pas le droit de me parler comme ça…

Il savait qu'elle avait raison mais il avait fait ce qu'il avait pu pour rester à l'écart. Quand son père avait achevé les moutons, il avait dit : *« C'est la nature, mais c'est nous qui devons faire le sale boulot. »*

Elle se détourna et traversa lentement la pièce en se tenant la hanche. En arrivant au seuil, elle se tourna vers lui. Elle avait perdu sa raideur, elle semblait émue, un peu hagarde. Elle se tint au montant de la porte.

– Victor ! Je ne comprends pas ce que tu es venu faire ici… Mais viens demain boire un café et t'excuser.

Le chien la suivit dans le couloir jusqu'à l'entrée. Elle ne fit pas un bruit en sortant, il espérait qu'elle n'allait pas tomber dans le chemin.

Il mit la grille devant le foyer pour que les braises ne tombent pas sur le plancher, éteignit les lampes et alla dans la chambre. Il s'assit sur le bord du lit et contempla le portrait de Justine et d'Apolline aux cheveux emmêlés.

L'ennemi s'était approché avec traîtrise et les avait exécutées. La guerre était venue comme un coup de foudre et s'était éloignée dissimulée dans ses mensonges et ses lâchetés. Ils savaient qu'ils avaient des ennemis mais ils avaient passé des siècles à étudier les lois et l'injustice. Ce soir-là, ils étaient fatigués, ils faisaient une pause, ils n'étaient pas armés. Justine pensait que les musulmans avaient inventé l'irresponsabilité et la lâcheté. Apolline, qu'ils étaient victimes du cynisme des puissants. Elisabeth expliquait qu'il est plus facile d'organiser les humains dans un système mafieux plutôt que de leur apprendre la liberté. On ne discute pas avec les mafias, elles tuent pour exister, elles humilient pour se faire comprendre et immédiatement chacun se vautre dans l'obéissance et l'ignorance. Ceux qui avaient envoyé des hommes tuer Justine et Apolline comptaient sur l'obéissance des ignorants. Les assassins pouvaient crier que Dieu était le plus grand en massacrant des gens occupés à boire ou à écouter de la musique ; ils ne surprenaient personne par leurs méthodes.

Le temps était passé où les souvenirs hurlaient. La mémoire est une artiste tragique. Victor sentait toujours le corps de Justine contre le sien. Et désormais ce n'était plus un corps de beauté mais de vérité. Il sentait encore le petit corps d'Apolline posé entre eux comme une offrande, ils l'avaient regardée grandir et fabriquer cette vérité jusqu'à ce qu'un assassin sorte d'une voiture et pointe son arme sur elle. Les corps de sa femme et de sa fille ne hurlaient plus, elles le rejoignaient dans des lieux secrets.

Les gens n'ont que faire de la vérité. Victor savait qu'il n'aurait pas dû parler ainsi à sa vieille voisine, elle allait se plaindre à Charles. Il avait déjà vu ça à l'œuvre dans son ancienne vie ; à l'hôpital, à l'université, quand il était retourné dans son bureau hanter les ruines de son existence. À ceux qu'il croisait, il ôtait toute espérance. Ceux qui le connaissaient demandaient humblement pardon avant de baisser les yeux et de s'enfuir. Il avait essayé d'avancer en dissimulant la vérité mais l'horreur était arrivée et il s'était enfui à son tour. Il s'était réfugié dans un passé qui était plus lointain que son passé.

Les assassins étaient là et il ne servait à rien de les tuer, il en venait toujours d'autres. Il fallait avancer devant eux et penser toujours en avance. *Ici, il faut bannir toute crainte ; il faut qu'ici soit morte toute lâcheté*, disait Justine. Il était venu dans la montagne poussé par la voix de Justine.

Il allait parler au mari de Josépha. Si l'homme lui faisait la leçon comme sa voisine, il allait frapper ce connard comme il avait frappé le loup. Il allait expliquer à Charles qu'il marchait dans la montagne avec la femme qu'il battait, attachait dans son lit pour la violer, et le chien qu'il voulait tuer ; parce qu'il n'avait pas trouvé d'autre compagnon. Qu'il ne voulait pas, comme lui, être servi par une meute et protégé par des murs solides bâtis avec de l'argent volé.

Il allait libérer Josépha de la meute. Il allait s'avancer devant cet homme qu'il ne connaissait pas et lui dire les morts, les blessés, la balle des assassins fichée comme un interrupteur dans son cerveau ; la morgue avec les corps de Justine et d'Apolline où il n'avait pu voir que leurs visages miraculeusement épargnés ; les cils, les cheveux et les lèvres marbrés par le froid dans lequel elles attendaient qu'il vienne les reconnaître. Leurs lèvres gelées murmuraient : *Nous sommes arrivés au lieu où je t'ai dit que tu verrais la race douloureuse de ceux qui ont perdu le bien de l'intelligence.*

Elisabeth était venue le chercher un samedi aux alentours de dix-huit heures. Victor l'attendait assis sur une chaise devant la fenêtre de sa chambre d'hôpital. Il était habillé de pied en cap, il avait même passé un manteau et une casquette en Harris tweed reposait sur ses genoux. On lui avait dit que c'était ses habits, quelqu'un les avait apportés la veille et accrochés dans son placard. Il ne les reconnaissait pas, c'était la première fois qu'il portait autre chose que les joggings et les blouses de l'hôpital. Il lisait l'étiquette à l'intérieur de la casquette : *The Harris tweed authority – Handwoven in the outer Hebrides*, ça ne lui évoquait rien. On l'avait prévenu le matin qu'Elisabeth viendrait le chercher pour le conduire rue Charlot et qu'il pourrait essayer de passer la nuit dans son appartement. Il n'avait pas vu Elisabeth depuis deux semaines, il commençait à oublier son visage. Il sortait parfois du tiroir de la table de nuit la photo qu'elle lui avait laissée, pour retrouver ses traits, scruter son propre visage et contempler la femme blonde aux cheveux courts qui le tenait par le bras. Il la retournait pour lire les mots *séminaire EHESS* et la date : 8 novembre 2015.

Les cauchemars et les hallucinations desserraient leur étreinte ; il dormait mieux, mangeait, il reprenait des forces. Il suivait un traitement expérimental de psychothérapies précédées de prise de MDMA, la psychiatre essayait de retisser les liens de sa mémoire en atténuant la réponse émotionnelle des hallucinations. Les loups étaient toujours là mais ils ne le menaçaient plus, Victor avait l'impression qu'il faisait maintenant partie de la meute. Elisabeth passait beaucoup de temps avec lui, elle déroulait son histoire et sa vie qu'il regardait comme le scénario d'un film. Il ne ressentait rien, à part une menace diffuse dont elle semblait ignorer la puissance dévastatrice. Elisabeth discutait longuement avec les médecins. Elle avait commencé à remplir sa chambre d'objets qui lui appartenaient et qu'il ignorait totalement.

Il l'attendait, il commençait à apprécier cette femme mais il ne lui faisait pas confiance. Il se souvenait parfaitement de l'endroit où elle voulait le conduire : la petite rue qui filait entre les immeubles, la porte verte au numéro 32 et, en face, ce panneau qui indiquait un *Marché des enfants rouges*. Il se souvenait de la cour pavée décorée de plantes, du porche, de l'ascenseur vitré où elle s'était mise brusquement à pleurer. Après, il n'y avait plus rien. Elle avait déverrouillé la porte de l'appartement et il s'était enfui.

Pourquoi retournerait-il là-bas ? Il n'y avait plus rien. Elisabeth et les médecins étaient des moutons malgré leur air hautain. Victor bandait ses forces pour tenir les loups à distance comme un gros chien de berger. Il leur racontait comment il passait au milieu des troupeaux, le fusil à l'épaule, avec cet homme qui était son père pour monter plus haut dans la montagne et tuer des bêtes. Il leur disait que ce père lui expliquait comment commencèrent les estives. À un autre temps, les bêtes étaient libres d'aller où elles voulaient. Elles paissaient dans les bas pâturages puis la chaleur venant, elles commençaient à grimper peu à peu dans les hauteurs pour chercher l'humidité et trouver de l'herbe plus fraîche. Elles le faisaient naturellement, poussées par leur instinct. Elles s'éparpillaient dans toute la montagne, montaient de plus en plus haut, jusqu'à se retrouver dans ces longs alpages sous les falaises où l'herbe était grasse et abondante. Et, quand le froid commençait à venir, elles redescendaient tout aussi naturellement et lentement dans les vallées et dans les forêts pour se mettre à l'abri des rigueurs de l'hiver. Elles savaient se défendre de l'attaque des prédateurs, se protéger, éviter les endroits où elles seraient piégées. Et si certaines se faisaient dévorer, il n'y avait pas de tueries de masse. Les hommes n'avaient pas appris des bêtes, ils les avaient organisées, mises en troupeau, guidées, ils leur avaient donné des chiens pour les conduire et les garder. Et les mêmes hommes avaient décidé que les loups avaient le droit de vivre comme les autres et ils les avaient protégés, élevés, et ils les avaient lâchés dans la nature au nom de la liberté qu'ils avaient ôtée aux bêtes des troupeaux…

Victor pleurait en froissant la casquette dans ses mains : *Handwoven in the outer Hebrides* disait l'étiquette. Il ne savait pas pourquoi il pleurait, sa mémoire ouvrait un paysage effrayant. Il essayait de se souvenir de cette casquette ; des moutons à gueule noire avaient donné leur laine pour la tisser. Des moutons vigoureux avec une laine rêche enduite de suif qui les protégeait des rigueurs de la nature. Il savait cela et cette connaissance le terrorisait par ce qu'elle dissimulait.

Il se frotta le visage avec la laine des moutons à gueule noire et la porte s'ouvrit dans son dos. Le médecin les accompagna jusqu'à l'entrée, elle bavardait avec Elisabeth, il y avait entre elles une connivence qui rendait Victor nerveux. Il se découvrit brusquement dans un grand miroir de l'accueil, le miroir reflétait les portes vitrées et Victor se vit entrer sur un fond d'immeubles et de gens qui passaient en tous sens. Dans le manteau et la casquette, il reconnut l'homme qu'il voyait sur la photo avec Elisabeth et la femme blonde. L'homme le regardait avec un air inquiet, malgré son élégance il semblait mal à l'aise. La blouse blanche du médecin passa devant lui et Victor comprit qu'elle lui tendait la main. Il la serra et Elisabeth passa son bras sous le sien et l'entraîna vers la sortie. Il hésita.

– Qu'est-ce qu'il y a, Victor ?

– N'y prêtez pas attention…

Il y avait un loup devant la porte. Une énorme bête, assise sur son train, les oreilles couchées sur son crâne, les yeux glacés, verdâtres, fixés sur eux. Il était effrayant, comme un vigile raciste, haineux, qui gardait la porte. Sa fourrure épaisse s'ébouriffait sous le vent lorsque les vitres s'ouvraient. Sa mâchoire avait l'air trop lourde pour sa gueule, les babines pendaient, noires, mouillées de bave.

Ils passèrent devant lui, serrés l'un contre l'autre. La bête ne bougea pas, ne tourna pas la tête ; indifférente, figée dans son mépris.

Il s'accrocha au bras d'Elisabeth, le monde était vertigineux : un vide immense de ciel et de vent, de nuages démesurés ; des constructions posées dans une organisation complexe avec un réseau paranoïaque d'entrées et de sorties. Une foule le traversait, s'étirait, s'agglutinait. Parfois il y avait un arbre ou un carré d'herbe qui montrait une existence dérisoire. Le monde commençait par un escalier qu'il descendit tâtonnant au bras d'Elisabeth. Il leva la tête pour regarder le ciel, craignant que son geste ne se reproduise dans la foule qui allait se figer, lever les yeux en prenant conscience du vide infini qui les surplombait. Mais il était seul avec son angoisse, avec les loups nourris de morphine et de MDMA.

– Viens, Victor, ma voiture est là.

Ils franchirent les portes de l'hôpital et s'engagèrent dans la circulation. Attaché à son siège, il étouffait. Il n'avait pas oublié ce qu'était une ville mais celle-ci avait l'air sortie d'un cauchemar.

Pourquoi m'emmenez-vous là-bas ? demanda-t-il. Il n'y a plus rien là-bas.

– Ta vie est là-bas, Victor.

– Les gens qui vivaient là-bas ont tous été tués. Pourquoi ne me tuez-vous pas ? Ce serait juste, les choses reprendraient leur cours. Je ne sais même pas qui vous êtes.

Il n'osait pas se retourner, de peur de découvrir ce qui se passait derrière eux. Elisabeth menait la voiture, posa une main sur son bras.

– Victor…

– Vous m'avez menti depuis le début.

La voiture s'arrêta brusquement, aussitôt un concert de klaxons se déclencha. Elisabeth le regardait, d'un air vide, complètement détachée de ce qui les entourait.

– Je ne sais rien de vous, vous êtes venue et vous m'avez plongé dans ce cauchemar.

Elle essaya de dire quelque chose. Il ne lui en laissa pas le temps.

– Vous veniez me voir quand j'étais dans le coma, je me souviens de votre visage, vos lèvres remuaient mais je n'entendais rien. Je ne savais pas si vous aviez amené les loups ou si vous essayiez de leur échapper. Et un jour, vous êtes entrée dans la chambre et vous avez dit que vous me connaissiez…

La voiture avait calé, elle la remit en marche. La voiture cahota avant de reprendre sa route au milieu des autres.

– C'est vrai, Victor. Je suis venue te voir…

Il ne voyait plus son visage, caché par son épaisse chevelure noire. Il regardait ses mains sur le volant, les doigts fins cerclés de bagues d'argent. Il aurait voulu savoir d'où venaient ces objets ; ses mains l'attiraient et lui faisaient peur. Il détourna les yeux pour ne plus la regarder, il aurait voulu la déshabiller pour voir comment elle était. Il pensait aux corps chauds et longs des loups pressés contre lui.

– Vous vous couchiez près de moi…

Il regardait les humains marcher sur les trottoirs. Elle se tourna vers lui. Il sentit brutalement son parfum, il pouvait même percevoir sa chaleur à travers l'épaisseur des vêtements.

– C'est vrai, Victor. Je venais te voir tous les jours, quelquefois je m'allongeais près de toi. Et puis j'ai arrêté, je ne suis plus venue.

– Pourquoi ?

– Je ne pouvais plus, je croyais que tu allais mourir. Un jour l'hôpital m'a appelée ; ils m'ont dit que tu étais sorti du coma et que tu ne te souvenais de rien.

Ils avaient traversé la Seine, maintenant ils roulaient sur un large boulevard à la circulation rapide. Victor sentait des images forcer son esprit : les rues, les places, les façades se mélangeaient dans un puzzle renversé.

– Êtes-vous mariée, Elisabeth ?

– Non.

Il toucha sa main sur le volant, sans la regarder ; les rues, les places, les façades défilaient. Il touchait ses doigts comme un aveugle, la main était crispée sur le volant, elle ne bougea pas.

– Je suis divorcée.

Il ferma les yeux et il sentit la peau tiède sous les bagues d'argent comme il avait senti la chair des loups. Il retira sa main et l'enfouit entre ses cuisses.

– Il y a longtemps que vous êtes divorcée ?

– Oui. J'ai enseigné deux ans aux États-Unis, je me suis mariée là-bas. Ça a duré un an, puis j'ai divorcé et je suis revenue en France.

– Pourquoi êtes-vous revenue ?

Elle lui jeta un regard rapide, affolé. Puis elle tourna la tête et ne répondit pas.

– Ne me mentez pas. Vous m'avez menti depuis le début.

– Non, Victor, je ne t'ai pas menti.

– Vous m'avez abandonné au milieu des loups. Vous attendiez qu'ils m'égorgent.

– Non, Victor.

– Je voyais votre visage, vous disiez quelque chose. Ils vous obéissaient.

– Non, non, non. Non, Victor, non, non, non…

– Vous étiez là quand ils les ont tous tués, n'est-ce pas ? Vous étiez là ? Vous avez regardé ?

La voiture fit une violente embardée, Victor se retint à la portière, la voiture évita un fourgon qui surgit sur la droite, Victor vit le visage du chauffeur qui hurlait dans la cabine puis la voiture pila en montant sur le trottoir, la tête de Victor cogna contre la portière. Le fourgon passa en rugissant devant eux, le chauffeur leur montra le poing puis le silence revint et il vit Elisabeth, enveloppée dans son manteau noir, les bras raides sur le volant, qui penchait la tête, ses cheveux dévorant son visage.

Il ne dit rien, il attendit. Quand elle releva la tête, il vit son visage défiguré par les larmes, sa bouche qui tremblait, un peu de sang perlait à sa lèvre qu'elle avait mordue.

– Ne pleurez pas.

– Victor…

– Non, ne pleurez pas.

– Je ne peux pas…

– Où sommes-nous ?

Il essuya du bout du doigt la goutte de sang sur ses lèvres, la regarda et la frotta sur son manteau.

– Où sommes-nous ?

– Boulevard Voltaire, je…

– Ne dites rien, avancez encore un peu, jusqu'au bout de l'avenue. Arrêtez-vous au bord de la place. Ne pleurez pas.

Ses mains tremblaient, elle redémarra. Elle avança sur le boulevard, reniflant, les yeux écarquillés pour retenir ses larmes, conduisant avec une extrême prudence, comme s'ils roulaient au bord d'une falaise.

Au bout de l'avenue, elle trouva un coin vide et se gara avec la timidité d'une enfant.

Victor regardait la place avec la statue au centre qui dressait son rameau d'olivier. Elisabeth la regardait aussi. Ils ne disaient rien, Victor ne comprenait pas ce qu'il voyait. C'était une grande place pavée de gris, luisante de pluie, plantée de quelques arbres largement espacés. Des gens la traversaient d'un pas rapide, des enfants couraient ou glissaient sur leurs patins comme sur un lac gelé. Ce n'était pas la place qu'il connaissait. Il y avait toujours les trois statues adossées au piédestal : Liberté et son flambeau, Égalité avec son drapeau et Fraternité qui veillait sur deux enfants en train de lire. Mais les siennes étaient grises et sales, comme abîmées par la poussière, la crasse et la sueur du travail, attaquées par des années de tempêtes et d'intempéries. Elles avaient l'air d'être taillées dans le rocher et vaguement menaçantes. Celles-ci étaient lisses, désœuvrées, et ressemblaient à des gardiennes de square.

– La place que je connaissais était grise, sale et bruyante, dit-il, envahie par les voitures qui tournaient autour. On ne pouvait pas traverser, on s'entendait à peine parler, c'était l'enfer. Que s'est-il passé ?

Il toucha la main d'Elisabeth qui reposait sur ses genoux.

– Mon Dieu ! Elle a été refaite, Victor.

Elle ne bougeait pas, elle ne faisait pas un geste. On avait aménagé l'enfer.

– Je me souviens comment c'était alors, je me souviens de tout, jusqu'au moment où mon père m'a amené à l'aéroport mais c'est différent maintenant, c'est comme un décor. Vous aussi vous êtes différente, vous n'êtes pas celle que je voyais au milieu des loups. Qui êtes-vous ? Qu'avez-vous fait pendant ces trente années ?

– J'étais là, Victor. J'étais près de toi.

– Vous êtes venue me chercher, alors emmenez-moi là-bas, c'est la clé, n'est-ce pas ?

Elle ne répondit pas. Et de nouveau ils entrèrent dans la circulation avec prudence. Victor regardait de tous les côtés, guettant ce qui pouvait surgir et les écraser. Mais il ne se passa rien ; une succession de rues et de croisements banals, si insignifiants qu'ils en étaient monstrueux. Et puis la rue Charlot apparut, longue, droite, presque déserte. Elle s'arrêta devant le numéro 32 où un grand vide semblait les attendre. La peur envahit Victor avec le silence et le fracas de son cœur.

Il y avait toujours la grille et son étrange sentence sur le mur : *Marché des enfants rouges.* Il se tenait devant, mais c'était d'autres mots qu'il cherchait, qu'il essayait de lire. Elisabeth attendait au milieu de la rue. S'il entrait là peut-être que tout redeviendrait comme avant. Peut-être que son père était là avec son fusil au milieu de corps d'enfants couverts de sang.

Ils s'avancèrent devant la porte verte. Il savait ce qu'il y avait derrière : la voûte sombre, puis la cour, les trois porches avec leur escalier. Cette fois, Elisabeth prit sa main et la serra. Il sentit dans son bras quelque chose qui n'était pas là avant. Une sensation que son corps avait oubliée. Il ne savait pas si Elisabeth essayait de le guider ou de le retenir.

– Venez, lui dit-il.

Ils passèrent devant la porte verte et il tira doucement Elisabeth le long de la rue, jusqu'à un café qui faisait un angle. Ils entrèrent, il y avait quelques personnes assises aux tables, un long comptoir désert avec un homme derrière qui leur tournait le dos. Ils s'approchèrent et s'appuyèrent au comptoir sans plus savoir que faire. L'homme se retourna, le regarda et un grand sourire barra son visage fatigué.

– Bonjour monsieur, ça faisait longtemps ! Café ?

Il lui tendit la main. Victor hésita un instant et la serra, il s'accrochait de toutes ses forces à celle d'Elisabeth. L'homme posa deux soucoupes, fit un signe de tête à Elisabeth et se tourna vers sa machine.

Sans comprendre comment Victor se retrouva dans les bras d'Elisabeth ; collé contre elle, les bras sous son manteau entourant sa taille, les bras d'Elisabeth autour de son cou. L'homme se retourna avec les cafés et les contempla, surpris. Puis il posa les tasses et disparut.

C'était un corps de femme. Il s'abîma dans sa chaleur, il sentait sa poitrine et son ventre distiller une chaleur enivrante. Il buvait son odeur derrière un parfum translucide comme un voile. Il connaissait ce corps. Il devait écarter ce voile, il devait le franchir. Les lèvres d'Elisabeth, sur son cou, le léchaient comme un loup.

Viens, viens t'asseoir, lui dit-elle.

Elle le tira contre elle, il ne tenait plus sur ses jambes. Elle le poussa sur une chaise et s'affaissa devant lui, couchée sur la table pour attraper ses mains.

– C'est ma faute. Je les ai conduites là-bas. Je suis allée les chercher avec ma voiture devant la piscine où elles allaient nager et je les ai conduites à la terrasse. Apolline voulait qu'on aille tous au cinéma, Justine était fatiguée et voulait rentrer. Apolline voulait revoir ce vieux film qui ressortait avec De Niro qui conduit des taxis, la nuit à New York…

– C'EST À MOI QUE TU PARLES ? dit Victor.

– QUOI ?

– *C'est à moi que tu parles ?* dit mécaniquement Victor.

Elisabeth le regardait ébahie, la terreur se lisait dans ses yeux. Victor ne pouvait pas s'arrêter, les mots sortaient tout seuls de sa bouche :

– *C'est à moi que tu parles ? C'est à moi que tu parles ? Tu sais, je suis le seul ici. À qui diable penses-tu que tu t'adresses…*

– Tu te souviens ?

– *You talkin' to me ? You talkin' to me ?* dit mécaniquement Victor.

– Mon Dieu ! Tu te souviens ! *Taxi Driver* ! Je déteste ce film, il me fait peur, il me rend malade…

– *WHO THE FUCK DO YOU THINK YOU'RE TALKING TO ?* gueula Victor.

Elisabeth penchée sur lui, visage contre visage, des sanglots plein la voix, il croyait qu'elle allait lui arracher les mains.

– Justine voulait rentrer, Apolline a dit : *Je vais appeler papa*… Elle t'a appelé. Tu as dit que tu venais les rejoindre…

Il ne sentait plus ses mains, il ne sentait plus rien. Les mots se bousculaient dans sa bouche. Il ne savait pas ce qu'il disait.

– JE ME SUIS LEVÉE ET JE SUIS PARTIE…

Elle s'écroula sur la table et se mit à sangloter doucement, sans bouger.

– Je les ai abandonnées, je les ai laissées là, je les ai laissées, laissées, laissées ; Apolline et Justine, je les ai laissées, laissées, laissées…

Victor posa la main sur sa tête. Les gens les regardaient, effrayés. Victor lui caressait les cheveux, doucement, tendrement, les gens eurent moins peur, il n'était pas violent, il y avait simplement de la souffrance.

– Je me souviens de ce film, dit Victor. Je ne sais pas pourquoi. Donnez-moi les clefs de cette maison.

Elle se redressa, noyée. Il ouvrit son sac sur la table, trouva les clefs et les lui montra.

– Non, Victor… Non, ne va pas là-bas tout seul…

Il se leva et la regarda dans son manteau noir. Ses cheveux noirs tordus, bouclés, lui mangeaient le visage

– Je n'ai pas besoin de vous.

Il se détourna et sortit. Elle hurla derrière lui, l'homme du bar se précipita vers elle.

Le loup l'attendait dehors, ils remontèrent la rue. Il poussa la porte verte et entra sous la voûte. La cour pavée était là, avec ses plantes et les escaliers sur les trois porches. Il monta celui du milieu et l'ascenseur était là qui les attendait. Il appuya sur le bouton du quatrième et la machine ronronna comme dans son souvenir. Le loup était déjà sur le palier.

Il enfonça la clef dans la serrure et déverrouilla. La porte était vieille et abîmée comme si on l'avait griffée. Il y eut un craquement quand elle s'ouvrit. Le couloir était sombre, il y avait un tapis. Le loup entra, il le suivit et referma la porte.

Victor ferma la porte et descendit le chemin jusqu'à la route. Il faisait noir, l'air était dur comme un éclat de roche ; sans goût ni odeur, juste une froideur tranchante qui vous écorchait. Le chien marchait devant lui, tache blanche, fantomatique, glissant sans bruit. Il suivit le bord de la route et trouva l'entrée du sentier qui descendait vers le village. Il devait voir Charles avant que sa voisine n'aille raconter des histoires. Le village allait tomber sur Josépha et Charles s'en prendre vraiment à elle. Il la faisait suivre par Christophe le Grêlé, le Grêlé était un cinglé ; un de ces types toujours en tenue de camouflage qui vivait avec sa mère, adorait les armes et roulait dans un quad qui ressemblait à un engin de guerre. Un vieux célibataire qui regardait les femmes comme de la viande emballée. Personne n'avait envie d'être suivi par un type pareil dans un endroit désert. Josépha lui avait dit que lorsque le Grêlé était ivre, il couchait avec sa mère et après disparaissait pendant des semaines dans la montagne.

Ils traversèrent les ombres jusqu'au village. Le bruit du torrent régnait comme un gardien, les volets étaient clos, les maisons semblaient se serrer les unes contre les autres. Le chien marchait à côté de lui en se collant à sa jambe. Victor sentait ses muscles se mélanger aux siens, il attrapa la fourrure de son cou comme il aurait pris la main d'un compagnon. On sentait au-delà de la pâle luminosité un gouffre glacé, un monde informe où la petite route tordue disparaissait brusquement. Derrière l'église un halo de lumière découpait les vieilles pierres. La maison de Charles brillait sous les lampes fixées le long du toit, volets ouverts sur la façade, une lueur chaude sortait des fenêtres. On eût dit le château du village. Ce n'était pourtant qu'une grosse baraque de pierres, mais elle se montrait comme la demeure du Maître.

Ils traversèrent le pont, dès qu'ils atteignirent l'autre rive, tous les chiens de la baraque se mirent à hurler.

Les chiens allaient réveiller le village, les gens se mettre aux fenêtres. Ils ne verraient rien, la maison était à l'écart mais au matin chacun s'interrogerait. Ils montèrent la terrasse, Victor tenait toujours le chien par le cou, il se raidissait sous son poing, des ordres fusaient à l'intérieur qui calmèrent les bêtes. La porte s'ouvrit largement, sans hésitation, Josépha apparut, une canne à la main, les chiens trépignant derrière elle. Elle en tenait un par le cou qui se dressa sur ses pattes arrière en découvrant Pompidou.

– Victor ?

Le gros bâtard tirait sur le bras de Josépha, grognait sourdement.

– Josépha, je ne voulais pas vous déranger. Je venais voir Charles.

– Charles ?

Le chien remuait pour se dégager, elle laissa tomber la canne, l'attrapa par les bajoues et le regarda dans les yeux, son visage à quelques centimètres du museau de la bête. Il se calma instantanément, fléchit l'échine et se courba sur le sol. Elle ramassa la canne, tira le chien à l'intérieur de la pièce et lui désigna le sol de la canne où il se coucha et ne bougea plus. Les autres le suivirent et se couchèrent autour de lui, leurs yeux fixés sur Victor et Pompidou.

– Excusez-moi, Victor, quand Charles n'est pas là, il se prend pour le maître. Vous vouliez vraiment voir Charles ?

– Oui, je voulais lui parler.

Elle le regarda un moment en silence. Le sourire s'effaça de son visage, laissant réapparaître ses traits froids et fermés.

– Il ne reviendra que demain soir, il avait rendez-vous dans la plaine.

– D'accord Josépha. Excusez-moi…

– Non, ne partez pas…

Victor était décontenancé, il s'était préparé à affronter Charles et ils se retrouvaient devant cette intimité mystérieuse qu'il y avait entre eux. Sur le porche de cette maison, cela avait un goût de mensonge.

Ces bêtes appartiennent à Charles, elles ne comprennent rien aux femmes peureuses et délaissées. Je vous en prie, entrez.

Victor lui désigna Pompidou.

– C'est notre ami, dit-elle.

Il lâcha Pompidou et le chien entra tranquillement dans la pièce. Il alla se poster devant les autres et les contempla de sa haute taille. Ils grondèrent et détournèrent la tête pour ne pas le regarder.

– Je vais nous faire du thé.

Un feu brûlait dans la cheminée, la grande pièce brillait dans la lumière, les photos du torrent et des rochers ouvraient des fenêtres sur un monde féerique.

– Comment faites-vous des tirages pareils ?

– C'est le labo à Lyon où j'ai travaillé. C'est la photographe qui me les fait. Elle vit avec une femme, elles ont un enfant. Elles sont venues me voir dans la Vallée, je les ai logées dans le chalet de ma vieille amie. L'enfant est merveilleux, j'ai eu l'impression d'être une vieille fille dans un couvent…

Elle quitta la pièce, accompagnée par les six chiens qui la suivaient comme une traîne. Victor s'assit en regardant le fauteuil où elle devait être installée avant qu'il n'arrive. Il y avait une écharpe dorée sur l'accoudoir et un livre ouvert posé sur le sol. Il fixait le livre avec appréhension. Il n'avait pas ouvert un livre depuis deux ans qu'il était dans la Vallée. Il était lui-même auteur de plusieurs livres. Pompidou se coucha à ses pieds.

Josépha revint avec un plateau, elle le posa sur une tablette qu'elle roula entre le fauteuil et lui. Quand elle s'assit, les chiens s'allongèrent autour d'elle.

Il la regarda. Son visage était grave, ses cheveux tirés sur sa nuque. Elle était vêtue d'une tunique sombre, longue et droite, d'aspect chinois, boutonnée sur le devant du cou jusqu'aux chevilles. Elle portait des sandales, on voyait ses ongles de pieds vernis d'un rouge presque noir. Elle était entourée de chiens, de bâtards noirs ou fauves aux poils rugueux et aux oreilles tombantes. Ils avaient des pattes épaisses, des gueules écrasées, des airs de faux culs et de tueurs. Il se rendit compte que Josépha lui faisait peur au milieu de sa meute, comme les loups de ses rêves. Il se sentait mal, il y avait six bêtes autour d'elle.

– Charles est allé voir sa maîtresse. Elle tient un bar, au bas de la route du col. C'est une espèce d'endroit où se réunissent les amateurs d'armes, de 4x4, les chasseurs, et toute une bande de types tatoués au crâne rasé.

Les chiens se mirent à japper et à grogner, ils s'agitaient et montraient les dents. Pompidou dressa sa lourde tête comme une idole hautaine. Josépha contempla les chiens et attendit qu'ils se calment.

– Un jour il m'a emmenée là-bas. Deux types se sont approchés et m'ont expliqué ce qu'ils allaient me faire. J'ai sorti un rasoir de ma botte et je leur ai dit de retourner sucer leur bière. Parfois, le sexe peut être vraiment dégueulasse…

Elle versa l'eau dans les tasses, ouvrit une boîte, en tira deux pincées de thé qu'elle déposa délicatement dans l'eau.

– De l'eau du torrent, un thé vert des montagnes du Zhejiang : du Puits du Dragon. Les feuilles vont s'ouvrir et libérer leur arôme, vous allez boire l'esprit de la Vallée.

Elle déposa de la poussière de thé sur les lèvres de Victor et l'embrassa en l'effleurant à peine. Il sentit le goût salé de son souffle.

– Pourquoi voulez-vous parler à Charles ?

– Ma voisine nous a vus devant la porte. Elle dit que Charles commence à poser des questions.

Elle hocha la tête, elle était aux aguets, elle ne le quittait pas des yeux.

– Qu'est-ce que ça peut faire ? Que voulez-vous lui dire ?

– Qui je suis, comment je suis arrivé là.

Elle ne dit rien, ses paupières se mirent à cligner. Il la vit prendre sa tasse, se mettre à genoux et la poser devant la gueule de Pompidou. Le chien huma la vapeur et se mit à laper le thé à grands coups de langue.

– Ce chien est fabuleux, dit-elle.

Elle s'assit contre le chien, prit l'autre tasse, goûta le thé en regardant la meute noire couchée devant le feu qui gémissait et surveillait chacun de leurs gestes. Puis elle tendit la tasse à Victor.

Les feuilles s'étaient ouvertes dans un vert tendre, l'eau à peine troublée d'une teinte jaune. Le parfum évoquait les prairies où il marchait à l'aube.

– Vous savez, ces chiens ont envie de me tuer. Embrassez-moi Victor.

Elle se pencha vers lui, il sentit le thé dans son haleine.

– C'est à nous, dit-elle.

– Qu'est-ce qui est à nous ?

– Cette horreur, ce malheur, toute cette abominable tristesse. C'est à nous, Charles ne doit rien savoir.

Elle attira sa tête.

Il se souvint des yeux d'Elisabeth. Elle avait le même regard quand il lui avait dit qu'il n'avait pas besoin d'elle. Il se souvint du hurlement qu'elle avait poussé quand il avait quitté le café. Josépha ne hurlerait pas s'il se levait et partait. Elle ne dirait rien, elle refermerait la porte et retournerait s'asseoir au milieu des chiens

Il ne savait pas combien de temps il était resté dans l'appartement. Le téléphone sonnait. Il écoutait ce que disait Elisabeth sans lui parler. Le téléphone était couvert de sang parce qu'il s'était déchiqueté le poignet avec la vitre de la porte du couloir et avait arrêté le sang avec des bouts de journal. Ses vêtements étaient lacérés et couverts de sang, il y avait de bons couteaux dans la cuisine. La douleur irradiait son corps et contenait sa mémoire. Il avait mis le feu aux livres et aux papiers dans son bureau. Il s'était brûlé les paumes, les bras et la poitrine en étouffant les flammes. Il était resté longtemps dans la chambre d'Apolline, l'affiche du film *Taxi Driver* ensanglantée à ses pieds, il s'était cogné le visage contre le crâne rasé de De Niro. Il entendait Elisabeth au téléphone lui dire qu'elle était là, qu'elle ne l'abandonnerait pas. À l'aube, les pompiers avaient défoncé la porte de l'appartement.

Il goûtait la sensation des lèvres de Josépha, de sa langue ; la brusque perception de ses dents comme l'éclat d'une lame dans une rixe. C'était un baiser d'une incroyable délicatesse ; des lèvres inconnues, les baisers d'une femme qu'il ne connaissait pas, des gens timides échangeant leurs sucs comme des insectes.

– Je n'aime pas les hommes, je n'aime pas ce qu'ils me font. Je n'aime pas la façon dont ils me regardent. Je n'ai pas besoin que vous m'aimiez. Je veux seulement que vous me touchiez.

Elle respirait, la tête renversée, les yeux mi-clos sous son regard, son cœur palpitant à son cou. Il ouvrit le haut de sa robe et, glissant sa main, entoura son sein chaud et le pressa sous la dentelle.

Les chiens grondaient et s'agitaient en entendant Josépha geindre doucement, surveillant Victor penché sur elle comme s'il la dévorait. Il découvrit son ventre, le triangle de ses cuisses, la rondeur de sa hanche qui paraissait terriblement nue sur le sol dur. Il embrassa ses seins qui jaillissaient de son vêtement et inondaient sa bouche d'une tiédeur salée.

– Je vous donnerai tout de moi, la moindre pensée, le moindre bout de ma peau.

La main de Josépha étreignait durement sa cuisse, attrapa le sexe de Victor sous son vêtement et le serra, ses doigts s'enfoncèrent durement dans sa chair. Elle lui faisait mal, il souffla doucement avec cette main accrochée à son ventre. Elle dut le sentir et sa main se serra encore plus durement contre lui.

– C'est nous, Victor, c'est ce que nous sommes, personne ne doit savoir.

Elle commença à le déshabiller avec une attention et un sérieux ahurissants. Il eut l'impression qu'elle lui ôtait des bandages sanglants. Ses vêtements semblaient vivants, empoisonnés, chargés des miasmes de son existence.

– Mon Dieu ! Qu'est-ce que vous avez fait ?

Des cicatrices couvraient le corps de Victor. Des boursouflures, de longs fils violacés ou livides, une écriture gravée dans sa chair. Il y en avait partout, sur sa poitrine, sur ses membres, sur son ventre et à l'intérieur de ses cuisses ; des nœuds de chair brûlée et dure comme de l'écorce. .

Elle se coucha sur lui et tous les chiens se mirent à hurler. Le chef de la meute, à moitié dressé sur ses pattes, tremblait, les dents découvertes sur sa gueule écrasée, et les fixait d'un air sauvage. Il grondait, Victor sentit qu'il allait lui sauter dessus. Les autres chiens se dressèrent à l'unisson et brusquement la lourde tête de Pompidou se souleva comme si elle sortait de leurs corps enchevêtrés et un grondement rauque, terrible, pareil à un roulement de tambour sortit de sa gorge. Jamais Victor n'avait entendu un son pareil, un vibrato si grave et menaçant surgir de la gueule de ce chien. Les bêtes s'écrasèrent au sol, se tordirent avec des gémissements de peur et de haine ; elles se bousculaient, donnaient des coups de dents vifs et brutaux. Un concert de grondements vibra dans l'air et Pompidou bouscula Josépha en se dégageant de leur étreinte et se dressa devant eux.

Victor sentit Josépha s'arracher à lui. Elle ramena la tunique sur ses épaules, il vit sa longue jambe nue surgir entre les pans de son vêtement et frapper le chien noir et le repousser au milieu des autres.

– Sortons d'ici, ils vont nous attaquer.

Elle entraîna Victor, Ils traversèrent le bureau de Charles puis un couloir aux murs tordus blanchis à la chaux. Elle s'arrêta devant une petite porte en bois grossier, sortit une clef de sa poche et déverrouilla. Elle tira Victor à l'intérieur, fit entrer Pompidou et referma la porte.

– Personne ne vient jamais ici. C'est mon refuge dans la Vallée.

Les chiens s'agitaient de l'autre côté du mur, jetaient des aboiements brefs. Ils rôdaient dans le couloir, reniflaient derrière la porte. On entendait leurs griffes claquer sur le sol. Il pensa au jour où Charles avait défoncé la porte de cette pièce à coups de pied pour la frapper et la violer. Josépha se serra contre lui, les chiens se mirent à gronder et à hurler et se jetèrent sur la porte.

Il croyait entendre Elisabeth frapper et appeler derrière la porte de l'appartement de la rue Charlot. Elle avait prévenu les secours, il ne pouvait plus bouger, il était à moitié inconscient et ils avaient défoncé la porte. Les pompiers avaient appelé la police quand ils avaient trouvé Victor recroquevillé sur le sol, ils croyaient à une agression. Ils avaient empêché Elisabeth d'entrer dans l'appartement jusqu'à l'arrivée de la police. L'appartement était dévasté, les pièces empestaient la fumée. Un médecin urgentiste s'occupa de Victor, il était vivant, il avait perdu beaucoup de sang. Le médecin pensait qu'il avait été cogné, qu'il avait été torturé. Un jeune pompier dit à Elisabeth qu'on avait l'impression qu'il avait été attaqué par des bêtes sauvages. Ils stabilisèrent Victor, le perfusèrent, le mirent sous oxygène et l'embarquèrent dès que les flics eurent fait les premiers constats. Elisabeth était entrée dans l'appartement avec un policier et devant le spectacle dément qui s'offrait à ses yeux se mit à douter de ce qu'elle pensait : « Vous croyez vraiment qu'il a fait ça tout seul ? » lui demanda le flic. Elle s'accrocha au bras du policier et vit l'énorme pile des livres que Victor avait entassés au milieu de sa chambre ; les livres de Justine : *Enfer* et *Purgatoire*, *Paradis*, ses traductions et ses études ; les pages arrachées jonchaient entièrement le sol comme un tapis de neige et de cendres. Sur le mur, un portrait de Justine et d'Apolline aux cheveux emmêlés.

Josépha fit ce qu'elle avait dit : elle lui donna sa moindre pensée, le moindre bout de sa peau. Elle se trompait en disant que personne ne devait savoir. Après ce jour, chacun put comprendre ce qu'il était advenu. Quand ils passaient dans le village comme des pénitents, le chien marchant devant eux, les gens baissaient la tête ou faisaient semblant de ne pas les voir. Cela dura tout le printemps et tout l'été. Le printemps fut pluvieux, la terre et la forêt se gorgeaient de ces pluies interminables, le torrent gonflait et se précipitait en mugissant entre ses rives. Ils marchaient en silence dans le lamento des averses, le roulement des giboulées qui se brisaient contre les arbres, la montagne bruissait et s'accordait comme un orchestre. Ils se mettaient à l'abri contre une falaise ou sous les voûtes épaisses des sapins. Victor allumait un de ses petits feux et ils restaient l'un près de l'autre, à parler, à se réchauffer de leur intimité. Parfois ils s'embrassaient de fatigue et de peur lorsque leurs mots les effrayaient. Ils revenaient le soir, fourbus, courbatus, mouillés comme des chiens. La nuit les recevait comme des travailleurs épuisés.

Dans la montagne Victor et Josépha se touchaient à peine, ils épuisaient leur corps puis s'enlaçaient en écoutant le silence ; le vent, le bruit de la pluie, les augures discrets des bêtes. Collés contre la falaise ou allongés sur la terre au milieu des fleurs ou des aiguilles des sapins, ils se reposaient en écoutant la forêt et les bruissements de leur sang : souffle, battements du cœur et des veines qui irriguaient leur peau. Ils surveillaient le désir qui rôdait au fond d'eux. Parfois ils s'arrêtaient au milieu d'une marche comme s'ils étaient perdus et s'embrassaient avec timidité. Victor, essoufflé, avait l'impression de mordre dans un fruit ou de boire la pluie qui ruisselait sur elle. Sa bouche avait un goût de thé.

Quand la douceur et la chaleur arrivèrent, ils les reçurent comme une récompense ; les prairies étaient couvertes de fleurs, la résine des sapins embaumait comme du miel. Ils ne quittaient plus le torrent qui devint leur mentor et leur refuge. Sa violence repoussait le village et ses habitants dans une époque lointaine, anecdotique, comme si du temps brut jaillissait de la montagne, forgeant des instants qui avaient goût d'éternité. Ils se baignaient dans les cascades, dormaient dans les creux lisses et remplis d'ombres que l'eau avait creusés dans les rochers. Ils chassaient à la main des truites qu'ils faisaient cuire dans les herbes et les braises des feux de Victor. Un jour, ils ne rentrèrent pas lorsque la nuit tomba et cette fugue stupéfia le village, les habitants perdirent le sommeil devant tant de provocation. Mais Victor et Josépha ne maîtrisaient plus rien, ils voyaient arriver la fin. Ils étaient allés si loin qu'ils n'osaient plus revenir. La nuit, son corps enlacé à celui de Josépha, Victor surveillait son souffle. Il entendait des hommes habillés de noir descendre silencieusement de la montagne pour entrer dans le village, forcer les portes des maisons et, dans le fracas des armes automatiques, tuer tous les habitants. C'étaient des choses qui arrivaient de cette façon.

Quand Charles partait plusieurs jours dans la plaine, Josépha venait dormir dans la maison de Victor et c'étaient les longues nuits où ils repoussaient le désir comme les ascètes qui mortifient leur corps. Elle aimait s'enivrer lors de ces rencontres, elle volait le whisky de Charles et s'asseyait solitaire dans un coin de la chambre, le verre à la main, à moitié nue sous le regard de Victor. Elle transformait la pièce monacale ; si différente de la femme dure qui marchait dans la montagne dans ses habits de chasse ou de la nonne qui vivait dans la maison de Charles. Elle défaisait ses cheveux et se déshabillait sous ses yeux. Elle semblait fragile, allumait une cigarette, ses longues jambes croisées, et vidait son verre sans respirer. Elle était délicatement maquillée et parfumée, c'était sa vieille amie du chalet des Reclus qui lui achetait sa lingerie. Ils parlaient en buvant le whisky puis s'allongeaient dans le lit en continuant de chuchoter jusqu'à ce qu'ils s'endorment. Quand Victor se réveillait, le soleil était haut dans le ciel et elle était partie.

Mais c'était dans son atelier que s'accomplissait l'amour. Certains jours, il recevait dès l'aube un message sur son téléphone qui disait : *L'atelier*. Le mot donnait un sentiment d'urgence, d'impatience. Le mot évoquait quelque chose d'inéluctable qu'on ne pouvait remettre plus longtemps. Après les longues marches dans la montagne, les nuits où ils chuchotaient, la Vallée réclamait le prix de leur intimité

C'était une cérémonie. Il se rendait chez elle, la porte était ouverte. Les chiens de Charles hurlaient dès qu'il franchissait le seuil, ils étaient enfermés. Il traversait la pièce blanche dans le hurlement des bêtes, les paysages magnétiques du torrent et des roches, traversait encore le bureau de Charles où le désordre et l'odeur de cigare rendaient sa présence palpable, puis le couloir aux murs tordus et frappait à la porte en planches de sapin noueuses.

Elle ne répondait pas, elle l'attendait. Et chaque fois les chiens se taisaient comme s'il avait atteint un lieu hors de leur portée, ou qu'il eût disparu. Josépha était là, assise, le visage haut, les cheveux tirés sur la nuque. Elle était pâle, nerveuse, les mains serrées sur ses genoux. Elle ne souriait pas, ses traits étaient tirés, la peau et les lèvres nues, blêmes, comme si elle les eût frottés d'eau froide et de savon après une nuit sans sommeil. Ils ne disaient rien, Victor semblait attendre à son tour ; il devait franchir la distance. Il ne savait jamais s'il devait aller vers elle ou se retourner et partir après avoir contemplé sa peur et son attente.

C'était une grande pièce carrée avec une partie mansardée où une large baie encadrée de bois de bouleau jaune avait été ouverte dans le toit. Les murs étaient couverts de photographies. Il y avait une liseuse recouverte de velours rouge comme le fauteuil devant la cheminée. C'était étranger à tout ce qu'il avait vu dans la Vallée et en même temps on la voyait partout : dans les photos sur les murs, dans l'odeur de la cheminée avec ses cendres blanches, le bruit du torrent qui courait le long des murs. Il y avait des piles de photographies sur une table avec des images de la main de Victor, noueuse, presque abstraite. Il y avait un établi d'ébénisterie, une énorme section de chêne posée sur des pierres de taille avec un étau et des outils accrochés sur des plans de bois vernis. Sur les murs, un alignement de statuettes en bois flotté, gravées de hiéroglyphes. Le sol était couvert de sciure et d'écorces enroulées qui sentaient la résine,

Les photos étaient des paysages mais aussi des portraits. Des photos de chasseur qui avait passé des heures à attendre le monstre qui se dissimulait dans la vallée. Des heures à le guetter sans jamais le voir pour ramener des images du monde où il se cachait. Des portraits de femmes avec des visages d'innocents promis au sacrifice. Il reconnut sa voisine qui avait l'air d'un démon, une main crispée dans ses cheveux, le regard figé, minéral, les lèvres pareilles à un trait de rasoir. Il vit la femme du chalet des Reclus, la peau comme du cuir, qui riait ou se pâmait, les yeux clos, la bouche entrouverte comme une vierge en extase. La seule image de Josépha était la photo où on la voyait de dos qui entrait dans le Lac Noir. C'était un monde de signes ; l'atelier montrait l'instinct de Josépha, sa ruse, son intelligence.

Il avait remarqué que ces jours d'atelier, la lumière était éclatante. On eût dit que Josépha avait choisi des journées où, pendant un moment, le vent nettoyait les cimes et chassait les brumes, laissant une luminosité brutale qui découpait chaque chose avec une précision de gravure. La fenêtre dans le toit montrait les falaises acérées et un ciel transparent jusqu'aux étoiles. La même lumière entrait dans l'atelier et dessinait le corps de Josépha avec une obsession d'artiste.

Mais c'était une lumière fragile qui ne durait jamais. Victor regardait le corps blanc de Josépha allongé sur la liseuse, ses jambes peintes par la lumière, ses fesses rondes et son dos qui se courbait jusqu'à ses épaules découpées sur le tissu rouge ; il le voyait se voiler peu à peu avec le ciel jusqu'à ce que de lourds nuages bouchent l'horizon et écrasent la Vallée et sa beauté.

Mais alors, souvent, elle reposait paisiblement et il était trop tard pour les regrets et les suppliques, il regardait sans frémir le nom de l'*Achéron* gravé sur sa peau douce.

L'été prit fin brutalement une nuit au milieu du mois d'août ; un orage se forma très haut au-dessus des Abymes et s'abattit sur le village. L'électricité fut coupée, la foudre et le tonnerre encerclèrent la Vallée. On eût dit que des Furies cognaient sur les toits et les portes, que leurs épées étincelantes pouvaient traverser les murs. En une nuit, le torrent retrouva ses forces démentes et les cascades explosèrent de nouveau sur les rochers. On trouva cinq chevaux morts foudroyés dans un enclos au milieu de la forêt, un poulain de six mois mystérieusement épargné.

Ils étaient dans la maison. Josépha était sortie sur le perron pour regarder l'orage et fut si violemment frappée par les trombes qui dévalaient les prairies qu'elle ne pouvait plus respirer. Elle resta là, dans la lumière aveuglante à rire aux éclats, tête et dos courbés, la pluie crépitant sur sa nuque, l'orage la tenant par les cheveux. Cette nuit-là, Victor fut jaloux de sa jeunesse et de sa beauté.

Le lendemain le ciel entier était étouffé de nuages, les sommets usés et effacés par les brumes. Le gris-vert huileux qui annonçait l'automne commença à envahir les forêts et préparer les gens à la venue de l'hiver.

Victor partit dans la plaine pour rendre son travail. Il mit dans son sac l'écharpe dorée qu'avait laissée Josépha. Elle faisait une longue tache d'or au milieu de la grisaille de ses affaires. Il alla prévenir sa voisine qu'il partait et attendit, droit et patient, le taxi au bord de la route.

Quand il revint deux jours plus tard, il trouva Pompidou, le chien qui vivait avec lui depuis une année, égorgé sur le sol de la cuisine.

ACHÉRON

Ils descendirent un large pierrier qui s'évasait en entonnoir et trouvèrent les traces d'un sentier à moitié recouvert par les éboulements ; il serpentait entre les blocs puis grimpait sur la crête qui dominait l'alpage où se trouvaient Charles et les autres. Le jeune chien ne quittait plus Victor depuis qu'il l'avait pris dans ses bras pour lui faire franchir les goulets. Il se collait à sa jambe et levait la tête pour attendre ses ordres. Josépha marchait, le fusil collé à la hanche. Elle avait son pas de chasseur, posait les pieds avec attention pour ne pas faire rouler les pierres ; elle ne voulait pas faire de bruit. Ils virent bientôt des traces d'animaux ; des marques de sabots dans les creux boueux, des crottes de chamois et de bouquetins. Josépha se penchait et les écrasait avec une pierre.

– Ils étaient là il y a deux heures, dit-elle. Ils descendent vers l'alpage, ils sont tranquilles, Charles n'a pas dû bouger depuis deux jours. Il t'attend.

Ils longèrent la crête et commencèrent à voir les premières pentes de l'alpage encore envahies de cailloux ; c'était comme une vague qui avançait puis s'arrêtait devant les grandes étendues d'herbage.

Le chalet était plus loin, dans un creux, à côté d'une source dans un bassin serti de pierres. À cette hauteur, il n'y avait pas d'arbres, ni de chants d'oiseaux, c'était le domaine du vent et des rapaces qui chassaient en silence, surveillaient le moindre mouvement sur leur territoire.

Le sentier se séparait. D'un côté il continuait droit vers les Hurtières, de l'autre, il semblait plonger dans le vide. C'étaient les bêtes qui faisaient ces chemins, même les chasseurs évitaient cet endroit.

– Viens, je vais te montrer quelque chose.

Victor se hissa sur un rocher, il tendit la main et tira Josépha. Il lui montra un minuscule passage de cailloux qui descendait dans le vide.

– Les chamois passent par là. Ils ont l'air paisible et indolent mais ils sont capables de choses prodigieuses. Tu n'es jamais venue ici ?

Elle secoua la tête, le vent jouait dans ses cheveux défaits. Elle avait l'air paisible et indolent.

– Penche-toi sur le rebord.

Ils s'allongèrent sur le rocher, le gouffre était traversé d'écharpes de brume. Les Abymes s'étiraient jusqu'aux forêts dans des ondulements de vert et de gris, la forêt était noire. Après il y avait la Vallée qui n'était qu'un irisement de lumière, la plaine au loin disparaissait sous les nuages. En bas, à la verticale du rocher où ils se tenaient, il y avait un immense bâtiment au milieu d'une forêt de sapins, touffus et noirs, dressés comme des remparts.

– Mon Dieu ! C'est le monastère, souffla Josépha. Je ne l'avais jamais vu comme ça.

On eût dit un gigantesque vaisseau échoué ou le château d'un conte, avec ses délicats toits d'ardoise et de tuile, ses tours, son labyrinthe de bâtiments de pierre et de cours enchevêtrés.

– Ça a l'air complètement désert, dit-elle. Ça fiche la trouille.

Un bâtiment pareil aurait dû grouiller de monde. Mais il était désert, les cours étaient vides, il n'y avait pas le moindre signe de présence humaine. Le malaise venait de ce qu'il n'avait pas l'air abandonné ; il était beau, parfaitement entretenu et donnait une impression de puissance et de vie cachée.

– L'architecture est faite de telle façon qu'on peut traverser le bâtiment sans jamais sortir à l'extérieur. Les toits sont disposés de manière qu'on ne puisse jamais apercevoir les jardins des cellules. Les moines sont invisibles mais rien ne leur échappe, ils sont là depuis plus de neuf cents ans.

– Je crois que Charles fait des choses pour eux.

– Quel genre de choses ?

– Je ne sais pas. Il n'en parle jamais. Je crois que c'est des histoires de fric.

– On va lui poser la question.

Le premier monastère avait été enseveli sous une avalanche, le second avait subi huit incendies, il avait été pillé, brûlé par les révolutions. Les moines avaient été chassés, dispersés. En 1903, ils avaient été expulsés entre deux haies de dragons à cheval. Ils étaient revenus avec les Allemands qui avaient envahi la France, ils étaient toujours là.

– Tu crois que les moines connaissent le mur orné ?

– Ils sont là depuis le 18 juin 1084.

Ils reprirent le chemin, une lumière pâle baignait la crête mais le vallon était plongé dans l'ombre, des colonnes de brouillard montaient des précipices et sortaient comme des fumées entre les roches. Elles envahissaient peu à peu la combe, recouvrant tout d'un voile humide et gris. Le vent était tombé, il n'y avait plus qu'un grand silence et le froid qui les entouraient. Josépha s'arrêta, sortit son bonnet et ses gants de son sac, ainsi qu'une longue corde qu'elle roula sur son bras. Elle fixa la corde au collier du jeune chien et s'assit sur un rocher.

Il la regarda allumer une cigarette et souffler la fumée, le fusil posé sur ses genoux. à la chasse on ne fumait pas, à bon vent les bêtes pouvaient sentir l'odeur du tabac à des kilomètres. Charles ne sentirait pas l'odeur de la cigarette, ni ses chiens ; ils étaient invisibles au-dessus de lui, ils allaient bientôt voir le chalet. Ils burent le reste du thermos de café et se remirent en route. Josépha marchait derrière lui, elle tenait court le chien avec la corde, elle ne voulait pas qu'il rejoigne la meute quand il sentirait ses compagnons. La présence de Josépha changeait tout, il ne savait pas ce qui allait se passer, elle ne plaisantait pas quand elle avait enfoncé le canon du fusil sous son menton. Il eut brusquement envie de faire demi-tour et de revenir en arrière. Jusqu'où devait-il aller ?

Ils avaient fêté les vingt et un ans de leur fille dans un bistrot du Marché des enfants rouges. Après ils avaient assisté à un concert de musique baroque à l'église arménienne Sainte-Croix de Paris à côté de chez eux. Victor se souvenait de cette soirée comme de leur dernier moment d'innocence. Il regardait les deux femmes serrées sur un banc dans l'ombre de l'église, leur blondeur mêlée comme un nœud de lumière, les yeux brillants d'Apolline, son visage de madone qui écoutait les voix sublimes qui montaient sous les voûtes : *Lasciatemi morire Lasciatemi morire...* Laisse-moi mourir, laisse-moi mourir, toi qui me réconfortes...

Le lendemain, le 19 mars 2012, Mohamed Merah assassine un rabbin et ses deux enfants devant l'école juive Ozar Hatorah, il pénètre ensuite dans la cour de l'établissement et tue une petite fille de huit ans d'une balle dans la tête.

Le soir de la tuerie, Justine emmena Victor et Apolline ainsi qu'Elisabeth dans son petit bureau plein de livres et de dessins. Elle leur servit du café puis sans transition raconta à Apolline ce qui était arrivé des années auparavant avant sa naissance. Le Maroc : l'arrestation avec son ami marocain, la détention, les interrogatoires. La jeune fille ne savait rien de cette partie de la vie de sa mère ; la terre s'ouvrit sous ses pieds. Ils étaient tous unis dans la même gravité, le même sentiment de désarroi. Apolline découvrit quelque chose qu'elle ne pouvait nommer. Comme si sa mère était devenue une autre ou peut-être simplement elle-même. Justine se tourna vers Victor et vers Elisabeth et dit brutalement que les deux hommes l'avaient violée.

– Pendant que l'un me tenait, l'autre me violait et ils ont recommencé en échangeant leur rôle.

Victor ne quittait pas sa femme des yeux, Apolline était livide, des larmes coulaient de ses yeux et inondaient ses joues et ses lèvres, Elisabeth avait la tête penchée sur ses genoux, le visage caché sous le buisson de ses cheveux.

– Ils ne pouvaient pas me faire disparaître comme mon ami. La détention, les interrogatoires, les gifles, les humiliations, c'était de la violence. Ils voulaient me terroriser, obtenir des aveux, les preuves qu'ils cherchaient d'un complot contre le roi. Mais le viol c'était autre chose : ils voulaient me détruire.

– Pourquoi n'as-tu jamais rien dit ? demanda Victor.

Justine enlaça Apolline qui tremblait et la serra contre sa poitrine. Elle sourit en caressant ses cheveux ; ses yeux étaient clairs, limpides, ses yeux n'avaient jamais trompé Victor. Il n'avait jamais vu quelque chose d'aussi franc, d'aussi curieux et attentionné posé sur lui. Que voyait-elle quand elle les fermait ?

– Quand tu m'as trouvée ce soir-là sur la place Jemaa el-Fna, je récitais des vers de l'*Enfer* de Dante. Tu ne comprenais pas, personne ne pouvait comprendre. Les femmes du riad ont tout de suite compris ce qui était arrivé. Elles m'ont dit : « Allah est grand, la femme aussi ! On ne parle jamais de sa *hchouma,* sa honte, ils te tueront encore pour ce que tu as subi ! »

– Qu'est-ce que tu attends de nous, maman ?

– J'ai bâti ma vie sur la honte et le refoulement. Nous avons tous vécu dans cette honte et ce refoulement. Si ces hommes ne m'avaient pas violée, tu ne serais pas là, je ne serais pas là. Je serais la femme d'un banquier marocain installé aux États-Unis, ton père aurait épousé Elisabeth ; ils étaient fiancés avant de me rencontrer et j'ai saccagé leurs vies.

Elisabeth avait l'air d'avoir reçu une volée de coups de poing. Justine lui prit la main.

– Un homme sans visage rôde autour de nous et tue. Hier il a exécuté quatre personnes dont trois enfants. Cette guerre est arrivée jusqu'à nous. Il faut faire quelque chose avant qu'un énorme refoulement se mette en place.

Peut-être grâce à Dante, Justine possédait les clefs pour comprendre le refoulement. Car qu'était cette immense *Commedia,* sinon un voyage énigmatique et prophétique dans l'inconscient d'un homme et de son époque ? Après le traumatisme de son procès et de sa condamnation au bûcher, Dante envisage d'assiéger Florence avec d'autres exilés puis y renonce et erre de ville en ville, en proie à la misère jusqu'à la fin de sa vie. Il n'existera plus que par le langage et la vérité poétique. La *Commedia* n'est qu'une lutte titanesque contre le refoulement.

Ainsi commença la longue descente vers l'enfer qui allait durer trois ans. À la demande de Justine, ils créèrent un groupe d'études universitaires sur cette violence qu'elle qualifiait de « *violence totale* ». Ils recrutèrent des historiens, des philosophes, des sociologues et se mirent au travail. Ils établirent des bases de données, publièrent des articles. Cette violence *totale* n'était plus un acte politique mais un acte de guerre qui rendait la menace permanente et omniprésente. Après l'attentat du World Trade Center qui démontrait que l'on pouvait faire une arme de ses propres concitoyens réunis dans un avion, Merah, individu médiocre, issu de la délinquance, avait déclenché la violence *totale* en filmant et en exécutant froidement trois cibles symboliques : des militaires, un rabbin et ses enfants ; une petite fille qu'il attrapa par les cheveux comme pour une dispute dans une cour d'école. Il ne s'agissait plus de tuer des ennemis : mais de montrer que des hommes allaient massacrer d'autres hommes pour imposer leur foi.

La lutte contre la violence *totale* ne se faisait pas avec des flics. Merah avait ouvert la porte à cette violence bestiale qu'il fallait comprendre avant que d'autres ne la referment et qu'un redoutable refoulement ne se mette en place. C'est ce que feront les unités d'élite de la police dans l'interminable assaut contre l'appartement du terroriste et à leur suite les autorités, en se présentant deux fois devant les mêmes caméras de télévision pour mettre au point leur version sur le siège et la mort de Merah.

À la fin de cette année 2012, l'Union européenne reçut le prix Nobel de la Paix pour avoir « fait passer l'Europe d'un continent en guerre à un continent en paix ». En réplique eurent lieu en 2015 le massacre des journalistes de *Charlie-Hebdo* et la prise d'otages dans le supermarché Hyper Cacher qui firent dix-sept victimes.

Justine refusa de se joindre à la manifestation monstre qui fut organisée par le pouvoir à la suite de ces attentats ; elle ne voulait pas défiler derrière quarante-quatre dirigeants politiques et chefs d'État. Elle dit à Victor que la devise républicaine avait été remplacée par le triptyque Traumatisme Refoulement Résilience qui était la nouvelle loi sous laquelle ils vivaient.

Mais Apolline, Elisabeth et Victor allèrent défiler au milieu des Parisiens qui applaudissaient les policiers qui avaient abattu les terroristes mais n'avaient pas su les protéger. Un million cinq cent mille personnes chantaient *La Marseillaise* au nom de l'union sacrée, pendant que les partis politiques se déchiraient pour savoir qui pouvait être ou ne pas être Charlie. Charlie était mort en faisant des dessins et en écrivant des articles sur ses assassins. Les deux tueurs armés de Kalachnikovs, vêtus de noir et égarés, avaient demandé leur chemin pour les trouver et les abattre en criant qu'ils vengeaient le prophète Mohamed. Justine resta enfermée toute la journée dans son petit bureau au milieu de ses livres et de ses dessins. Elle publia une tribune en ligne : elle demandait aux musulmans d'aller voir sous les voiles de leurs filles, d'aller voir sous les jupes de leurs femmes et d'écouter le silence qui s'y cachait. Elle leur demandait d'écouter leurs garçons parler et de laver rituellement leurs paroles cinq fois par jour avant de leur répondre. Elle leur disait que le Prophète ne les aiderait jamais à déchiffrer leurs hiéroglyphes et que demain il tuerait leurs propres enfants. Elle reçut en réponse des insultes et des menaces de mort. On maudit la femme, la blanche, la putain des croisés, on lui dit qu'elle n'était qu'une bête à violer.

Le 8 novembre 2015, cinq jours avant les attentats des terrasses, Elisabeth, qui avait pris la tête du groupe d'étude, était faite chevalier de l'ordre des Palmes académiques pour sa contribution « à la réflexion sur la violence terroriste et sur l'anéantissement des volontés que la stratégie de terrorisation porte ». Dans son discours de réception elle déclara que la violence *totale* apparaissait comme la version civile des violences extrêmes déployées le plus souvent par les États. Elle alertait contre le refoulement politique qui mettait la République en danger.

Apolline prit des photos du cocktail. C'est l'une d'elles qu'apporta Elisabeth à Victor sur son lit d'hôpital.

Il n'y eut pas de manifestation, ni d'union sacrée après les attentats des terrasses. Il y eut un énorme silence pendant lequel la police et les services de l'État allèrent relever les corps des morts et des blessés. Ils couvrirent les corps de Justine et d'Apolline, ils découvrirent que Victor vivait malgré sa tête ensanglantée et le conduisirent dans un endroit où il n'y avait plus d'espérance. À l'hôpital, les médecins expliquèrent à Victor que son amnésie était due à l'opération lourde qui avait suivi, ils expliquaient ses cauchemars et ses visions de loups par les ravages qu'avait faits la balle dans son cerveau. La balle était entrée par le côté droit du cerveau qui était le côté qui gère les cauchemars, le côté gauche était devenu une montagne sauvage et embrumée où le temps n'existait plus. Mais quand il retourna dans le petit bureau de Justine dans l'appartement de la rue Charlot, le loup était bien là et se déchaîna sur lui.

Ils regardaient le chalet niché dans un creux entouré de brume, son toit de tôle luisant d'un éclat d'argent terni. Un filet de fumée montait de la cheminée de brique, un des pans du toit sur l'arrière faisait un appentis soutenu par des poutres. Dans les jumelles, Victor voyait le bois mis à l'abri ainsi que des sacs de ciment et des outils dans une caisse faite de palettes. Il y avait une porte à clairevoie ouvrant sur une dépendance qui devait servir d'étable pour les ânes qui montaient les provisions et le matériel des bergers et maintenant faisait office de chenil.

Rien ne bougeait aux alentours, le gros 4x4 verdâtre et boueux dont se servait souvent Josépha était garé à côté du bassin de la source. On voyait les ornières qu'il avait tracées dans l'alpage en sortant du chemin escarpé qui montait dans la forêt après la route du col des Hurtières.

Le vent était revenu et il poussait les nuages vers la plaine. Ils s'étaient mis à l'abri dans un petit cirque rocheux au sol couvert d'herbe rase et de cailloux acérés. Devant eux s'allongeait une longue pente d'herbe, de touffes de chardons argentés et de gentianes qui descendait vers le chalet comme une piste de ski.

– J'ai froid, dit Josépha. J'aimerais bien un de tes petits feux.

Victor observait une buse qui chassait une belette dans l'éboulis. Le rapace tournait et plongeait brusquement vers le sol. La belette se réfugiait sous une pierre, attendait que la buse remonte et filait en zigzag se dissimuler de nouveau avant que la buse qui tombait en piqué ne l'attrape. Ça avait l'air d'un jeu. Josépha arrachait les branches mortes d'un petit sapin coincé entre deux plaques de roche. Il était malingre, semblait pousser dans la pierre. Victor sortit une bougie de son sac, la posa sur un caillou et commença à empiler les brindilles et les branches que lui donnait Josépha. Il l'alluma et attendit que le bois prenne. La buse avait abandonné la chasse et faisait maintenant de grands cercles au-dessus du chalet en poussant des cris plaintifs et déchirants. Le jeune chien était attaché au sapin par la corde que lui avait passée Josépha et fourrait sa truffe dans le sac de Victor. Victor le repoussa, sortit le quart et la gourde. Il ne pensait pas la réchauffer avec son petit feu mais il allait lui faire du thé avec les feuilles de Puits du Dragon qu'elle avait glissées dans une enveloppe. Elle était debout derrière lui et appuyait sa jambe contre son dos.

S'il avait été seul, il aurait simplement descendu la pente pour aller frapper à la porte du chalet. Il se serait assis au milieu des hommes et leur aurait expliqué, avant qu'ils ne le cognent, comment il s'était tailladé dans l'appartement de la rue Charlot et frappé le visage contre le mur de la chambre d'Apolline jusqu'à ce que sa vue se brouille de sang et d'éclairs brûlants. Que pourraient-ils lui faire de plus ? Il n'avait pas voulu mourir dans l'appartement, la torture était la seule chose qu'il avait trouvée. La douleur lui permettait de regarder l'horreur. À chaque fois que la folie le submergeait, il plongeait le couteau et remontait la lame dans sa chair jusqu'à ce que le couteau lui échappe des mains. Son corps réagissait, luttait contre lui, la douleur était insupportable. Quand vous cognez votre visage contre un mur, la souffrance vous déconnecte de vous-même une fraction de seconde. Au bout de la dixième fois, il se passe quelque chose. Votre corps prend le contrôle, vous transforme et essaie malgré vous de vous garder en vie. C'est une existence métabolique, une mise en veille d'urgence, un ensemble de réactions organiques et chimiques qui luttent pour conserver votre existence. Ça avait marché, la douleur avait cherché l'équilibre avec l'horreur et l'avait aidé à lutter.

C'était la même chose avec Joséphа, c'est ce qu'il voulait dire à Charles. Quand elle avait serré son corps nu contre le sien, il avait eu l'impression de se cogner contre le mur de la chambre d'Apolline. Mais à son ahurissement, la douceur de Joséphа ne dévoilait pas ce qui avait été mais ce qui pouvait être, ce qui aurait dû exister. Il voulait dire à Charles qui elle était.

Le feu ne chauffait pas beaucoup mais il sentait bon et brillait avec délicatesse entre les pierres. Le thé avait un goût étrange dans la montagne, c'était une sensation neuve ; quelque chose que lui avait donné Joséphа, qui n'appartenait qu'à elle, comme ses baisers.

– Que comptes-tu faire, Joséphа ?

– Et toi, Victor ? Qu'est-ce que tu comptais faire ?

– Je vais descendre, tu attends ici. Je vais m'asseoir avec eux et je demanderai à Charles pourquoi il a tué le chien. Après je déciderai ce que je dois faire.

– Il va sortir une bouteille pour discuter entre hommes et après il va te tuer. Ils sont à la chasse, tu vas disparaître, personne ne dira rien, ta voisine ne dira rien, personne ne posera de question. Si je suis avec toi, il sera obligé de me tuer aussi, c'est plus difficile.

Elle prit les cigarettes dans sa poche et en tira une du paquet. Ses mains tremblaient, elle s'y prit à deux fois pour l'allumer, les allumettes lui échappaient des doigts. Elle souffla la fumée, la tête levée, les yeux fermés, puis elle les ouvrit et le regarda.

– Il ne va pas t'abattre d'un coup de fusil, il va te fracasser le crâne et te jeter d'une corniche dans l'éboulis. Après il jettera ton sac derrière toi. Ils boiront une autre bouteille, ils chargeront leurs affaires dans le 4x4 et redescendront dans la Vallée….

Elle avala un sanglot et ses yeux et sa bouche s'agrandirent.

– Je n'avais pas compris pourquoi ils montaient ici jusqu'à ce que tu frappes à ma porte et que tu me dises que Charles avait tué le chien…

– Josépha…

– Il ne va pas te laisser partir, Victor. Charles ne va pas retourner au village comme un homme trompé, abandonné par sa femme. Il perdrait tout son pouvoir, son prestige. C'est pour ça qu'il est venu ici, loin des regards. Mais il ne s'attend pas à ce que je sois avec toi.

– Je vais lui dire qui je suis, pourquoi je suis venu ici.

– C'est à nous Victor, personne ne doit savoir.

– Je n'ai pas le choix.

– Alors fais-le, peut-être qu'il t'épargnera. Il va organiser une grande réunion au village et leur raconter ton histoire. Il va te prendre sous sa protection et faire de toi son héros : l'homme qui a survécu à un attentat, qui a perdu sa famille dans le massacre des terrasses et qui est venu trouver refuge près de lui. Après il fera venir les journaux et la télé. Il racontera tout dans les moindres détails pour faire pleurer dans les chaumières. Tu vas devenir une attraction, il dira que tu as retrouvé la paix et la sérénité auprès de lui et des moines. Les gens viendront de partout voir les photos de ta femme et de ta fille affichées à la mairie, ce sera mieux et moins cher que le casino. Il va te voler ton histoire, il va faire de toi sa chose, il acceptera même de me partager avec toi et quand il aura bu un coup de trop, il te proposera une partie à trois dans le grand lit conjugal.

Elle jeta sa cigarette dans le feu. Il savait qu'elle avait raison, il n'y avait pas de solution. Victor pouvait se lever, la laisser près de son petit feu et partir sans se retourner, elle retrouverait son chemin pour regagner la maison de Charles et l'attendre comme si de rien n'était. Il pouvait aller voir Charles au risque de se faire tuer et lui fourguer ce qui restait de sa vie, lui bazarder son passé comme dans un vide-greniers et attendre de voir ce qu'il allait en faire. La seule existence qu'il lui restait était ce qu'il avait vécu avec cette femme. Josépha lui avait rendu la mémoire et la vie, c'est elle qui avait extirpé la balle de son cerveau.

– Alors pourquoi es-tu venue ?

– Je n'ai pas beaucoup d'espoir mais ce n'est pas pour Charles que je suis venue.

Elle plongea la main dans son sac, en sortit un petit classeur noir et le lui tendit.

– C'est pour toi que je suis venue.

C'était un album de photos ; une série de clichés du mur orné ; les gravures, les dessins, la voûte qui les abritait.

– Je vais faire un deal avec Charles, je vais lui donner le mur orné. Je peux peut-être sauver ta vie et acheter la mienne. Il va devenir un héros, il va imaginer de grandes choses pour la Vallée. Il va en parler au monastère et négocier avec les moines. Ça sera la grande affaire de sa vie s'il ne finit pas au pied d'un éboulis comme l'Américaine. Tu te rends compte de ce que cela signifie ?

Un nouvel avenir pour la Vallée et la fin de son refuge. Josépha allait faire exploser leurs vies. Si Charles acceptait le marché, s'il échangeait son emprise sur elle contre la fortune et la gloire, Josépha serait libre et Victor forcé de faire des choix.

– C'est pour toi que je suis venue. Si ce parano de Charles me fiche la paix, qu'est-ce que nous allons devenir ?

Victor prit sa main et la porta à ses lèvres. Josépha se détendit brusquement. Sa main battit l'air et s'accrocha à l'épaule de Victor, elle le tira contre son visage et l'embrassa. C'était un baiser nu, violent, elle arracha son bonnet, attrapa ses cheveux et les tira en arrière pour découvrir son cou. Il embrassa sa peau nue, son menton et ses lèvres. Elle ouvrit sa veste pour qu'il puisse passer sa main sous ses vêtements.

– Je n'ai pas les moyens de regarder l'avenir, Josépha. Le mieux serait que Charles s'en aille, disparaisse et nous laisse tranquilles mais il ne le fera pas. Ne lui donne pas le mur, je vais lui parler, il n'est peut-être pas aussi coriace que tu le penses.

– Tu ne sais pas à qui tu as affaire. Il ne va pas laisser tomber, ni renoncer à moi. Pour m'avoir, Charles a tué mon amie la serveuse…

– Josépha…

Victor leva la tête et regarda les nuages qui se rassemblaient comme un troupeau et avançaient serrés vers la plaine. Ils allaient s'arrêter au-dessus des villes et lâcher leurs pluies grises, ne laissant sur la montagne qu'un ciel vide et pur qui ne résisterait pas longtemps.

– Je l'ai toujours su au fond de moi. Je crois qu'il est allé dans les toilettes, qu'il lui a fait avaler de la cocaïne et elle a fait une crise cardiaque. Il prenait de la cocaïne à cette époque. Il savait que j'avais une histoire avec elle. Elle fumait de l'herbe mais elle n'aurait jamais pris de coke, c'était une mère célibataire et elle se battait pour son enfant.

Le soleil illumina les cimes et un bref instant Victor crut voir dans le ciel les moutons de son enfance qui abandonnaient joyeusement l'alpage dans les bêlements et le bruit de leurs sonnailles. Il vit le chien qui gambadait autour d'eux, puissant, autoritaire, donnant de la voix aux échos. Ils se bousculaient, ils étaient saufs, ils descendaient vers la Vallée.

– Très bien, dit Victor, descendons, allons le voir. Tu n'auras peut-être pas besoin de lui donner le mur. S'il a fait tout ce que tu dis, on va devoir le persuader de nous suivre et le conduire chez les flics. Charles va cesser de te faire peur.

– Ça risque de ne pas être si facile, dit-elle doucement.

Victor savait qu'elle n'y croyait pas, il n'était pas sûr d'y croire lui-même. Il voulait juste qu'elle essaie de croire à quelque chose.

– C'est la Vallée, Josépha. Personne n'a dit que ce serait facile.

– Oui, c'est la Vallée, il va arriver quelque chose.

L'alpage était désert, le chalet était encore dans l'ombre avec sa cheminée qui fumait. Charles avait tué un homme quand il avait quatorze ans parce qu'on avait frappé son père, il avait peut-être tué l'amie de Josépha parce qu'elle l'empêchait d'emmener sa proie. Il était là, entouré de ses amis, de ses chiens et de ses fusils. Il était à la chasse et Victor était le gibier.

Victor se leva et écrasa le feu sous sa chaussure. Il rassembla les affaires et les rangea dans les sacs. Le jeune chien tirait sur la corde et grimpait sur ses jambes. Josépha regardait Victor, les yeux et les cheveux emmêlés. Elle était ailleurs, plongée dans ses pensées, comme si l'idée de la police, de la justice ne lui était jamais venue à l'esprit.

Il lui tendit la main, elle la prit et à l'instant où elle le toucha, les chiens dans le chalet se mirent à aboyer furieusement. Six chiens qui hurlaient en se jetant contre les portes, comme quand il entrait dans la maison de Charles pour la rejoindre dans l'atelier.

Ils virent un homme sortir du chalet, se diriger vers la remise où se trouvaient les chiens. Le jeune chien tirait sur sa corde et gémissait en entendant les hurlements de la meute. Josépha emprisonna sa gueule dans sa main pour l'empêcher d'aboyer. Victor prit les jumelles et les pointa sur le chalet. Il reconnut Charles vêtu d'un treillis, un chapeau de toile sur la tête, qui se frottait le visage comme s'il venait de se réveiller.

– C'est Charles, dit-il à Josépha.

– Je le vois, dit-elle.

Il tourna la tête, elle serrait le chien entre ses jambes et regardait dans la lunette du fusil, le fût appuyé au rocher.

Charles passa sous l'appentis, attrapa un outil et se dirigea vers le chenil. Il tapa deux ou trois fois sur la porte avec le manche et l'ouvrit. Les chiens se précipitèrent sur lui mais il les repoussa à l'intérieur et gueula pour les faire taire. Ils se calmèrent, Charles resta devant la porte à regarder à l'intérieur. Victor le voyait qui parlait en faisant des gestes et au bout d'un instant quelqu'un apparut dans l'encadrement de la porte. Une femme blonde, en jean, les bras serrés autour d'une veste à capuche. Elle passa devant Charles la tête baissée, il referma la porte et la suivit le long du chalet, en jetant son outil sous l'appentis.

– C'est qui ?

– C'est Thérèse, la serveuse de l'auberge, répondit Josépha. Ils ont dû la monter en même temps que les provisions.

Victor la reconnut vaguement ; une jeune femme mutique d'une trentaine d'années. Les gens disaient qu'elle venait de l'Assistance et qu'elle avait eu une histoire compliquée. Les hommes lui tournaient autour, elle vivait seule dans une chambre de l'auberge. Les gens disaient aussi qu'elle avait deux enfants placés dans des familles d'accueil.

– Qu'est-ce qu'elle faisait dans le chenil ?

– Je ne sais pas. Elle a dû faire quelque chose qui ne leur a pas plu. Ou alors elle n'a pas voulu le faire.

Victor commençait à comprendre à quoi il avait affaire : cinq types dans une cabane de chasse avec un tas de fusils et de bouteilles et une femme qui finissait la nuit dans le chenil. Josépha avait dit que ce ne serait pas si facile.

Charles et la femme étaient arrêtés devant l'entrée du chalet, elle baissait toujours la tête et Charles lui parlait. Elle avait l'air d'avoir froid, elle ôtait la paille qui restait dans ses cheveux, à un moment Charles posa la main sur son épaule et la femme la chassa violemment avant de le regarder en face et de lui répondre. La porte du chalet s'ouvrit et un type sortit sur le seuil ; c'était le Grêlé, pieds nus, en caleçon et en tee-shirt qui montrait ses bras couverts de tatouages. Il alluma une cigarette et regarda le couple qui s'expliquait devant lui. Il dit quelque chose et

Charles se tourna vers lui. Le Grêlé fit un geste de la main devant son bas-ventre, comme s'il se masturbait lourdement. Charles mit la main dans sa poche et sortit des billets qu'il tendit à la femme. Elle fit un doigt d'honneur au Grêlé et enfouit l'argent dans son jean. Charles se retourna encore vers le Grêlé qui rentra à l'intérieur et ressortit avec un petit sac à dos qu'il jeta à Charles. Charles et Thérèse se dirigèrent vers le 4x4, il la tenait par les épaules et la serrait contre lui.

– Ce serait une bonne idée que je descende maintenant leur faire du café ! dit Josépha.

Charles ouvrit le coffre de la voiture, en sortit un vélo qu'il appuya contre la voiture. La femme mit son sac sur le dos et s'essuya le visage comme si elle pleurait. Charles la prit par les épaules, la secoua un peu et la serra contre lui en lui caressant le dos. La femme se laissait faire sans réagir. Puis elle s'écarta, attrapa le vélo et s'éloigna en le poussant le long les ornières qu'avait laissées le 4x4 dans l'herbe de l'alpage. Charles la regardait partir en se grattant le ventre.

– Tu connais Thérèse ? demanda Victor en suivant la femme dans ses jumelles. Elle se dirigeait vers la passe où commençait la route forestière. Au bout d'un kilomètre elle pourrait monter sur le vélo. Une heure dans la forêt. Après elle avait la descente jusqu'au village, quinze kilomètres dans le froid, après avoir dormi avec les chiens. Quel genre de femme ferait ça ?

– C'est une gentille fille, influençable. Une solitaire qui se cache et que tu ne remarques pas, mais si tu fais un effort elle a beaucoup d'attraits.

– Tu crois qu'elle se prostitue ?

– Non, ce n'est pas son genre. Mais elle aime l'attention et elle n'a pas peur des hommes. Je ne sais pas ce que Charles fait avec elle mais ce n'est pas pour ses charmes, elle est trop lisse pour lui. Il a dû faire un deal avec elle mais je ne vois pas ce qu'elle peut lui apporter, elle ne connaît personne, elle n'a pas d'importance dans le village. Il a voulu lui faire peur, c'est tout à fait le style de Charles de l'enfermer avec les chiens.

En bas, les deux hommes discutaient devant la porte, Thérèse avait disparu dans la forêt. Deux autres hommes sortirent et s'écartèrent pour aller pisser derrière le chalet, c'étaient les deux frères du garage Bezon. Il ne manquait plus que Barrère, l'employé de la commune. Il devait soigner sa cuite après leur soirée. Victor essaya d'imaginer ce que ce serait de se retrouver au milieu d'eux. Il posa les jumelles et se tourna vers Josépha. Il eut une drôle de sensation en la voyant courbée sur le fusil pointé sur la cabane. Le jeune chien entre ses jambes ne bougeait plus, il faisait corps avec elle, totalement concentré.

– Parle-moi un peu de ces hommes, lui dit-il.

Elle s'écarta de la lunette, maintint le fusil d'une main et de l'autre commença à tresser ses cheveux.

– Le Grêlé est un voyou, limite psychopathe. Il fait peur. Il vit avec sa mère dans une ancienne scierie en dehors du village. Le genre d'endroit entouré de carcasses de voitures et de machines rouillées. La mère ne va jamais au village, ne fréquente personne. Elle s'est séparée de son mari il y a une quinzaine d'années. On dit qu'elle le battait et l'humiliait, c'est un pauvre type. Charles l'a fait élire maire pour avoir un homme à sa botte sans se salir les mains. Il lui a tout appris sur la façon de tirer de l'argent de l'État, du conseil général et des fonds européens pour le développement rural. Le Grêlé pose des problèmes depuis qu'il est enfant, la mère a passé son temps à le corriger et à l'enfermer. Il fuguait, il allait vivre avec des punks et des SDF, il revenait se refaire une santé. Il est allé en taule et depuis il ne part plus. Il boit, il fume énormément de shit qu'il achète aux bikers qui montent au bar du col. Il fait le bûcheron et le terrassier quand ça le prend mais il aime surtout les bagnoles, la chasse et les beuveries entre copains. Sa mère lui a transmis la haine et la peur des femmes. Des tas de rumeurs courent sur lui et elles sont toutes vraies.

– Et les frères Bezon ?

– Ceux-là sont un peu particuliers. Ils ont quelques années de différence, ils sont toujours ensemble. Ils ont repris le garage de leur père et vivent au-dessus avec leur femme et leurs enfants. Ils travaillent beaucoup, sont discrets, un peu sauvages. Ils sont nés là comme tous les autres, ils ont appris la mécanique avec leur père, mais quand le plus jeune a eu vingt ans, ils sont partis tous les deux faire un voyage en Russie. Ils sont restés absents deux mois, quand ils sont revenus ils étaient avec deux femmes biélorusses qu'ils avaient épousées là-bas. Elles étaient un peu plus âgées qu'eux, ne parlaient pas un mot de français. Un mois plus tard ils ont mis leurs parents dans une maison de retraite et ont repris le garage. Les femmes ont eu un peu de mal à s'adapter mais elles venaient aussi d'un milieu rural et au bout d'un moment, elles ont organisé une entreprise de maraîchage et de volaillerie. Elles fournissent les marchés de la région et vendent au village. Elles se sont peu à peu intégrées, elles ont eu des enfants. Mais ils vivent entre eux comme une tribu. Les frères Bezon sont très croyants, ils tiennent ça de leur mère qui était une dévote d'origine italienne. Elle non plus ne parlait pas le français quand elle est arrivée dans la Vallée. Leurs femmes sont des chrétiennes orthodoxes, elles mettent des icônes entre leurs légumes sur leur étal au marché. Il paraît que les frères Bezon vont faire des retraites au monastère, c'est par eux que Charles a des contacts avec les moines.

– Qu'est-ce que Charles fait avec des gens pareils ?

– Je ne sais pas, c'est un mystère. Il y a la chasse, bien sûr. Les frères Bezon sont les meilleurs pisteurs de la Vallée. Ils chassent à l'arc, je les ai vus une fois dans le torrent ; ils étaient à moitié nus au pied d'une cascade, figés comme des statues. Ils attendaient que les truites montent à la surface et les transperçaient d'une flèche. Ils ne rataient jamais leur coup, c'était silencieux, rapide ; ça faisait peur. Ils ont des rapports étranges avec Charles, je crois qu'ils ne l'aiment pas mais ils le craignent. Ils sont d'une docilité un peu obscène, comme si Charles représentait une menace et pouvait exploser leur vie en un instant comme le Dieu de l'Ancien Testament…

Victor n'avait jamais rencontré les frères Bezon, sauf à les croiser quand ils traversaient le village dans leur énorme jeep capable de traîner un tracteur. Il les avait vus aussi déblayer la neige l'hiver, avec la même jeep où ils accrochaient des lames de chasse-neige. Ils avaient l'air frêles dans leur engin, deux visages haves, un peu émaciés, les bras maigres et un regard fuyant. Le Grêlé, lui, n'avait pas le regard fuyant. Ils s'étaient croisés un jour sur la route du col alors que Victor sortait de la forêt et remontait la route pour prendre un autre sentier. Le Grêlé, qui venait en face, avait arrêté son quad au milieu de la route, coupé le moteur et attendu sans bouger, le regard fixé sur Victor. Il était assez loin et il ne fit pas un seul geste jusqu'à ce que Victor arrive à sa hauteur. Il ne savait pas qui c'était : un homme casqué vêtu d'un treillis vert sur un engin rouillé et verdâtre couvert de boue. On eût dit le fantôme d'un soldat de la Wehrmacht sur son side-car. Victor avança en se demandant ce que cette apparition lui voulait à part lui faire peur. Il s'arrêta devant lui et lui dit bonjour. L'autre ne répondit pas. Il vit le visage couvert de cicatrices d'acné ou de varicelle, Des yeux verdâtres bordés de rouge qui le dévisageaient, la bouche retroussée sur des dents qui manquaient.

– Tu es le locataire de la mère Teppaz ?

L'homme sentait l'huile chaude et la fumée, sa voix grinçait comme une corneille.

– Oui, j'habite la vieille maison.

– Elle fait des compotes vachement bonnes...

Victor sourit, sentant quelque chose se dénouer dans sa poitrine.

– Tu sais qu'elle aime enlever son dentier et te sucer comme une limace, tu as essayé ?

Victor médusé resta comme un idiot. L'homme secoua lentement la tête, le regard subitement lointain, perdu dans un rêve compliqué, puis le moteur explosa sous le type, Victor n'eut que le temps de s'écarter et le quad démarra dans une puanteur de gaz et d'essence et fonça sur la route.

Après, Victor s'était enfoncé dans la forêt. Il se sentait mal, l'homme lui avait rendu le supplice. Comme s'il avait souillé des lieux de mémoire qu'il arpentait avec appréhension. Les branches gluantes des sapins pendaient, le silence l'étouffait. Il eut envie de ramasser une pierre et de l'écraser sur son visage. Il se mit à courir dans la montée jusqu'à ce que ses jambes lui fassent mal et que son souffle le brûle. Il s'enferma dans la maison et regarda la bouteille posée sur le buffet. Il savait que s'il se mettait à boire, il allait tout briser et se mutiler comme dans l'appartement de la rue Charlot. Il chercha à penser à quelque chose pour faire reculer la panique. Il n'y avait rien, il n'y avait personne. Il vit la porte de la chambre entrouverte, un rayon de lumière s'en échappait tremblant dans la poussière. Il se retourna, prit son élan et se jeta de toutes ses forces contre le mur du couloir. Il était tombé comme une masse, raide, assommé.

– Et mon voisin Barrère, tu en penses quoi ?

Josépha avait natté ses cheveux et les avait rangés sous le bonnet sans lâcher le fusil. Elle tenait le jeune chien sous la gorge et le pressait contre sa cuisse. Il se laissait faire, ravi, la langue pendante, les yeux embrumés. Josépha avait retrouvé son air hautain de danseuse, son corps et ses gestes concentrés montraient ce qu'elle était capable de faire. Parler des hommes qui les attendaient avait chassé sa peur.

– Barrère est un homme qui estime qu'il vit en dessous de sa condition. Il n'est qu'un employé communal qui s'occupe de l'eau et des ordures mais il pense que ce n'est que temporaire. Il est très ambitieux et frustré. Sa fille est l'institutrice du village, sa femme qui est la pire langue de vipère de la Vallée a créé un tas d'associations qui ne servent à rien mais lui permettent de mettre son nez partout. Lui est le fils des anciens charcutiers quand il y avait encore des fermes et des cochons. Elle, vient d'un quartier populaire de la ville. Ils se sont rencontrés dans un voyage à Bruxelles organisé par le département pour faire connaître aux jeunes défavorisés le cœur du projet européen. Barrère raconte qu'ils sont tombés amoureux dans le car qui les ramenait lorsque sa femme a dit au guide que « ce n'était pas cette bande de métèques qui allait décider de la vie qu'ils devaient mener ». Barrère est le seul de la bande qui vient dans la maison de Charles, ils s'enferment dans le bureau et parlent politique jusqu'au milieu de la nuit en buvant du whisky. Barrère estime que s'il n'a pas la vie qu'il mérite, c'est la faute des autres : l'État, les politiques, les journalistes qui se gavent sur notre dos et tous les basanés qui veulent leur part du gâteau. C'est un homme froid, haineux, obsédé par l'hygiène. Il suit Charles comme un chien mais croit qu'il est la tête pensante, l'intellectuel, alors que Charles n'est qu'un passionné brouillon. C'est lui qui a organisé le trafic vers la Suisse, Charles a fourni l'argent de ses relations. Sa femme a cessé de m'inviter à leurs dîners quand je lui ai dit que son mari m'envoyait des photos de lui nu et m'avait proposé de l'accompagner à Genève.

Victor croisait souvent Barrère près de chez lui. L'homme le saluait sans lui parler. Sa vieille voisine lui disait que dès que Victor sortait de chez elle, la femme de Barrère venait la voir sous n'importe quel prétexte pour essayer de lui tirer les vers du nez. Un jour, à l'épicerie du village, elle l'avait abordée pour lui proposer de venir à une réunion dans la bibliothèque qu'elle avait créée à la mairie, pour parler d'une biographie de Marine Le Pen. Son mari attendait à quelques pas derrière elle, la pipe à la bouche, le regard bleu glacier, froid et chauve comme un lézard.

– Regarde qui arrive, dit Josépha.

Elle regardait dans la lunette, le jeune chien était couché à ses pieds. Victor prit les jumelles et les pointa sur le chalet. Charles était assis sur les marches de l'entrée, une tasse dans les mains, les autres avaient disparu. Victor balaya l'alpage et aperçut une silhouette au milieu du couloir d'avalanche qui descendait vers la cabane. Il fit la mise au point et reconnut son voisin Barrère. Il ne cuvait pas sa cuite comme il le pensait, il était sorti au lever du jour, il portait la dépouille d'un jeune chevreuil au travers des épaules.

– C'est les coups de fusil qu'on a entendus tout à l'heure, dit Josépha. Ils ont de la viande pour leur repas.

Barrère atteignit la limite des rochers et avança d'un pas souple vers le chalet, il fit un signe de la main en direction de Charles. Charles secoua la tête en buvant son café. Barrère portait une tenue de para, marron et beige, un bob semblable. Il avait même une cagoule roulée sur son cou. Son fusil à lunette qu'il portait en bandoulière sur la poitrine était recouvert de bandes de camouflage. Il avait un poignard dans un étui sur la cuisse. Il ne ressemblait pas à un chasseur mais à un soldat, à un de ces types des forces spéciales, dur et sans état d'âme. C'était la mode, les chasseurs aimaient se prendre pour des militaires. Victor se souvenait des tenues de chasse de son père, des vestes à boutons et col de velours, des pantalons derby en tweed sur les bottes de cuir et des casquettes Harry's Wilson.

Barrère arriva devant Charles et jeta le chevreuil à ses pieds. Il accrocha son fusil à deux clous sur la façade du chalet comme un trophée, ôta sa veste, son chapeau et un maillot kaki, et marcha torse nu vers la source en faisant rouler les muscles de ses épaules. Les autres sortirent du chalet et entourèrent le cadavre du chevreuil en poussant des cris de joie. Charles, qui souriait, tourna la tête et regarda droit vers le cirque rocheux où se tenaient Victor et Josépha.

Victor observait Charles dans les jumelles. Il avait l'air de les regarder mais il savait qu'il ne pouvait les voir. Ils étaient invisibles dans le chaos de rochers et les halos de brume. Ils étaient comme les animaux qui se fondent dans un environnement qui n'est qu'une extension de leur conscience. Ils n'avaient pas besoin d'habits de camouflage ; la montagne les avait enfantés comme une mère primitive. Charles ne pouvait les voir mais il devait sentir le fusil de Josépha pointé sur lui. Peut-être que sa conscience l'alertait, lui murmurait que ses habits de camouflage ne servaient à rien, qu'il avait affaire à quelque chose qu'un déguisement n'arrêterait pas, quelque chose de l'ordre de la vérité. Peut-être qu'il se sentait brusquement seul au milieu de ses amis déguisés en tueurs, devant le cadavre d'un chevreuil qui saignait à ses pieds.

En regardant ce visage banal, un peu bouffi, Victor se dit que Josépha avait raison : il ne pourrait jamais avouer à cet homme que Justine et Apolline avaient été jetées sur le sol comme le chevreuil, leur corps ouvert et déchiqueté par les balles des assassins. Qu'il les avait perdues à jamais. Qu'il était resté couché dans leur sang le cerveau éclaté, glissant progressivement vers le néant jusqu'à ce qu'on le réveille et lui dise que le monde existait toujours. Ce serait obscène, Josépha avait raison : c'était à eux, personne ne devait savoir.

Derrière cette falaise, il y avait l'Italie. Des rochers, puis des plaines qui descendaient vers la côte. Ils pouvaient se lever, franchir la montagne, la dévaler tous les deux jusqu'à la mer et s'asseoir dans un endroit où Charles n'existerait pas, et parler de ce qui était à eux. Alors Victor devrait commencer à mentir. L'Italie, c'était Elisabeth, sa vie avant Justine, l'endroit où ils allaient : ses origines, la famille *Di Sipio* ; Florence, les *Crete Senesi,* la *Val di Chiana* et *Cortone* où sa grand-mère habitait et dont l'histoire remontait aux Etrusques. La maison où ils passaient leurs étés amoureux avant que Justine n'apparaisse à moitié nue sur la place Jemaa el-Fna et lui dise des vers de Dante qu'il ne comprenait pas.

Dans les jumelles, Charles se leva, dit quelque chose aux autres qui rentrèrent dans le chalet. Barrère revint de la source en s'ébrouant, le visage et le torse mouillés. Il attrapa le chevreuil, Charles l'aida et ils le portèrent sous l'appentis et le pendirent à une poutre par les pattes arrière avec deux nœuds coulants. Barrère sortit le poignard de son étui et fendit le ventre de la bête de l'anus jusqu'au sternum. Il donna encore quelques brefs coups de couteau et les tripes du chevreuil coulèrent d'un coup sur le sol. Barrère avait les avant-bras rouges de sang.

Victor baissa les jumelles et regarda désespérément derrière les montagnes. L'Italie n'existait plus. Elisabeth avait disparu pendant le second séjour de

Victor à l'hôpital où les médecins l'avaient transfusé, réduit ses fractures et recousu ses plaies avec d'infinies précautions, laissant sur son corps une carte monstrueuse qui n'affichait que des frontières. Elle n'était pas venue le voir à l'hôpital. Il était retourné à l'université, il s'était assis à son bureau en face de celui d'Elisabeth qui était vide et ses collègues étaient passés un à un le visiter dans un ordre qu'ils avaient dû organiser avec minutie. Ils s'arrêtaient devant lui effrayés, le souffle et la parole coupés. Victor avait le crâne rasé, couturé de fils, le visage tuméfié. Il portait une minerve, le torse raidi par les bandages, et il marchait avec une canne. Il leur ôtait toute espérance. Ils finissaient par lui demander pardon avant de baisser les yeux et de s'enfuir. Personne ne savait où était Elisabeth. Il alla chez elle, dans le quartier de la Bastille, maintenant il savait où elle avait vécu. Il n'y avait personne, la concierge lui montra la pile de courrier qui l'attendait. Il connaissait bien l'appartement, c'était là que Justine vivait avec Elisabeth jusqu'à ce qu'ils se marient et qu'Elisabeth parte aux États-Unis. La concierge savait bien sûr qui il était, elle se mit à pleurer et lui donna les clefs. Il s'installa chez elle, il ne retourna jamais à l'appartement de la rue Charlot.

Il comprit qu'Elisabeth ne reviendrait pas. Dans son appartement, il ne rêvait plus de loups mais il la voyait errer affolée, au milieu des cadavres des moutons dans une montagne envahie de brouillard et de pluie. Elle l'appelait, elle était jeune et rayonnante comme au temps de l'Italie.

C'est là qu'il comprit qu'il rêvait de la Vallée de son enfance. À partir de ce jour, la Vallée envahit ses pensées et ne le quitta plus. Il se réfugiait dans ces rêves jusqu'à dormir des journées entières. Puis un matin, il embrassa la concierge et lui rendit les clefs. Il prit un taxi pour l'aéroport en se souvenant du jour où son père lui avait demandé pourquoi il n'allait pas cette année-là en Italie. Victor se mit à trembler et à balbutier quand une jeune fille radieuse qui ressemblait à Apolline l'aida à porter son sac, à cause de sa minerve et de sa canne. Il monta dans l'avion en s'appuyant au bras de la jeune fille et deux heures et demie plus tard, il atterrit à Marrakech.

Il prit un taxi pour se rendre à la place Jemaa el-Fna. Le chauffeur conduisait avec un chapelet enroulé autour de la main, il vit qu'il y avait beaucoup plus de femmes voilées dans la rue que lors de son dernier séjour. La place était semblable à elle-même, avec sa foule grouillante, ses roulements de tambours, ses odeurs d'épices et de braseros. Il mit son sac sur l'épaule et la traversa en boitillant sur sa canne. Seul le café Argana avait changé, il avait été refait après l'attentat de 2011 et avait perdu son lustre colonial. Il s'enfonça dans la médina et suivit les allées et les souks jusqu'au riad. Il tapa à la porte avec sa canne. La même employée lui ouvrit, elle avait vieilli ; de fines rides sillonnaient son visage et un pli amer marquait sa bouche. Elle resta méfiante devant cet homme pâle et tondu qui s'appuyait sur une canne. Il lui dit qu'il venait voir Elisabeth.

Elle était là, au sommet de l'escalier qui menait à la terrasse, à l'endroit même où s'était tenue Justine avec son ami marocain, le soir où les agents de la Sécurité étaient venus l'arrêter. Elle portait une djellaba violette brodée de fils d'argent et d'or, sa lourde chevelure ramassée sous un turban noir. Elle ressemblait à une prêtresse hautaine qui veille sur la mémoire et le temps.

– Tu es venu.

C'était la même phrase que lui avait dite Josépha quand Victor était allé la voir dans la maison glacée où elle voulait mourir.

Elle dévisageait cet homme brisé qui avait été l'amour de sa vie, l'homme auquel elle avait renoncé quand cette jeune femme blonde était apparue en apportant l'injustice et la violence. Elle avait compris qu'elle ne pouvait lutter, elle s'était résignée. C'était son seul amour et elle contemplait ce qu'il était devenu : hagard, boiteux, couvert de cicatrices. Il monta difficilement la rejoindre sur la terrasse.

Ils s'assirent sous la voûte du ciel, les employés du riad entrèrent derrière eux. La femme déposa sur la table des verres et une théière aux odeurs de menthe, des biscuits qui sortaient du four. L'homme portait un panier de bois qu'il arrangea adroitement dans la cheminée autour d'une bougie blanche comme un cierge. Victor et Elisabeth regardèrent le couple s'activer comme les images d'un film tirées d'une vieille archive. Puis l'homme alluma la bougie et le couple quitta la pièce. Le feu prit immédiatement et éclaira la terrasse d'une lumière tremblante. Ils ne touchèrent pas au thé, Elisabeth sortit d'un vieux coffre une bouteille de whisky. Ils burent et se serrèrent l'un contre l'autre.

– Dis-moi ce qui s'est passé, lui dit-elle.

– Non, je suis venu te chercher.

– Tu sais que je ne viendrai pas. Dis-moi ce qui s'est passé.

– Non.

– Je suis tellement heureuse de te voir. Si tu m'aimes un peu, dis-moi ce qui s'est passé.

– Non. Il n'y avait plus *rien*…

– Qu'est-ce que tu as fait dans l'appartement ?

– J'avançais en tâtonnant dans le couloir sombre. Une cloche a sonné, une église sonnait l'heure et le son m'était familier. En même temps, j'ai entendu un autre son, cristallin, légèrement décalé. Une pendule carillonnait aussi dans l'appartement et les deux sons se mêlaient comme s'ils essayaient de s'accorder. Puis brusquement le téléphone s'est mis à sonner dans le noir, une sonnerie longue, stridente au milieu des cloches. La cour de l'immeuble s'est éclairée et j'ai vu où je me trouvais : un couloir ; un long couloir rempli de livres. J'ai commencé à avancer et la lumière s'est éteinte, puis elle s'est rallumée, le téléphone continuait de sonner. La lumière s'est éteinte de nouveau, le téléphone s'est arrêté et une voix est sortie de nulle part : *C'est Justine et Victor, nous sommes absents pour le moment. Si vous le désirez, vous pouvez laisser un message…*

Elisabeth cachait son visage dans ses mains. Victor tenait ses bras, elle voulait s'écarter de lui.

– Je ne bougeais pas, la lumière s'allumait et s'éteignait. Et j'ai entendu ta voix sur le répondeur qui m'appelait : Victor ? Victor ? VICTOR, S'IL TE PLAÎT… La lumière de la cour s'est allumée, je voyais le long couloir rempli de livres… Et puis tout s'est éteint.

– Qu'est-ce que tu as fait ?

– Je n'ai pas le droit de te le dire, Elisabeth, parce que c'est toujours là et que ça va nous emporter.

– Je sais, Victor.

– Je suis venu te chercher.

– C'est trop tard, ils sont tous morts. Mon Dieu ! Victor ! *Justine et Apolline...*

Elle arrivait à peine à prononcer leurs noms.

Il la supplia mais elle refusa de revenir avec lui. Il resta avec elle la journée et la longue nuit qui suivirent son arrivée et il repartit à l'aube de la même nuit.

Quand il retraversa la place Jemaa el-Fna pour rejoindre le taxi qui l'attendait devant la Koutoubia, il faisait encore sombre et l'immense place était pratiquement déserte, seuls quelques petits groupes veillaient assis autour des derniers feux. Le muezzin appelait à la prière de l'aube et les gens se rassemblaient pour rejoindre la mosquée. Au bout de la place, Victor qui avançait péniblement en s'appuyant sur sa canne fut entouré par un groupe de jeunes types qui lui réclamèrent des cigarettes et de l'argent. Il répondit par des bêlements et continua sa route. Les types le suivirent en se moquant de lui ; de jeunes hommes comme on en voyait partout, qui rappaient sur la mondialisation : casquettes hip-hop, joggings et tee-shirts sérigraphiés. Ils imitaient sa démarche claudicante, riaient et lui réclamaient de la *thune*. Ils finirent par l'insulter en arabe et en français et le chassèrent en lui jetant de vieilles tomates, des oranges pourries et tout ce qu'ils trouvaient dans les restes qu'avaient laissés les marchands ambulants. Il dut se changer dans les toilettes de l'aéroport. Le chauffeur du taxi l'avait traité de *kerfa,* le prenant pour un vieux routard toxico et lui conseilla de plonger son âme dans le Saint Coran.

Deux jours plus tard on retrouva le corps d'Elisabeth dans une baraque du quartier des tanneurs de la médina. C'était une espèce de hangar où l'on trafiquait l'opium, le haschich et les médicaments neuroleptiques. Elle était allongée, un bouquet de menthe à la main, sur une pile de peaux de mouton et de cuir qui sentaient le fauve, son corps était rempli de drogues. C'est un mail de l'université qui le lui apprit, auquel était joint un rapport de police, en réponse au sien qui annonçait sa démission du poste de directeur d'études à l'EHESS.

Victor rangea les jumelles, mit son sac sur son dos et avança vers la pente qui descendait vers le chalet. Le soleil s'était caché derrière un nuage et de nouveau le gris tombait, les brumes qui stagnaient au-dessus de la plaine envahissaient la montagne. L'horizon était bouché.

Il sentit la main de Josépha, se retourna. Josépha le retenait par le bras et tenait le jeune chien par son collier.

– Attends.

Elle l'enlaça de son bras libre et se serra contre lui. Il entoura ses épaules, appuyant à peine comme s'il craignait de lui faire mal.

– Non Victor, attends ! lui dit-elle.

Elle l'entoura de son autre bras et se serra de toutes ses forces contre lui.

– Attends, attends, attends… dit-elle à l'étouffer.

Son corps était comme de la pierre, il ne pouvait plus bouger. Il comprit ce qu'elle venait de faire.

– Pourquoi as-tu fait ça ?

Elle avait lâché le jeune chien et il courait en bondissant dans la pente, fonçant vers le chalet.

Elle le regarda, le visage nu, effleura ses lèvres.

– Le temps des chiens est venu.

Puis elle retourna vers le rocher où attendaient son sac et le fusil et regarda dans la lunette. Le chien arrivait au bas de la pente, filant au ras du sol comme une torpille. Victor ressortit les jumelles et s'allongea sur l'herbe ; Charles était de nouveau assis sur les marches à boire son café, Barrère avait disparu. Le chevreuil pendait le ventre ouvert, son sang gouttant sur le sol.

Victor eut le sentiment bizarre que le chien était une partie brute et grossière de lui-même que Josépha avait libérée. Il pensa à Pompidou que les fourmis dévoraient dans la forêt. Le jeune chien galopait comme un messager pour annoncer à Charles que les règles avaient changé.

Charles se dressa brusquement lorsqu'il découvrit le chien. Il ne l'avait pas vu arriver, il ne savait pas d'où il venait. Le chien sautait autour de lui, lui faisait fête. Charles l'attrapa par le cou et le secoua comme s'il voulait le faire parler. Le chien se mit à aboyer et la meute dans la cabane se mit à hurler pour lui répondre. Charles repoussa le chien, avança devant le chalet et regarda si quelqu'un venait. Il scruta l'alpage, regarda longuement de tous les côtés pour discerner une silhouette au milieu des rochers et sur les pentes. Les autres sortirent attirés par les aboiements, Charles leur désigna le chien et leur dit quelque chose. Les autres s'écartèrent et se mirent en position pour observer l'alpage. Le Grêlé entra dans le chalet et ressortit avec une paire de jumelles.

– Ne bouge pas, dit Josépha. Ils ne peuvent pas nous voir.

Les hommes étaient immobiles, concentrés, seules leurs têtes tournaient. Ils observaient l'alpage avec application, scrutant chaque parcelle. Le Grêlé fouillait les pentes avec ses jumelles.

– Ils ne comprennent pas ce qu'il fait là, tout seul. Ils ne comprennent pas ce qui se passe.

Victor non plus ne comprenait pas ce qui était en train de se passer. Même à cette distance, il voyait que les hommes se posaient des questions, qu'ils étaient déstabilisés. Ils s'attendaient à voir quelqu'un derrière le chien. Qu'il n'y ait personne les dérangeait. Le silence retomba sur la montagne, les chiens s'étaient tus. Puis il entendit derrière lui le cliquetis du fusil.

La détonation le fit sursauter, traversa ses os plaqués contre le sol, roula dans la montagne. Il se tourna ahuri vers Josépha, elle avait tiré. Il revint vers les hommes, ils tournaient la tête dans tous les sens, se regardaient. Elle n'avait pas tiré sur eux, il ne savait pas sur quoi elle avait tiré ; ils rentraient la tête dans les épaules, cherchant d'où venait le coup. La deuxième détonation faillit le faire hurler, il vit les hommes se mettre à courir pour se réfugier derrière le chalet. Cette fois, ils avaient entendu la balle siffler. Victor comprit en voyant le 4x4 affaissé sur le côté, Josépha avait éclaté les deux énormes roues de la voiture. Il entendit une sorte de mélopée étrange, sinistre ; les chiens dans la cabane. Ils poussaient des cris de gorge, les détonations les excitaient. C'était la chasse, ils n'osaient plus aboyer.

– Qu'est-ce que tu fais, Josépha ?

– Je veux qu'ils se sentent un peu moins sûrs d'eux. Je n'ai pas l'intention d'aller discuter avec ces voyous.

– Tu leur as tiré dessus.

– Je ne veux pas qu'ils m'enferment avec les chiens pendant que Charles te fait la leçon.

– Qu'est-ce que tu crois qu'il va se passer maintenant ?

– Ils vont lâcher les chiens.

Ça n'avait pas l'air de l'inquiéter. Victor imagina la meute lâchée sur eux et les hommes qui avanceraient tranquillement derrière. Josépha était appuyée au rocher, un genou à terre, dans le prolongement du fusil. Il la sentait calme, détendue, l'œil vissé à la lunette. Lui aussi se sentait calme, détaché ; le ventre et la poitrine contre la montagne comme à l'époque de son enfance. Il pressa son visage dans l'herbe pour sentir l'odeur poivrée de la terre et des sapins.

– Tu ne sais pas ce que c'est que de vivre avec eux, dit Josépha. Tu n'es pas comme nous. Tu es un survivant comme le mur orné.

– Qu'est-ce que tu cherches à faire ?

– Je veux mettre Charles en colère. S'il est en colère, il va perdre la maîtrise qu'il a sur les choses et les gens. Il tient tous ces types d'une façon ou d'une autre, comme il me tenait. S'il se met en colère, ils vont se bouffer entre eux.

– Tu n'as pas peur ?

– J'ai eu peur toute ma vie. Je n'ai plus peur depuis que nous avons franchi les Abymes.

Il ne se passa rien pendant un moment. Victor regardait le ciel, il se sentait bien. Il n'avait plus besoin de se jeter contre un mur. Il retrouvait la dureté de Justine dans les mots de Josépha. Il se sentait proche d'elle malgré le fusil et les habits de chasse. Il pensait à la nuit qu'ils avaient passée dans les Abymes ; son abandon et sa confiance qui le bouleversaient.

– Ils bougent.

Il reprit les jumelles. Charles, Barrère et le Grêlé longeaient le mur du chalet. Barrère, toujours torse nu, reprit son fusil accroché à la façade, ramassa sa veste, le Grêlé entra à l'intérieur. Charles continua jusqu'à l'appentis. Le Grêlé les rejoignit en portant deux fusils. Les frères Bezon, qui avaient fait le tour de l'autre côté, se retrouvèrent devant le chenil. L'un d'eux tenait le jeune chien par le collier. Ils ouvrirent la porte et libérèrent la meute.

Le molosse qui dirigeait la meute se jeta sur le jeune chien qui se coucha sur le dos en signe de soumission, un Bezon le repoussa à coups de pied. Charles gueula quelque chose et la meute vint se coucher à ses pieds. Le Bezon enferma le jeune chien dans le chenil. Barrère s'était mis en position à l'angle du chalet, le fusil collé à la poitrine. Ils avaient compris de quel côté venaient les coups de feu et ils se tenaient dans l'angle mort de l'appentis. Les chiens, attentifs, dressaient leur tête vers Charles qui serrait son fusil.

– Prépare-toi à une petite séance de dressage, dit Josépha.

Le Grêlé ramassait les tripes du chevreuil avec une pelle et un seau, il les porta au milieu des chiens qui se jetèrent dessus. Ils se disputèrent les restes à coups de dents et de beuglements, le molosse faisait la loi. Le Grêlé repoussait les chiens qui sautaient pour mordre le cadavre pendu du chevreuil.

– Le goût du sang, dit Josépha. Il veut les rendre cinglés !

Charles mit fin à la mêlée en distribuant des claques et des coups de pied, la meute se coucha en un nœud tremblant et nerveux. Un Bezon sortit le jeune chien du chenil et le porta dans ses bras, plongea sa main dans le seau et barbouilla de sang le museau du chien. Charles attrapa le molosse par le collier.

– Salaud de Charles ! dit Josépha. Il est prêt à tout, c'était son préféré…

Le Bezon présenta le jeune chien au molosse qui se dressa violemment retenu par Charles et essaya de le mordre. Le jeune chien tremblait, se débattait, le Bezon le jeta sur le molosse. Il y eut une mêlée confuse, Charles retenait le molosse à deux mains puis le jeune chien partit comme une flèche, s'enfuit en galopant dans la prairie. Charles avança devant le chalet en retenant le molosse puis s'arrêta et se mit à gueuler tourné vers les rochers : *J O S É P H AAAAAAAAAAA*…

Le cri roula dans l'écho, le jeune chien courait comme un dératé en direction de la pente. Charles hurla de nouveau le nom de Josépha et lâcha le molosse. Il partit comme une fusée, la meute se souleva littéralement et partit derrière lui en hurlant sauvagement.

– Nom de Dieu ! dit Victor.

Le souffle coupé, il regardait cette vague brune, hurlante qui montait vers eux. Le jeune chien galopait pour sauver sa vie. La meute avançait en sinuant et une peur viscérale le submergea. Il imagina le choc avec les bêtes déchaînées. Elles arrivaient sur la pente, le jeune chien perdait peu à peu de la distance, elles allaient leur tomber dessus en même temps, les déchiqueter. Victor était rivé aux jumelles, paralysé.

Les bêtes montaient, montaient, hurlaient, avançaient… *Nom de Dieu…*

Le coup de feu claqua dans son dos. Le molosse en tête de la meute sauta en l'air, le crâne emporté dans un brouillard de sang. Il retomba comme un sac au milieu des autres qui l'évitèrent et continuèrent à monter vers eux en une seule masse compacte et ondulante. Victor se redressa, recula.

Josépha était derrière lui, le fusil au pied. Elle le posa contre le rocher et passa devant Victor pour se placer face à la pente. Les chiens étaient à huit cents mètres ; une masse de poils et de muscles qui fonçait au ras du sol. Elle écarta les bras.

– NON ! Josépha !

Elle se tourna et lui sourit. Un sourire doux qui parut durer une éternité puis tout disparut dans les hurlements des chiens. Elle détourna la tête.

Ils lui tombèrent dessus comme une vague noire, elle tituba sous le choc. Ils lui sautèrent jusqu'aux épaules, elle se laissa tomber au milieu d'eux.

La masse grouillante et gémissante la recouvrit et son corps se mit à trembler, Victor, tétanisé, réussit à faire un pas, sentit la peur se transformer en une colère hallucinée. Il allait se jeter dans la mêlée lorsqu'un son lui vida l'esprit : elle riait.

Josépha riait, elle enlaçait les chiens, les repoussait, elle éclatait de rire. Les bêtes ne lui faisaient pas de mal, elles la léchaient, se frottaient contre elle, geignaient de plaisir, elle étouffait sous leurs caresses. Elle leur parlait, elle riait, les repoussait pour reprendre son souffle.

– Viens, Victor !

Elle lui tendit la main, elle le tira vers elle au milieu des bêtes. Elle se serra contre Victor, enfouit sa tête dans sa poitrine et continua à rire en tressautant contre lui. Ils se serraient l'un contre l'autre pour se protéger des chiens qui continuaient à leur faire fête. Puis les chiens se calmèrent et se couchèrent contre eux, leurs truffes et leurs griffes mêlées à leurs corps. Ils ne bougèrent plus, étroitement serrés dans le halètement des chiens.

– Ils sont avec moi, lui dit-elle. Embrasse-moi.

Il l'embrassa comme s'il n'était qu'un chien parmi les autres, un membre de la meute. Il embrassait la montagne et son goût de thé. Il embrassait ce rire qu'il ne connaissait pas.

– Tu as eu peur. J'aime quand tu as peur.

– Tu es une sorcière.

– Ils sont à moi, je leur ai donné un nom que Charles ne connaît pas. On vivait tous enfermés. Le chef n'obéissait qu'à Charles, il ne m'aimait pas, il me surveillait. Il était jaloux, despotique, je les ai libérés.

– Tu as un bon coup de fusil. Et si tu l'avais raté ?

– Ils auraient suivi le chef et nous auraient déchiquetés, c'est la loi. Dis-moi ce qu'ils font.

Victor reprit les jumelles. Il vit le chien mort dans la pente, allongé tristement dans l'herbe rase, sa fourrure frissonnait dans le vent.

– Ils sont alignés devant la baraque. Ils regardent par ici. Ils sont armés, les frères Bezon ont des arcs.

– Ils attendent les chiens. Ils se demandent ce qui se passe.

– Charles sait que tu es là.

– Il a compris qu'on était tous les deux. Maintenant Charles est vraiment en colère. Il n'a plus de voiture, j'ai tué son chien et je lui ai pris sa meute.

Deux sifflements puissants montèrent du chalet. Charles, deux doigts dans la bouche, appelait ses chiens.

Les chiens dressèrent l'oreille et se mirent à gémir. Josépha les appela les uns après les autres d'une voix douce avec des noms de pierres précieuses : Topaze, Diamant, Améthyste… Ils lui donnèrent des coups de langue et reposèrent leur tête entre leurs pattes. Ils ne prêtèrent plus attention aux sifflements qui suivirent. Ils étaient avec elle.

– Il faut qu'on parte, dit-elle. Ils sont furieux et ils ne vont pas tarder à monter. Dans une heure ils seront là. Si nous restons, il va falloir se battre. Je n'ai pas envie de tuer Charles, ni un autre de ces abrutis. Peut-être qu'il aura compris la leçon, Pompidou ne sera pas mort pour rien. Ils vont nous traquer toute la journée, sans les chiens ce sera difficile. Ils vont s'engueuler et s'envoyer leurs quatre vérités. Charles a perdu son pouvoir.

– Où veux-tu aller ?

– Retournons au village.

Victor baissa la tête. Retourner au village, redescendre les Abymes, s'enfermer dans la maison pour attendre un nouvel hiver ? C'était fini. Elle ne le savait pas.

– Retourner au village ?

Il respira et regarda Josépha entourée de sa meute, elle avait tué le chef, pris sa place. C'était fini, le monde reprenait sa marche. Les tueurs sanguinaires avaient arrêté le temps, elle l'avait remis en marche. Elle l'avait guidé jusqu'ici ; c'était fini, elle ignorait ce qu'elle avait fait.

Et voici que déjà, en deçà d'elle, descend la pente, traversant les cercles sans escorte, quelqu'un par qui cette cité nous sera ouverte…

– Josépha…

– Non Victor, je ne retourne pas dans la maison de Charles, je quitte la Vallée. Je vais confier les chiens à ta voisine, elle va s'en occuper. Je vais donner les photos du mur orné à ma vieille amie du chalet des Reclus, elle saura quoi en faire. La Vallée va être complètement transformée ; ce sera la seule chose que j'aurai faite dans ma vie.

– Où vas-tu aller ?

– À un endroit où je pourrai t'attendre, si tu veux penser à moi.

Victor savoura l'ironie de la chose. Charles n'avait pas pensé à ça ; que ce serait elle qui partirait, seule, après avoir détruit tout ce qui faisait sa vie.

– Viens Victor, il faut y aller.

Elle attrapa son sac, les chiens se levèrent et l'entourèrent, impatients. Il se souvint comment il avait supplié Elisabeth de partir avec lui, de son visage alors, qui reflétait exactement ce qu'il pensait. Il avait eu honte, comme s'il venait de lui mentir. Elle ne lui en voulut pas, elle l'avait serré dans ses bras. Il s'approcha de Josépha et la prit dans ses bras. Elle parut surprise, se raidit, comme s'il venait de lui faire un mensonge puis se laissa aller contre lui. Il ôta le bonnet de la jeune femme et enfouit les mains dans ses cheveux.

– Non, Victor… chuchota-t-elle.

Il ne dit rien, il la serrait, épousait son corps et ses pensées. Il l'embrassa, il sentit le goût salé de ses larmes. Sa poitrine tressautait contre lui comme lorsqu'elle riait.

– Ne réfléchis pas, écoute-moi... C'est une petite chose simple, ce n'est pas la peine d'y réfléchir longtemps...

C'était chaud et doux, étranger à tout ce qu'il connaissait depuis deux années. Les chiens tournaient autour d'eux, nerveux, inquiets, comme les loups de ses rêves. Et Josépha se mit à le supplier :

– Je vais aller retrouver mon amie qui travaille dans ce labo... Elles ont une grande maison... elles m'accueilleront, ce sera une histoire de femmes... On travaillera... On sera bien, on fera la cuisine ! On racontera des histoires... on n'aura plus besoin de cette saloperie... Il y a une mallette pleine d'argent dans le bureau de Charles, je vais la prendre et la leur donner, personne n'ira se plaindre à la police... Il te suffit de retourner dans la maison de ta voisine et d'attendre l'automne... Charles va venir te voir... tu lui diras que je suis partie... Si je ne suis pas là, qu'est-ce que tu veux qu'il fasse ? Un jour, tu verras arriver des gens dans la Vallée... des gens que personne ne connaît et ils vont annoncer qu'il y a quelque chose dans la montagne, quelque chose de fabuleux qui vient du passé... Et les choses vont commencer à changer... tu te souviendras de cette petite chose simple que je t'ai dite dans la montagne... L'hiver viendra et tu te souviendras qu'il y a cette petite chose qui t'attend... Ce n'est pas grand-chose ! Ce n'est rien après tout ce que nous avons vécu dans cette Vallée... mais peut-être que ça comptera et que tu auras envie de me voir, de me parler... Ce sera comme le printemps ! Il te suffira d'aller voir ma vieille amie, elle te dira où je suis… Tu vois c'est une petite chose toute simple ! Ce n'est pas la peine d'y réfléchir longtemps…

Joséphа parlait, elle hoquetait, elle s'essoufflait contre Victor. Elle tremblait comme un jeune arbre dans la tempête, elle s'accrochait à lui pour ne pas tomber.

– Joséphа…

– NON, je t'en prie, je t'en prie, je t'en prie, NON… NON… NON…

– Je vais rester ici un peu, Joséphа. Je viendrai si je peux venir.

– Victor ! OH ! MON DIEU ! VICTOR !

Elle le repoussa, le tint au bout de ses bras.

– Oh mon Dieu ! Victor, s'il te plaît…

– Je ne peux pas, Joséphа. Justine et Apolline ne sont pas dans le village, elles ne sont pas dans la maison de ma voisine. Tu vois, elles sont avec Charles.

– OH ! MON DIEU !

– Je viendrai si je peux. Je te rejoindrai si je peux. Mais je dois les attendre.

– Je t'en supplie, Victor.

– Va devant moi, Joséphа. Emmène les chiens et le fusil. Elles sont avec lui, je dois les attendre.

Et brusquement Josépha ne fut plus là. Un vent froid monta des précipices et apporta d'épaisses volutes de brume qui commencèrent à envahir la combe. Elles surgirent des failles et des escarpements noirs entre les crêtes ; de longs tentacules qui avançaient avec d'indolentes torsions et rampaient pour épouser chaque relief, occuper chaque trou.

C'était le brouillard qui dissimulait Josépha aux yeux de Charles quand il l'observait dans sa lunette, celui que Victor avait vu fondre sur elle dans le torrent. Elle disait que les bêtes sauvages le tiraient derrière elles comme un rideau de théâtre.

Victor se mit à rire. C'était un rire étrange chez un homme fatigué, assis seul dans le froid au milieu d'un cirque de rochers. Il les repéra dans l'éboulis qui dévalait la pente en face de lui. Des chamois ; une troupe d'une vingtaine de bêtes, à peine visibles dans les chaos de blanc et de gris qui tombaient du sommet. Elles descendaient élégamment vers l'alpage, le brouillard les suivait, planait au-dessus de leurs têtes. Quand elles atteignirent le pâturage tout se referma.

Le chalet disparut, une brume épaisse recouvrit le fond du vallon. Victor entendit un bruit de vague, des colonnes de nuages passaient en soufflant au-dessus de sa tête et se mélangeaient dans des tourbillons chargés de pluie. En un instant, il fut plongé dans une brume visqueuse, il n'y voyait pas à deux mètres.

C'était ce genre de diablerie qui avait donné sa réputation à la Vallée. Le brouillard s'installait pendant des semaines, effaçait la rue du village au bas de votre fenêtre. Il espérait que Josépha pourrait franchir les Abymes. C'était dangereux ; on ne savait plus où étaient sa droite et sa gauche, on pouvait tourner en rond pendant des heures et basculer dans un ravin. Il se rassura, elle avait les chiens, ils la ramèneraient au village. Il l'avait regardée descendre le chemin, elle marchait le fusil à l'épaule, la meute suivait en file indienne. Le jeune chien qui marchait le dernier s'était brusquement retourné et était revenu au galop vers Victor. Il s'était arrêté à ses pieds, ses yeux noyés d'or fixés sur lui. Victor n'avait pas bougé, n'avait rien dit et le jeune chien était retourné à sa place dans la meute prendre son trot de loup et ils avaient disparu au milieu du brouillard.

Victor sortit un coupe-vent du sac, le passa et le ferma jusqu'au cou, mit son bonnet, des gants en soie, et serra les lacets de ses chaussures. Il s'adossa au rocher, il était prêt. Josépha avait emporté le fusil mais laissé ses cigarettes, il en alluma une, elle n'avait pas de goût, il la jeta. Il but le fond de café dans le thermos mais lui aussi avait un goût de fleurs fanées, il le cracha. Il ne fit plus rien, il attendit.

Josépha l'avait supplié de garder le fusil. Elle avait insisté, alors Victor lui avait décrit les blessures sur le corps de sa femme et de sa fille. Ce que faisaient des munitions de AK-47, tirées à 600 coups/min qui éclatent les tôles, traversent les murs de brique. Il lui dit qu'il n'était pas question de ça. Pour la première fois, elle le regarda comme un étranger. Il lui dit qu'à la morgue un employé l'avait supplié de ne pas découvrir les corps. Puis il fit quelque chose dont il eut honte, il sortit une photographie de son portefeuille et la lui tendit. C'était une photo de Justine, nue, allongée sur une grève couverte d'algues noires. Avait-on vu jamais corps plus gracile et sensuel ? Pâle, d'une terrible minceur, membres déliés, fragiles, chaque partie dessinée avec timidité et une blondeur qui arrêtait la pensée. Josépha baissa la tête, il ne lui avait jamais parlé ainsi.

Après ce fut triste et difficile. Elle n'arrivait pas à lui tourner le dos, ce mouvement allait en entraîner d'autres qui seraient irréversibles. Victor comprit qu'elle voulait lui dire une ultime chose, elle essaya, elle n'y arriva pas. Il vit clairement le moment où elle renonça ; elle se remit à respirer, le regarda avec des yeux mouillés. Il attendit puis referma la porte qui s'était entrouverte.

– Je serai au chalet des Reclus, lui dit-elle. Appelle-moi là-bas ce soir. Mon amie me descendra demain dans la plaine.

Elle prit son sac, attrapa le fusil, dégagea le chargeur et la cartouche engagée et le mit à son épaule, canon en bas. Les chiens se soulevèrent et les entourèrent, yeux et gueules levés. Elle ramassa son bonnet, le tint entre ses dents et les deux bras levés, tordit et ramassa ses cheveux, puis elle les couvrit et essuya une larme sur l'aile de son nez.

– Il s'est passé tellement de choses, murmura-t-elle, tu n'en as pas idée…

Victor était immobile, adossé à la pierre. Il se rappelait comment il était resté assis de la même façon dans le couloir de l'appartement de la rue Charlot à écouter la sonnerie du téléphone. Le répondeur se déclenchait ; il entendait la voix de Justine puis celle d'Elisabeth, la lumière de la cour s'allumait et s'éteignait.

Lui était dans une espèce de cocon terrifiant fait de noir et de silence, il sentait l'appartement vide autour de lui ; des pièces, des meubles, des objets. S'il faisait le moindre geste, le loup allait se jeter sur lui. Il était à l'endroit où se fabriquaient ses cauchemars. Les fantômes de ceux qui avaient été assassinés attendaient dans cet appartement. Ils retenaient le loup, serré dans leurs bras morts.

La lumière de la cour s'alluma de nouveau ; il vit le long couloir rempli de livres, les portes entrouvertes sur l'obscurité, les gravures aux murs qui montraient toutes la même chose : des hommes vêtus de robes longues sur des corniches qui dominaient un précipice rempli de corps tordus, de bêtes affreuses et de démons qui les torturaient. Des voix montèrent de la cour ; voix grave et voix d'enfants qui riaient, leurs pas dans l'escalier et une voix de femme qui disait *« pourquoi es-tu tellement en retard ? »*

Il regardait les livres devant lui, serrés, alignés, le mur entier en était couvert. Et là, il vit son nom écrit sur la tranche noire d'un livre : *Victor Emmanuel Donn.*

Il tendit doucement la main et le prit. C'était un petit livre qui s'intitulait *ÉCRIRE LA NUIT,* la couverture montrait le tableau de Van Gogh : *La Nuit étoilée*. Il le reconnut tout de suite : le ciel tourbillonnant d'étoiles, le cyprès tordu et le village qui se noie dans les vagues d'ombres et de couleurs tombées du ciel nocturne. Il eut un choc, la couverture du petit livre traversa brutalement l'oubli. C'était la sienne, c'était à lui, c'était lui. Ses mains tremblaient, son cœur se mit à cogner dans sa poitrine. *Écrire la nuit,* la panique commença à gagner son cerveau. Il l'ouvrit, lut le titre sur une page blanche, la tourna et vit les mots écrits en dédicace : *À JUSTINE...*

La lumière s'éteignit.

Il faillit se mettre à hurler, s'étouffa avec sa main. Son propre fantôme entra dans son corps : *Victor Emmanuel Donn – Écrire la nuit.* C'était là, tout près, il était arrivé. Il scruta le noir, il y avait quoi derrière ? Il y avait quoi après, derrière les mots ? Où était-il ? *À JUSTINE...* La femme blonde qui lui tenait le bras sur la photographie.

Ces mots, il les avait écrits.

Il vit une faible lueur derrière une porte au bout du couloir. Il n'osait pas se lever, il rampa avec le livre vers la lueur. Il se traîna dans le couloir, soufflant comme un animal sur le parquet : les livres alignés, la porte entrouverte. Il avança, le bas du corps tétanisé, les coudes ramant sur une eau noire. Il poussa la porte qui glissa sans un bruit et se traîna à plat ventre dans la pièce ombreuse. Il ne vit rien de ce qui était mais sentit un parfum pareil à une présence. La lueur venait d'un rideau devant une fenêtre éclairée par un lampadaire dans la rue, il avança sur le ventre, se traîna, traversa l'ombre qui semblait dissimuler de hautes murailles et se glissa sous le rideau.

Il regarda le livre et sa nuit étoilée : *Victor Emmanuel Donn – Écrire la nuit*, l'ouvrit dans la lumière qui tombait de la fenêtre : *À JUSTINE...* tourna la page et lut :

« L'écriture, la nuit, ressemble à l'errance d'Ulysse dans le retour à son pays. Sortilèges, désespoir, moment de doute et de lucidité. À la lumière du jour, le parcours était incompréhensible, le résultat pareil à une Chimère monstrueuse. Je sortais de mes lectures hébété, effrayé par un chantier qui avait l'air d'avoir été abandonné et repris par une succession d'architectes cinglés. Au réveil, la simple lumière du jour agissait sur ce que j'écrivais comme un acide corrosif. Je ne savais pas écrire, je découvrais ce qu'était l'écriture, je n'avais fait toute ma vie que des rapports, j'avais rempli des centaines de dossiers et de notes de service. Les mots que j'employais la nuit n'avaient plus de sens commun, ni de valeur sûre. Ils étaient semblables à une horde d'animaux sauvages que vous essayiez de maîtriser et qui vous emmenaient où ils voulaient. Je découvrais peu à peu qu'écrire ne consistait pas à aligner des mots mais à se placer face à eux. Et les phrases naissaient lentement de ce face-à-face.

Mais j'étais maladroit, impatient, et ma violence familière se retournait contre moi. Je souffrais. Je n'écrivais pas pour raconter, ni pour témoigner de ce que j'étais. Je savais que j'écrivais pour me mettre dans les pas de Justine et entrer dans cette activité qui l'occupait jour après jour depuis des années. C'était une façon de me rapprocher d'elle, de la rejoindre de la seule manière qu'il m'était encore possible. Ainsi, je ne voulais pas parler d'elle, ni lui parler, j'essayais de trouver un espace, comme avec les mots, qui me placerait face à elle. Écrire, la nuit, était ce que j'avais trouvé de plus proche de l'amour.

Mais il se passait quelque chose d'étrange qui me fascinait et qui, malgré les difficultés et la souffrance, le sentiment d'irréalité que cela imposait, me poussait à continuer nuit après nuit. À de rares moments, au milieu de ma maladresse, de ma stupidité, dans les flaques de souffrance narcissique qui stagnaient au milieu de ce que j'écrivais ; l'écriture faisait surgir la vision d'un territoire sauvage, inexploré, un lieu lumineux, vibrant d'espoir, qui se découvrait à travers le brouillard de l'expérience et de la mémoire.

Il y avait dans ce que nous avions vécu, dans ce que nous avions ressenti, quelque chose qui ne nous appartenait pas, qui était plus grand et plus fort que nous, qui nous avait nourris et pour lequel nous avions donné notre vie sans le savoir... »

Les livres sont des fantômes, ils portent des voix disparues et viennent vous hanter. Il écouta sa propre voix prisonnière du temps. *Écrire la nuit* rendit la mémoire à Victor. Il avait écrit ce livre en une année, se cachant de Justine. Ils avaient emménagé dans l'appartement de la rue Charlot et Justine était plongée dans son travail. Elle avait entrepris une nouvelle traduction de l'*Enfer* de Dante. C'était un travail monstrueux : une traduction qui mélangeait simultanément quatre langues. Il pensait qu'elle devenait folle en lisant ce qu'elle écrivait : une chimère, une langue étrange mêlant le français et l'allemand, l'anglais et l'espagnol, passant de l'un à l'autre au cœur de la même phrase, inventant un chant à la fois familier et incompréhensible. Elle faisait de grands dessins à la plume et au fusain représentant les scènes de l'Enfer. Il lui dit qu'il pensait qu'elle était en train de perdre la raison, elle lui répondit : « *Pourquoi ne comprends-tu pas ce que je suis en train de faire ? Pourquoi ne me fais-tu pas confiance ?* » Elle abandonna les cours qu'elle donnait à l'université et elle quitta leur chambre pour s'installer dans un petit bureau.

Victor avait l'impression que Justine l'avait abandonné pour entrer dans un autre monde. La vie qu'il menait ne signifiait plus rien sans elle. Il voyait la lumière qui filtrait sous la porte de son bureau, il savait qu'elle passerait la nuit à écrire et à l'aube le rejoindrait et se jetterait sur lui comme une Furie. Dans ses insomnies il lisait ce qu'elle écrivait. Il commença à comprendre ce qu'elle était en train de faire. Elle n'essayait pas de *traduire* l'*Enfer*, elle le décryptait. Elle appliquait une grille qui dévoilait le long travail que faisait l'inconscient pour masquer la vérité.

Chiffrer, crypter, décrypter, déchiffrer ; c'était l'interminable travail que faisait l'amour sur l'esprit humain. Victor décida de suivre le chemin qu'elle avait ouvert ; nuit après nuit, il essaya de déchiffrer ce qui s'était passé depuis le moment où il avait trouvé Justine blessée sur la place Jemaa el-Fna. Bientôt il comprit qu'il ne faisait que raconter, donner et analyser des informations ; il n'approcha jamais la vérité, il ne retrouva jamais Justine dans le labyrinthe où elle était entrée. *Écrire la nuit* était le récit de son échec et de sa souffrance.

Au bout d'un an, il renonça et donna à Justine ce qu'il avait écrit. Elle en fut étourdie, bouleversée. Elle lui dit que jamais un être qui n'était pas né d'un livre n'aurait pu parler d'elle de cette façon, Elle lui dit qu'ils devaient retourner au Maroc pour comprendre le passé. Ils partirent amoureux dans les montagnes de l'Atlas, quand ils revinrent, Justine était enceinte d'Apolline. Un mois après, Elisabeth revint des États-Unis, dégoûtée de ce qu'elle avait vécu là-bas. *Écrire la nuit* avait refermé la porte qui s'était entrouverte.

Lorsque Victor lâcha le livre qu'il déchiffrait vautré comme un animal sur le sol de son appartement, il lui sembla que son fantôme le lui arrachait des mains. Il se dressa épouvanté comme s'il se relevait d'entre les loups étalés dans la pièce, fit trois pas et se dirigea précisément vers la table et la lampe posée dessus ; il savait maintenant exactement où elle se trouvait. Il appuya sur l'interrupteur, la lumière l'éblouit. Il regarda l'endroit où il était tombé.

Il est projeté sur le corps de sa fille. Il glisse le long du corps d'Apolline avec l'impression de s'élever et de dominer la scène. Justine est dressée face à elle, le corps secoué comme une poupée de chiffon. Apolline échappe à ses bras, s'effondre la main tendue. Des hommes en noir s'agitent, des armes à la main, comme balancés par le vent. Du sang, beaucoup de sang, du sang partout.

Ils émergèrent du brouillard à quelques mètres de lui, ils ne le virent pas. Un des frères Bezon arriva par la gauche. Il sortit de derrière un rocher, le regard rivé sur le sol, son arc à demi bandé, une flèche engagée. Son frère arriva par la droite dans la même attitude. Ils avançaient prudemment, sans bruit, courbés, leurs têtes bougeant au sommet de leur cou comme celle d'un lézard. On eût dit deux démons reniflant le sol ; l'arc déployé donnant à leurs bras des allures de corne et de griffe. Ils surgirent du brouillard, s'arrêtèrent l'un en face de l'autre. Victor les regardait, immobile, adossé au rocher. Une ombre apparut au milieu d'eux comme un fantôme : Barrère qui se voyait à peine dans ses habits de camouflage, le fusil lové sur sa poitrine, le visage cagoulé dont on ne distinguait que les yeux clairs, mobiles, comme si une bête l'habitait.

Ils étaient effrayants, Victor les contemplait. Il ne bougeait pas, respirant à peine, sentant que son cœur même ralentissait. Un infime geste, peut-être même une pensée brutale et ils le découvriraient. Les trois hommes arrêtés devant lui ne sentaient pas sa présence,

Il y eut un bruit de cailloux, des ahanements, les hommes tournèrent la tête, Charles émergea du brouillard, essoufflé, le pas lourd, le fusil pendant au bout de son bras.

– Alors ?

– Rien, dit le Bezon. Ils ont disparu.

– Merde ! Où sont mes chiens ?

– Où est le Grêlé ?

– Cet abruti s'est cassé la gueule dans les rochers, il est déjà saoul ! Où sont les chiens, ils ont pas pu s'envoler ?

– J'en sais rien, Charles, c'est de la magie.

– Et toi, t'es qu'un suceur de bites.

Un silence mauvais les recouvrit. La tension chassa brusquement la concentration des hommes.

– Trouve-les !

– Les chiens ne laissent pas de traces, il n'y a que des cailloux. Quelqu'un a fait du feu, il n'y a pas longtemps.

– C'était peut-être pas ta femme, c'était peut-être quelqu'un d'autre…

– Ici je suis chez moi, personne ne vient sans que je le sache.

Victor sentait la roche épouser ses os et ses muscles. Une espèce de dégoût le prenait ; une lassitude, comme s'il n'avait pas dormi depuis des années. Il lui suffirait de fermer les yeux et de s'endormir et les hommes disparaîtraient. Il pensa à la nuit dans la paille avec Joséfunc.

– Tu te trompes, Charles, dit-il d'une voix ferme.

Les quatre hommes se tournèrent d'un bloc.

– Nom de Dieu ! D'où il sort ?

Armes braquées, leurs yeux vides, délavés.

– Il aurait pu nous descendre !

– Vic ? dit Charles, le regard plissé.

Victor se leva, épousseta ses vêtements, il avança lentement et se plaça face aux armes dressées devant lui.

– Il n'est pas armé. Ce connard est tout seul, la salope a foutu le camp…

Victor s'approcha de Barrère et le contempla sous la cagoule.

– Et alors ? demanda Barrère avec un sourire qui découvrit ses dents.

Victor lui donna un brusque coup de genou dans l'entrejambe. L'homme souffla, se plia en deux et tomba à genoux. Victor lui arracha sa cagoule et la jeta à ses pieds.

Les Bezon attrapèrent les bras de Victor et les tordirent dans son dos.

– Laissez-le ! gueula Charles. Toi, ne traite plus ma femme de salope.

– C'est toi qui parlais comme ça, tout à l'heure, jeta Barrère.

Il se releva, le visage verdâtre. Les Bezon lâchèrent Victor qui ramassa son sac. Barrère lui lança un regard de haine et cracha de la bile en se tenant le ventre.

– Où sont les chiens, Victor ?

– Josépha les a emmenés.

– Comment elle a fait ? Où est-elle allée ?

– Elle est retournée au village.

Charles, décontenancé, dévisageait Victor. Il était perdu, il ne comprenait pas comment Josépha avait pu lui voler ses chiens.

– Retournons au chalet. Vic, on va discuter.

Ils descendirent la pente les uns derrière les autres, Victor devant comme un prisonnier. Le brouillard avait effacé l'alpage ; ils avançaient dans les nappes de brumes qui montaient du sol et se verrouillaient aux nuages qui dévalaient les pentes. Les hommes voyaient à peine celui qui marchait devant lui, on eût dit qu'ils s'enfonçaient dans la fumée d'un cratère. Victor faillit rentrer dans le Grêlé qui boitait et portait le chien mort dans ses bras. Son cou pendait sur son bras, sa tête n'était plus qu'un magma de sang d'où manquait la mâchoire. Le Grêlé lui parlait, lui disait qu'il allait lui trouver un coin tranquille. Quand Victor le doubla, l'homme siffla et l'insulta. Il entendit derrière lui les hommes qui juraient et le traitaient d'ivrogne. Le Grêlé éclata d'un grand rire qui roula dans l'écho.

Le chalet surgit comme un navire dans la brume. Victor y allait parfois avec le chien Pompidou, il lui semblait que c'était dans une autre vie. Ils s'amusaient à suivre et à approcher les chamois dans les éboulis et revenaient à la nuit tombée s'asseoir devant le poêle. Ils regardaient les étoiles, allongés dans la prairie. Victor aimait le silence du chien qui accompagnait le sien.

Le chevreuil pendait ventre ouvert dans l'appentis, des mouches bruissaient sur son museau couvert de sang. Les hommes entrèrent en faisant claquer les portes et le plancher, ils posèrent leurs armes dans le râtelier et jetèrent leurs habits sur le sol. La pièce sentait la fumée et le vin, des victuailles et des bouteilles traînaient partout. Par la porte ouverte du dortoir, on voyait encore des bouteilles, des habits et des fagots de bois mort.

Le Grêlé, les mains tachées de sang, se servit un verre de vin et le vida. Il avait laissé le cadavre sous le porche.

– Barrère a mal aux couilles, dit-il en ricanant.

– Ferme-la et va creuser un trou, lui répondit Barrère.

– Un trou grand comment ? dit le Grêlé en regardant Victor.

Charles adossé au mur contemplait le plancher. Son visage avait l'air fait de boules de mastic, il chassait ses cheveux qui pendaient sur sa bouche. Il secoua la tête comme s'il repoussait une pensée désagréable puis leva les yeux.

– Qu'est-ce que tu faisais là-haut, tout seul, Vic ?

– Je t'attendais.

– Alors tu m'as trouvé ! Viens prendre l'air.

Il sortit en repoussant bruyamment les chaises sur son passage. Victor le suivit. Charles revint de l'appentis avec une bâche et recouvrit le cadavre du chien. La bête sans tête, avec ses poils mouillés, les pattes raides, avait l'air d'un monstre.

– Tu n'aurais pas dû frapper ce type, Vic. Qu'est-ce qui t'a pris ?

– Il veut me faire peur. Toi aussi tu veux me faire peur. Je n'ai pas peur de vous.

– Le problème, c'est qu'il ne va pas laisser tomber l'affaire. Comment on va gérer ça ?

– Il n'y a rien à gérer, Charles.

– Peut-être que tu devrais avoir peur. Peut-être que tu devrais aller le voir et t'excuser.

Il avait dit ça d'un air doucereux, en penchant la tête vers Victor. Trop près, comme s'il allait lui lécher le visage. Victor pensa à la remarque de Josépha : *Tu ne sais pas ce que c'est que de vivre avec eux.*

Charles s'assit sur la marche, il souffla. Sa bedaine tirait sur sa chemise, il avait l'air fatigué, un peu sale et vieillissant. On entendait les voix qui roulaient à l'intérieur. Les autres discutaient ou s'engueulaient.

– Pourquoi es-tu monté jusqu'ici, Vic ?

– Pour savoir pourquoi tu avais tué ce chien.

– Ce chien ! J'aurais dû le tuer il y a bien longtemps !

Il tira brusquement sur la bâche et le chien mort réapparut, il caressa son flanc, regarda sa main et l'essuya sur son pantalon.

– Quand tu es arrivé dans la Vallée, il t'a adopté, hein ? On te voyait passer avec lui, personne ne te parlait, tu ne parlais à personne. On ne savait pas qui tu étais. J'aurais dû le tuer à ce moment-là, ce chien se mêlait de ce qui ne le regardait pas. Josépha l'a conduit chez toi, regarde où ça nous a menés, dit-il en désignant la bête morte. Je n'aurais jamais dû apprendre à Josépha à se servir d'un fusil…

Il recouvrit le chien, secoua la tête. Ses cheveux volaient devant son visage, il avait les larmes aux yeux.

– Elle t'a donné ce chien et pour te remercier de l'avoir accueilli, elle t'a montré le loup dans le torrent. Et toi, tu as estropié cette louve qui ne t'avait rien fait. Quand Josépha est revenue, elle n'était plus la même…

Il agrippa Victor par le col et le tira vers lui, Victor attrapa ses poignets et le maintint à distance.

– Elle s'est mise à te suivre comme ce chien ! Qu'est-ce que tu lui as fait ? Qu'est-ce que ce loup t'avait fait ? Tu frappes le loup, tu frappes Barrère, tu vas me frapper aussi ?

– Tu n'es pas un loup, tu n'es qu'un chien méchant, Charles.

Charles le repoussa avec une grimace de mépris.

– Espèce de salaud. Je t'ai reçu chez moi, je t'ai offert mon amitié. On aurait pu faire de grandes choses, on aurait pu devenir amis.

– Comme les types dans le chalet ?

– Ce ne sont pas mes amis. Ce sont des abrutis, j'ai besoin d'un ami.

– Tu as lâché ta meute sur nous. Si Josépha n'avait pas tué le molosse, il nous aurait égorgés. Tu peux appeler ça de l'amitié ?

– Qu'est-ce que Josépha est venue faire ici, avec toi ?

– Elle pensait que tu allais me tuer. Elle disait que tu étais venu ici pour ça, elle est montée pour me protéger.

Le visage de Charles durcit, son regard se voila. Victor eut l'impression d'avoir un inconnu devant lui.

– Alors pourquoi est-elle repartie au village ?

– Elle n'est pas allée au village.

– Quoi ?

– Elle est partie et elle ne reviendra pas. Elle quitte la Vallée.

– Qu'est-ce que tu dis ?

– Elle te quitte, Charles. Elle s'en va, elle va aller vivre quelque part, loin de toi et de cette Vallée.

Il pâlit, ses traits s'affaissèrent d'un coup. Il prit une profonde inspiration, ses mains se mirent à trembler avant qu'il ne les referme en poings serrés. Victor vit sa force qui passait dans ses bras et ses poignets, il se préparait à ce qui allait arriver, lorsque des cris et des bruits sourds retentirent derrière eux, suivis par un énorme hurlement.

Charles jura, se précipita à l'intérieur, Victor le suivit.

Les Bezon, l'air ahuri, étaient plantés au milieu de la pièce, Le Grêlé se tenait le cou à deux mains, son nez pissait le sang. Barrère était assis sur une chaise, la tête baissée.

Charles restait comme un gros ours, les pattes pendantes devant Barrère qui geignait. Barrère avait une flèche plantée dans le ventre, juste sous les côtes.

– C'EST QUOI CE BORDEL ?

Les chaises étaient renversées, les bouteilles et les verres par terre. Ils s'étaient battus. Barrère tenait le fût de la flèche dans sa main sanglante, il leva des yeux blancs sur Charles.

– Putain de Grêlé…

– Ils se sont battus dit le Bezon, le Grêlé est bourré. Barrère l'a couché sur la table et a commencé à l'étrangler. Le Grêlé a pris une flèche posée dessus et lui a planté dans le ventre…

Charles la mine défaite se tourna vers le Grêlé, il fit un pas et lui envoya son énorme poing dans le ventre. L'autre fut soulevé, bascula par-dessus une chaise et s'étala contre le mur. Charles fit un autre pas et lui balança son pied dans la figure. La tête du Grêlé claqua contre le mur.

Il revint hagard vers Barrère.

– Tu as mal ?

– Enlève-moi ce truc…

– Il faut le conduire à l'hôpital, dit un Bezon.

– Et on fait comment ? gueula Charles. On n'a plus de bagnole, on n'a pas de téléphone…

– Charles, enlève-moi ce truc, gémit Barrère.

Charles s'accroupit devant lui et regarda la flèche. Il leva les mains et les laissa retomber.

– N'y touchez pas, dit Victor. Il faut couper la flèche au niveau de la blessure et le panser pour éviter l'hémorragie. Il faut que quelqu'un descende chercher du secours.

Charles se tourna vers lui. Il avait la bouche ouverte, de l'affolement et de la haine dans les yeux comme un mélange d'huile et d'eau sale.

– Tu n'es qu'un enfoiré… dit Barrère

Il dévisageait Victor, il bavait, la sueur perlait à son front.

– C'est de ta faute, enfoiré. Toi et la bonne femme de Charles… une pute et un bobo de merde. Vous vous prenez pour qui ? Tu crois que le sang nous fait peur ? Tu crois que tu peux me frapper et t'en tirer ? Je vais prendre cette flèche et te la planter dans le cul…

Il prit une profonde inspiration et commença à tirer sur la flèche.

– Ne faites pas ça.

Il grimaçait et serrait les dents en tirant doucement sur le fût. Charles et les Bezon le regardaient, hypnotisés. Victor voyait sa jambe trembler, son cou devenir livide. La flèche sortait lentement, poissée de sang, il poussa un gémissement quand la pointe franchit la blessure. C'était une pointe de chasse à gros gibier, à trois lames triangulaires. Barrère souffla, regarda Victor d'un air méprisant et balança la flèche à ses pieds.

D'abord il ne se passa rien. Ils contemplaient l'homme en treillis et son sourire jaune puis brusquement un jet de sang jaillit de la blessure et éclaboussa le visage de Charles toujours accroupi.

Barrère pressa la blessure de ses deux mains, le sang jaillissait entre ses doigts. Il se mit à trembler et tomba de sa chaise. Victor attrapa une veste de treillis sur le sol, bouscula Charles, plia la veste et la colla sur la blessure.

– Aidez-moi !

Les Bezon se jetèrent à genoux près de Barrère qui hoquetait. Charles ne fit pas un geste.

– Appuyez dessus.

Les Bezon pressaient leurs poings sur la blessure. Victor passa les manches de la veste dans le dos de Barrère, fit un nœud pour la serrer autour de son ventre. La veste s'imbibait de sang, les jambes de Barrère tremblaient spasmodiquement.

– Nom de Dieu ! Oh ! Nom de Dieu ! gémit un Bezon en voyant ses mains se couvrir de sang.

Une mare commençait à s'étaler sous le dos de Barrère, il avait perdu connaissance. Victor prit son pouls à son cou, il était faible, irrégulier. L'homme était en état de choc.

Charles les regardait, assis sur les fesses, le visage éclaboussé de sang. Victor ramassa des tee-shirts qui traînaient, les roula en boule et les fourra sous la veste de treillis, resserra les manches dans le dos de Barrère. Le sang s'arrêta de couler, Barrère était livide, la bouche pincée.

– On va le porter dans le dortoir.

Ils le portèrent à trois, les bras rouges de sang, l'allongèrent sur un bat-flanc. Victor suréleva ses jambes avec un tas de vêtements et le recouvrit avec deux couvertures. Le visage de Barrère avait l'air d'avoir rétréci, il était grisâtre. Victor prit une nouvelle fois son pouls, il était très faible.

– Il va mourir ?

Charles se tenait sur le seuil du dortoir, se frottait le visage avec un mouchoir.

Victor ne répondit pas. La flèche acérée était rentrée profondément, il avait provoqué une hémorragie massive en la retirant. L'espèce de garrot avait rempli son office, s'il ne saignait plus c'était parce que la cavité abdominale se remplissait de sang.

Charles s'approcha du lit et se pencha sur Barrère ; il renifla comme s'il sentait le blessé, puis il continua à se frotter le visage.

– Vic, toi et Josépha vous avez tué ce mec. Le Grêlé est dans le coma. Les gars, attrapez-moi ce type et attachez-le à une chaise.

Il rangea son mouchoir dans sa poche, tourna sa face bouffie et maculée de sang séché vers Victor. Puis lui balança son poing dans la figure.

Victor était attaché à une chaise, les bras derrière le dos, poignets et chevilles liés aux barreaux avec des lanières de cuir. Il ne savait pas comment il était arrivé là ; le coup de poing de Charles l'avait sonné, la moitié de son visage était engourdie, sa tempe le lançait. Il plissa les yeux, la vision troublée, une brève douleur le traversa et lui donna la nausée. Charles était assis devant lui, les frères Bezon debout derrière, ils parlaient. Victor entendait juste le bruit de leurs voix.

– Charles, dit sourdement Victor, tu peux encore sauver Barrère. Envoie quelqu'un chercher du secours.

Charles le regarda sans répondre et se tourna vers les Bezon.

– Portez le Grêlé dans le chenil et laissez-le cuver. Je ne sais pas comment il va se réveiller et je préfère qu'il soit à l'écart. Et restez là-bas, je viendrai vous chercher.

Les frères Bezon obéirent sans un mot. Ils attrapèrent le Grêlé par les pieds et les épaules et le portèrent dehors, ils refermèrent la porte derrière eux. Charles soupira, repoussa ses cheveux, les deux bras écartés, les muscles de son cou et de ses bras serrés comme des cordes sous la graisse.

– Pourquoi est-ce qu'ils font tout ce que tu leur dis ?

Charles sourit, les yeux lointains.

– Ils sont homos, ils ne veulent pas que ça se sache. C'est des cathos torturés. Ils se sont fabriqué des familles bidon pour ressembler à tout le monde. Ils ont commencé ensemble parce qu'il n'y avait personne d'autre et ils continuent. Ils fréquentent les bars gays de la ville en disant au village qu'ils vont à des veillées de prière et d'accueils spirituels. C'est vraiment dégueulasse...

– Et les autres ?

– Le Grêlé est un véritable psychopathe. Je lui donne assez d'argent pour qu'il fume du shit à se péter les neurones. S'il arrête, il va égorger sa mère et foutre le feu au village. Barrère c'est autre chose, lui et sa femme sont accros à la haine et au fric. Ils vivent comme des cloches mais grâce à moi ils ont mis assez d'argent à gauche pour se payer une résidence à Marbella où ils rencontrent des gens qui parlent du grand remplacement. Ils y vont trois fois par an au prétexte de visiter leurs parents dans leur maison de retraite. Leurs vieux sont enterrés dans le cimetière au sortir du col...

Il se frotta le visage jusqu'à faire rougir sa peau pâle, fixa Victor de ses petits yeux injectés de sang.

– Barrère est foutu, dit-il, et le Grêlé n'est pas près de se réveiller. Tu n'aurais pas dû frapper ce mec, je t'ai dit qu'on allait devoir gérer ça. Mais avant tu vas me dire où est Josépha...

– Tu vas les laisser mourir et redescendre au village avec une bonne histoire ?

– Tu ne sais pas ce qu'il y a en bas !

– Il y a quoi ?

– Ces gens sont des moutons ! Ils ne savent pas comme les Bezon que les moines ont des bites. Ils ne savent pas comme les Barrère qu'ils sont vendus à ceux qui ont plus de fric ou de couilles. Ils croient que le Grêlé est bizarre parce qu'il a eu des problèmes dans son enfance alors que c'est une ordure totale ! Ils sont écolos mais ils ont trois bagnoles pour faire leurs affaires, élèvent leurs enfants comme des orchidées et bouffent bio parce qu'ils n'ont jamais eu faim… Ils se croient vivants parce qu'ils ont un téléphone coréen et qu'ils touchent un salaire tous les mois…

– Tu es leur gourou ?

– Tu comprends que dalle ! C'est une barrière qui me protège. Tant qu'ils pourront vivre comme ils l'entendent alors je pourrai vivre aussi… Ils se servent tous de moi : le maire pour détourner les subventions, les moines et les actionnaires pour cacher leur fric et les villageois pour éviter que les Arabes viennent s'installer dans leur cour… Tu vois, j'ai besoin d'un ami…

Victor n'écoutait plus. Il pensait au dos courbé de Josépha dans la paille, à sa main qui serrait la sienne. Elle essayait de l'entraîner loin de Justine et d'Apolline qui chuchotaient dans la pluie qui versait sur les Abymes.

Sa tête dodelina, elle le faisait souffrir, il allait sombrer dans le sommeil ou l'inconscience ou simplement s'éloigner de la voix brutale de Charles. Mais l'homme dut s'en rendre compte parce qu'il se leva de sa chaise et le gifla. Un violent courant électrique traversa Victor et un instant, il ne sut plus où il était.

– Mais tu n'es pas mon ami ! lui gueula Charles au visage. Ça marchait très bien jusqu'à ce que tu débarques ici !

Il gifla Victor une nouvelle fois, si fort que ses dents déchirèrent ses lèvres.

– Dis-moi ce que tu as fait à Josépha ? dit-il en lui soulevant le visage.

Victor sentit le goût fade du sang envahir sa bouche. Il redressa la tête, vit le visage brouillé de Charles, sa fureur posée comme un masque. Elle était si sauvage, si incompréhensible, qu'il eut envie de le rassurer. Il se souvint de la phrase de Josépha : *C'est à nous, Victor, personne ne doit savoir.*

– J'ai envoyé ta voisine fouiller chez toi quand tu n'étais pas là, elle n'a rien trouvé. Tu es qui ? Même ton nom est bidon. Qu'est-ce que tu es venu faire ici ?

– Je…

C'est à nous, Victor.

– Tu vas me tuer comme tu as tué le mari de la Mère Ticket ? C'était ici, n'est-ce pas ? C'est là que ton père a posé la main sur le poêle…

Charles se décomposa, recula comme s'il avait vu un fantôme.

– Comment tu sais ça ? Personne ne sait ça. Même Josépha ignore cette histoire…

– Tu as drogué la serveuse du restaurant ? Tu lui as donné de la coke pour terroriser Josépha et l'emmener avec toi ? Tu l'attaches dans ton lit ? Tu la violes et tu la prends en photo ? Tu me demandes ce que je viens faire ici ? Je suis ton ami, Charles.

Victor s'étouffa et cracha un filet de sang sur le sol. Sa tête tournait, il ne sentait plus ses bras tordus dans son dos. Il écarquilla les yeux pour regarder Charles qui le dévisageait avec des yeux fous.

– J'ai frappé ce loup parce qu'il nous conduisait en enfer. Josépha connaît le chemin, elle m'a conduit ici. Elle est innocente, Charles. Nous sommes seuls maintenant. Elle est partie, elle nous a quittés, elle ne reviendra pas.

Charles poussa un hurlement, bouscula Victor et sortit du chalet en claquant la porte. Victor ferma les yeux et se laissa aller, le menton sur la poitrine. Le vertige l'emporta. Des images surgissaient ; douces, d'une beauté douloureuse. Il essayait de les retenir, elles fuyaient, il les perdait. Elles s'échappaient pour qu'il tombe plus vite, plus profondément. Il entendit un bruit, sentit une présence derrière lui. Il cessa de tomber quand une main se posa durement sur sa nuque et releva sa tête. Elle le retenait, elle l'empêchait de s'enfoncer.

Un frère Bezon le tenait par le menton et le dévisageait avec un air de peur et de sauvagerie démente, l'autre détachait les liens de ses chevilles.

– Nom de Dieu ! Oh ! Nom de Dieu ! Putain de Dieu !

Le Bezon jurait en tirant sur les courroies qui lui liaient les jambes. L'autre le tenait par les cheveux et lui frottait violemment la tête en soufflant. Le Bezon lui passa la courroie autour du cou et serra, la boucle lui rentra dans la gorge. Il se redressa et releva Victor, repoussant la chaise d'un coup de pied. Ils le basculèrent sur la table, les mains attachées dans le dos. Un Bezon lui plaquait une main sur la nuque, l'autre tirait sur la courroie autour de son cou pour l'immobiliser.

– Fais ce qu'il te dit, il va nous tuer…

Le Bezon lui parlait à la figure, l'haleine rance, la bouche béante sur ses dents grises, il tirait la courroie sur le bord de la table afin que Victor se raidisse pour pouvoir respirer. Il râlait, la gorge en feu, ils allaient l'étrangler.

Puis il comprit ce qui allait arriver quand l'autre Bezon défit sa ceinture, lui arracha son pantalon et son caleçon et se coucha sur son dos.

– Ce mec est couvert de cicatrices !

Victor étouffait sous son poids, le cou étiré pour chercher de l'air. L'autre farfouilla entre ses fesses et Victor sentit son membre dur se coller contre lui. Il se raidit violemment sur ses pieds et ses jambes pour le faire basculer, le Bezon les balaya de ses genoux et l'autre tira sur la courroie jusqu'à ce que Victor sente ses forces l'abandonner. Un voile noir l'enveloppa tout entier.

La douleur l'électrisa, un air chaud, puant et râpeux comme du sable pénétra dans sa gorge en même temps que le membre de Bezon. L'autre força brutalement entre ses fesses et ahana en l'écrasant de tout son poids. Victor hurla, l'autre avait l'air de souffrir autant que lui et de chercher désespérément, en s'agitant et en grognant, un moyen de s'en sortir. L'homme poussa un râle et s'écarta.

Victor s'effondra de la table, se recroquevilla, le corps agité de tremblements.

Les Bezon le laissèrent sur le sol et quittèrent la pièce sur la pointe des pieds. Victor cracha un mélange de salive et de sang, sa joue collée sur le plancher ; la courroie pendait à son cou comme une laisse. Il ne sentait plus rien, la souffrance effaçait tout. *Pendant que l'un me tenait, l'autre me violait…*

– Tu es venu dénoncer le mensonge comme un augure de malheur ?

Il ouvrit les yeux. Charles était penché sur lui et le dévisageait. Sa large face semblait flotter au-dessus de son cou.

– Dans quel état es-tu ?

Victor sursauta quand l'homme le toucha mais Charles défaisait les courroies qui lui liaient les bras. Il lui souleva les jambes et remonta son caleçon et son pantalon, le boutonna. Il dévissa le bouchon d'une flasque et fit couler une gorgée de liquide dans la bouche de Victor. Il reconnut la liqueur des moines qui lui brûla la gorge.

– J'ai eu le temps de réfléchir à tout ça. Barrère est mort. J'ai étranglé le Grêlé dans la paille, c'est mieux pour lui.

Il attrapa Victor par les épaules, le tira sur le plancher et l'adossa au mur, près du poêle où un reste de braises rougeoyait. Le sang remonta comme une brûlure dans les bras de Victor et le fit frissonner, ses mains gonflées tremblaient.

– Je dirai en bas qu'ils se sont battus : Barrère a étranglé le Grêlé qui lui a collé une flèche dans le ventre. C'est la vérité n'est-ce pas ? Les Bezon sont témoins.

Charles but une gorgée d'alcool et tendit la flasque à Victor. Il ne la prit pas, il ne fit pas un geste. Il regardait l'ombre monter comme un poison dans les yeux de Charles.

– Je vais aller chercher Josépha.

Elle devait être loin d'eux maintenant, inaccessible. Elle était retournée dans le monde. Charles rangea la flasque dans sa poche et en sortit un portefeuille qu'il jeta sur le ventre de Victor. C'était le sien qu'il avait laissé dans son sac.

– Personne ne parlera de toi. Tu t'appelles Donn. Tu as une adresse rue Charlot à Paris. J'ai balancé les papiers et les photos qu'il y avait là-dedans. J'ai vu cette jolie femme et cette jeune fille qui te ressemble.

Il ressortit la flasque, la dévissa et but en poussant un soupir de satisfaction.

– Justine et Apolline, c'est ça ? On te voit avec cette blonde en train de boire un verre. Tu as l'air d'un prof ou d'un homme politique. Tout le monde a l'air de t'adorer.

Il l'avait dit à Josépha : elles étaient là, elles étaient avec Charles. Il en parlait, il prononçait leurs noms, il avait vu leur visage.

– Tu les as abandonnées ?

Depuis combien de temps n'avait-il pas entendu leurs noms ? Il n'y avait personne dans le monde pour prononcer leurs noms.

– Ta fille est belle. Ça fait un an que je paie cette femme, la fille de l'auberge, pour qu'elle me fasse un enfant. Elle n'y arrive pas, elle dit que c'est ma faute, elle voulait plus d'argent et le faire avec Barrère… Je l'ai collée avec les chiens.

Victor commença à se traîner sur le plancher en direction de la porte. Charles attrapa la hachette qui traînait sous le poêle et la lui écrasa sur la jambe. Il ne vit pas la chose arriver ; la douleur fut telle qu'il crut taper au plafond, sa tête rebondit sur le plancher. Il crut qu'il lui avait tranché la jambe, Charles lui avait brisé les os avec le dos du fer.

– Josépha est enceinte.

Victor était incapable de parler et de comprendre ce qu'il disait. Charles souleva sa tête et colla son front contre le sien.

– Josépha m'a dit qu'elle était enceinte de toi.

– Josépha…

– Elle ne voulait pas que tu le saches.

Victor ne comprenait pas ce que lui disait Charles. Le courant l'emportait, il flottait sur le dos du torrent, le vacarme emplissait sa tête, la soif le dévorait. Il voulait simplement boire cette eau glacée.

– Alors je suis allé chez toi égorger ce chien, je pensais que tu disparaîtrais.

Josépha était sur la rive. Le torrent fonçait vers la cascade noyée de brouillard.

– Tu as une femme et une enfant. Pourquoi n'es-tu pas allé les retrouver ?

Victor plongea dans la chute, dix mille bras glacés l'entraînèrent au fond. Le noir l'entourait, il ne sentait plus rien. Il ne savait pas où il se trouvait. Sa petite fille avait peur, il allait la rassurer. Justine tendait la main. Il devait se redresser et comprendre ce qui se passait. Il était simplement allongé, il était en train de réfléchir. Il les aimait tant. Elles n'avaient rien à craindre.

Lorsqu'il ouvrit les yeux, la lumière le déchira comme un trait de rasoir. Victor vit le ciel balancer, il flottait, le ciel gris, gonflé, roulait comme une vague. Il se balançait doucement, sa tête dodelinait

Il était sur le dos de Charles. Charles le portait. Charles tenait ses bras croisés sur sa poitrine dans une main de fer et, son large dos voûté, le portait en ahanant dans le chemin. Son épaule lui rentrait dans la gorge, il sentait la sueur et le feu.

Le chemin montait entre deux murs de rochers, Charles butait dans les pierres du sentier, soufflait et tirait sur les bras de Victor, le tenait comme un sac ; ses jambes ballaient contre celles de Charles au rythme de la marche et de la douleur. Ils montaient.

Les Bezon marchaient devant, la tête baissée recouverte de capuches. L'un tenait le sac de Victor, l'autre une bouteille qu'il portait parfois à sa bouche.

Le vent les gifla au sortir du défilé, Charles vacilla un instant puis se remit en marche, encore plus voûté, réassurant sa prise. Le vent était froid, coupant comme une lame ; si fort qu'il faisait trembler Victor et son mulet. Ils avançaient entre deux précipices qui baignaient dans la brume.

Ils avancèrent encore en peinant et en soufflant et s'arrêtèrent brusquement face au ciel immense. Victor sentit des mains s'affairer autour de lui, des mains qui le touchaient, le tenaient, le dressaient comme une offrande devant le ciel. Des mains innombrables faites de vent et de brume qui l'enveloppèrent, le caressèrent, et le jetèrent dans le gouffre.

Josépha confia les chiens à la voisine de Victor et lui demanda de les garder jusqu'au retour de Charles. Elle dit à Paule qu'elle quittait la Vallée. La vieille femme ne posa pas de question, la dévisagea longuement et lui répondit qu'elle garderait les chiens dans son jardin. Ainsi elle passa la nuit sans dormir, à réfléchir et à écouter les bêtes hurler et se battre autour de sa maison. Elle savait qu'il y avait eu un drame dans les Abymes, elle avait peur, elle commençait à comprendre la vraie nature de cette femme.

Josépha se rendit chez son amie du chalet des Reclus et lui annonça son départ. La vieille dame vit son bouleversement, la prit dans ses bras et la serra longtemps en songeant qu'elle allait emporter ce qui lui restait de vie. Puis elle l'emmena dans la cuisine où un feu brûlait et lui fit du café de ses mains tremblantes. Elle s'assit en face d'elle et attendit que Josépha lui parle mais elle ne lui dit rien. Josépha regardait la montagne à travers la fenêtre qui dominait le village, les nuages menaçants quittaient les sommets et commençaient à descendre vers eux. Elle dit à son amie qu'elle avait un cadeau pour elle qui la consolerait de la brutalité de son départ. Elle sortit de son sac l'album qui contenait les photos du mur orné et le posa devant elle sur la table.

La vieille dame fut si émerveillée qu'elle douta de ce qu'elle voyait. Josépha lui expliqua comment elle avait découvert le mur et lui exposa ce qu'elle voulait qu'elle fasse. Elle traça sur un journal qui traînait un plan grossier du chemin à suivre dans les Abymes pour retrouver le site : *N'en parle à personne au village, tu serais en danger. Adresse-toi à un scientifique et dévoilez ce que j'ai trouvé.* Puis elle dit à son amie qu'elle voulait se reposer.

Sa vieille amie regarda longtemps les glyphes et les gravures venus du fond des âges et se dit que c'était un miracle qu'ils se trouvent sur la table de sa cuisine. Elle ne reconnaissait pas Josépha dans la femme dévastée qui lui avait confié cet album. Quel voyage solitaire et prodigieux avait-elle dû accomplir pour ramener ces trésors ?

Josépha s'enferma dans la petite chambre sous le toit où elle avait l'habitude de dormir quand elle venait chez son amie. Elle tira les volets pour ne pas voir la montagne. Elle sortit son téléphone et s'allongea sur le lit pour attendre l'appel de Victor.

L'appel ne vint pas. Pendant les heures qui suivirent, elle se remémora une à une les cicatrices qu'elle avait vues en dénudant le corps de Victor. Trois heures avant l'aube, elle rangea le téléphone dans sa poche, prit le fusil qu'elle avait dissimulé dans la remise à bois de son amie, laissa son sac et quitta discrètement le chalet.

Elle descendit la route en lacets jusqu'au village, la nuit était immobile et froide, des nappes de brouillard flottaient entre les arbres. Elle longea la rue entre les maisons endormies, prit le chemin qui menait chez Victor. Quand elle passa devant sa maison, les chiens dans le jardin de sa voisine la sentirent et se mirent à hurler. Elle traversa la route et entra dans la forêt.

Le chemin était difficile dans le noir, la pluie l'avait rendu glissant et dangereux et plusieurs fois elle tomba et se blessa. Mais elle se relevait, se remettait à grimper et n'avait qu'une crainte, celle de se perdre et d'errer seule dans le noir, apeurée comme une folle. Mais elle trouva sa voie dans la forêt obscure en pensant aux bêtes qui se cachaient, au bras et au visage de Victor éclaboussé d'eau qui frappait la louve et la repoussait dans le néant.

Quand elle arriva au Lac Noir, elle était à bout de souffle, en sueur sous ses vêtements mouillés et tachés de boue. Il faisait encore sombre, le jour pointait à peine à travers les sapins. Elle décida d'attendre, elle savait qu'elle ne pourrait pas franchir dans le noir le dédale de roches et d'éboulis qui fermait la vallée des Abymes.

Quand elle y vit suffisamment, elle commença à grimper l'éboulis au milieu du brouillard. Elle avançait avec précaution, à chaque pas elle sentait l'hostilité de la montagne. Les cailloux roulaient, se dérobaient sous ses mains. Elle ne trouva pas le passage que lui avait montré Victor, elle avança droit devant elle, à quatre pattes, dans une coulée continuelle de pierres qui s'effondraient sous son poids. Elle tremblait de froid et de fatigue quand elle atteignit les premiers rochers. Elle se hissa, s'enfonça dans les goulets, revint sur ses pas, recommença. Elle finit par trouver un passage, son cœur battait dans sa gorge.

La pluie se mit à tomber lorsqu'elle franchit le dernier obstacle. Les Abymes s'étendaient devant elle ; une lande grise, hérissée de rochers, entourée de murailles qui disparaissaient sous les nuages. Josépha s'assit entre deux rochers, posa le fusil sur ses genoux.

La pluie défit ses cheveux, bientôt elle fut trempée, sa peau abandonnée à la main froide de l'averse. Elle pensait au torrent, au bruit de la cascade. Elle ne bougeait pas, pareille à une statue. Elle attendait.

Le premier homme apparut au bout de la deuxième heure, la pluie avait cessé. Elle savait qu'ils reviendraient par là. Ce ne fut d'abord qu'une tache qui se mouvait dans la brume. Elle déplia doucement ses jambes et ses bras semblables à des serpents ankylosés par le froid et chassa l'eau de son visage. On voyait maintenant un homme qui avançait d'un pas égal, loin au bout du vallon, puis un autre qui apparaissait derrière lui dans la brume. Elle prit le fusil, enleva les caches qui protégeaient la lunette et l'épaula.

C'était un frère Bezon, une capuche sur la tête, un sac sur le dos et un arc accroché par des sangles sur sa poitrine. Son frère suivait à une dizaine de mètres, tête nue, l'air débraillé. Il ne portait pas de sac, il avait son arc à la main, bandé, un porte-flèches sur la poitrine. Il regardait autour de lui, nerveux, il surveillait les crêtes.

Josépha ôta sa veste, la roula et s'allongea sur le sol. Elle posa le canon du fusil sur la veste roulée et planta fermement ses coudes dans l'herbe rase. Elle ferma les yeux jusqu'à ce que sa respiration se calme et qu'elle sente bien son corps plaqué sur le sol comme une racine. Quand elle les rouvrit, elle vit Charles qui avançait derrière les autres. Il avait aussi un sac et portait son fusil à deux mains, canon levé devant la poitrine. Il avait l'air d'un ours, trempé comme s'il était tombé à l'eau ; ses cheveux pendaient et lui dévoraient le visage.

Ils avançaient d'un pas lourd, à distance, les uns derrière les autres. Il manquait Barrère et le Grêlé. Elle s'attendait à les voir surgir du brouillard mais les trois hommes atteignirent le milieu du vallon et ils n'apparurent pas. Victor n'était pas avec eux.

Elle verrouilla la culasse et regarda les trois hommes avancer. Elle les chassa de son esprit et régla sa lunette pour un tir fichant à 300 mètres. Il n'y avait pas de vent, elle pouvait le faire, elle ne voulait pas de blessé. Elle les laissa s'approcher.

Elle laissa passer le premier Bezon, inspira et cessa de respirer quand le second entra dans sa mire, elle plaça le réticule sur sa poitrine plus large et moins mouvante que la tête, relâcha doucement son souffle et appuya sur la détente.

Ni la détonation, ni le recul de l'arme ne la surprirent. Le Bezon fut brutalement projeté en arrière. Elle reprit son souffle, ajusta le premier Bezon qui s'était figé, ne lui laissa pas le temps de réagir, souffla calmement et fit feu. Il ne bougea pas puis s'affaissa sur lui-même et un jet de sang fusa devant lui. La balle lui avait traversé la gorge.

Elle se détacha du fusil, se releva, sentit son cœur battre à son cou et ses jambes trembler. Elle vit Charles immobile au milieu de l'alpage, le fusil levé, qui regardait dans tous les sens. Elle mit le fusil à l'épaule et descendit vers lui.

Il la mit en joue quand il la vit apparaître dans la pente. Puis il la reconnut, vit ses mains vides, son arme à l'épaule et abaissa son arme. Il la regardait descendre vers lui, pétrifié.

Josépha approchait, les bras croisés sur la poitrine, combien de fois l'avait-il vue marcher ainsi dans le couloir de sa maison ? Charles avait l'air d'un épouvantail au milieu de l'alpage, seul, perdu devant les deux cadavres. Barrère et le Grêlé n'étaient pas apparus ; les choses avaient dû commencer là-haut.

Elle s'arrêta à dix mètres de Charles, au pied du Bezon étalé sur le dos, la poitrine défoncée par la Brenneke C20 FOB, les munitions préférées de Charles. Charles la regardait, en état de choc, on avait l'impression qu'il allait se mettre à pleurer.

– Ô Josépha… Josépha…

Elle ôta son gant, le mit dans sa bouche et de sa main nue releva ses cheveux et les entortilla en chignon, tirant pour dégager son front et dressant son cou de danseuse pour le regarder dans les yeux. Elle l'entendit encore prononcer son nom d'une voix expirante.

Elle remit son gant, se pencha sur le cadavre, tira une flèche de l'étui sur la poitrine du frère Bezon, ramassa son arc, encocha la flèche sanglante, banda à demi l'arc et attendit.

– Josépha…

Encore. Elle ne répondit pas, se contentant de le dévisager. Il regarda l'arc tendu dans ses mains puis ses yeux remontèrent jusqu'aux siens et s'y accrochèrent désespérément. Il ne comprenait pas. Elle attendit longtemps sans le quitter des yeux jusqu'à ce qu'il comprenne. Elle entendit le bruit du fusil qu'il armait. Elle attendit encore.

Il était lâche. Le fusil tremblait entre ses mains. Elle lui laissa le temps mais il avait toujours été d'une lâcheté désespérante. Il avait un tout petit geste à faire. Quand il leva le fusil, elle vit apparaître dans ses yeux la brutale conscience de ce qu'il était. Alors, avec une vitesse foudroyante, elle dressa l'arc en le bandant de toutes ses forces, et décocha la flèche.

Elle pénétra avec une violence atroce juste sous le larynx de Charles et alla se ficher dans une vertèbre. Le fusil tomba à ses pieds, Charles fut secoué par une décharge électrique, ses bras s'écartèrent et battirent l'air sans que ses mains puissent atteindre la blessure. Il s'écroula d'une masse sur le dos et tout son corps se convulsa sur le sol. Josépha regardait devant elle le long couloir de la vallée qui s'enfonçait dans la brume. Charles cessa de trembler, un son hideux sortait de sa gorge, elle vit un troupeau de chamois monter en bondissant vers les Hurtières, traînant le brouillard derrière eux. Elle baissa les yeux, Charles ne bougeait plus, le visage tiré en arrière comme s'il voulait le détacher du reste de son corps.

Elle jeta l'arc sur le corps du Bezon, échangea son fusil contre celui de Charles, se détourna et commença à avancer vers la pente et les rochers. Quand elle arriva au sommet, elle jeta le fusil de Charles dans une faille qui s'enfonçait dans le cœur des Abymes. Elle retrouva sa veste mouillée et la passa en se disant que les gendarmes penseraient ce qu'ils voudraient de ce qui s'était passé dans l'alpage.

Elle s'enfonça dans les goulets, tourna en rond en se heurtant à des impasses. Elle ne savait pas ce qui était arrivé à Barrère et au Grêlé mais eux aussi avaient sans doute été tués. Elle se dit en trouvant le passage qui la libérait des Abymes que la vieille voisine de Victor avait l'oreille de Charles et allait inventer une histoire extraordinaire.

Mais Josépha s'en moquait. La Vieille était déjà la gardienne de toutes les saloperies qui s'étaient passées pendant la guerre dans cette partie de la Vallée. Son mari était mort dans des circonstances étranges. Quand elle avait entendu les chiens de Charles hurler à mort dans sa cour, elle avait compris le message des Abymes.

Une bourrasque gifla Josépha au sommet de l'éboulis et la fit vaciller, le vent tournait comme un dément dans les goulets. La pente instable s'alignait à ses pieds, vertigineuse, traversée d'un continuel ruissellement. Elle se sentit brusquement enfermée dans une des photographies géantes qu'elle accrochait dans la maison de Charles. Elle se pencha pour ne pas tomber et dès qu'elle toucha la roche, une tristesse monstrueuse surgit des profondeurs de la montagne et la suffoqua.

Elle n'arrivait plus à respirer mais elle commença à descendre dans les grandes photos glacées de la maison de Charles. Elle se tenait à la pente, elle descendait doucement, mécaniquement, ses forces s'épuisaient. Elle s'arrêta, ombre chancelante pendue à l'éboulis face à la Vallée qui surgissait de la brume. Elle pensa à la main de Victor qui se dressait comme un geste d'adieu au sommet du mur orné. Elle ferma les yeux et son pied dérapa. Josépha sentit le sol se dérober sous son poids, elle commença à glisser, se débattit et déclencha une avalanche. Elle fut emportée, l'éboulis l'empoigna dans un torrent de cailloux, la cogna, et la jeta au bas de la pente.

Quand elle ouvrit les yeux, elle ne pouvait plus bouger, du sang remplissait sa bouche. Elle était à moitié ensevelie sous les cailloux qui l'avaient entraînée par-dessus le sentier jusqu'à la rive du lac dont elle pouvait voir les roseaux noirs hérisser la surface. L'éboulis avait avancé de cinquante mètres et couvrait maintenant la végétation. Un long filet de sang serpentait sur les pierres jusqu'à elle. Elle avait des côtes cassées, elle les sentait rentrer dans sa poitrine dès qu'elle essayait de respirer, sa jambe était brisée à deux endroits, le sang venait d'une coupure à l'épaule qu'une pierre tranchante avait ouverte à travers deux épaisseurs de vêtements. Elle pouvait encore bouger un bras, elle tâta son visage qui était douloureux mais semblait intact.

Une petite partie d'elle était encore présente mais l'essentiel était en train de la quitter, elle se dit qu'elle allait mourir. Il suffisait d'attendre un peu et elle allait rejoindre les autres dans la longue tragédie des Abymes.

Elle ferma les yeux, elle sentit quelque chose apparaître dans son esprit, ténu et incompréhensible comme les dessins et les griffures sur le mur orné de la falaise : l'idée de son propre corps, à moitié enseveli sous les cailloux, marqué et griffé par l'embryon de vie qu'elle portait en elle. Elle ne pensa pas à un enfant, elle pensa à un germe de vie pareil à une pousse nouvelle dans une plante asséchée et épuisée. Il y avait cette vie dans la douleur et les cailloux, qui n'était pas à elle.

Elle bougea le bras pour voir si elle pouvait le faire et chercha le téléphone dans la poche de sa veste. Si une bête avait été là, elle aurait fui devant les cris qu'elle poussa pour y parvenir. Quand elle réussit à appeler le numéro de sa vieille amie du chalet des Reclus, elle put à peine parler car elle avait dans sa chute à moitié sectionné sa langue avec ses dents. Mais elle put dire où elle était, ensevelie au bord du Lac Noir, et elle perdit conscience.

On découvrit le massacre quand les femmes de Barrère et des Bezon s'inquiétèrent de leur absence et qu'on trouva les chiens de Charles errant à moitié fous dans le village.

On ne comprit jamais ce qui s'était passé dans la montagne. L'enquête dévoila les malversations et les trafics de Charles et des autres. On imagina qu'il y avait eu un règlement de comptes. Les gendarmes allèrent interroger Josépha à hôpital où les secours l'avaient conduite mais elle ne savait rien, elle montait par les Abymes rejoindre son mari quand elle avait été prise dans l'avalanche de l'éboulis. La vieille dame du chalet des Reclus témoigna qu'elle était avec elle jusqu'à ce moment.

Josépha disparut après son séjour à l'hôpital et plus personne n'entendit parler d'elle. On ne retrouva jamais le corps de Victor.

Pendant longtemps le village vécut dans l'horreur du massacre. Les vieux rappelèrent la phrase de la voisine de Victor : *« Les Abymes portent la poisse, on ne va pas là-haut, c'est tout... »* Puis l'hiver arriva et ensevelit tout sous le froid et un épais manteau de neige.

Au printemps des hommes arrivèrent au village et entreprirent d'explorer les Abymes à la recherche d'un site archéologique. Ils mirent beaucoup de moyens, ouvrirent des chemins pour monter un matériel impressionnant. Le village fut en ébullition, les moines essayèrent d'arrêter les travaux mais ils n'y parvinrent pas. Ils avaient acquis, avec l'enquête sur Charles, une mauvaise réputation et personne ne les écouta.

Le petit plan dessiné par Josépha sur une feuille de journal conduisit les chercheurs au mur orné dissimulé sous la falaise. Ce fut une découverte bouleversante, les archéologues mirent au jour un site d'une richesse exceptionnelle dont le mur ne représentait qu'une infime partie. Ils découvrirent une succession de parois et d'alcôves accrochées dans le vide où se mêlaient arts de plein air et de cavité qui remettaient en question les connaissances sur l'art préhistorique. Le site avait connu plusieurs phases d'occupation, ses peintures et ses gravures comptaient parmi les plus anciennes du monde. Toute une partie de la montagne s'était écroulée et l'avait rendu inaccessible, rochers et éboulis l'avait protégé pendant des milliers d'années.

Dans une cavité plus profonde dont seul le porche était orné, les chercheurs découvrirent les restes fossilisés d'un homme, d'une femme et d'un enfant qu'ils datèrent d'environ 15 000 ans. Leur squelette et leur crâne portaient les mêmes traces de violence.

La Vallée devint célèbre. Quelques années plus tard, à l'instigation de la vieille dame du chalet des Reclus, la maison de Charles fut transformée en musée des Abymes. Au milieu des reproductions d'art rupestre et des documents scientifiques, on peut y voir encore les grandes photographies que Josépha a faites de la montagne. Et dans une pièce consacrée à la découverte du site, la seule image que l'on ait d'elle : de dos, nue, qui entre dans le Lac Noir.

Note de l'auteur

Dans ma longue et errante descente au Vestibule des Lâches,

Je rencontrai un homme qui avait fait œuvre avec le même titre,

Nous nous saluâmes, nous reconnûmes.

Et d'un commun élan, nous nous prîmes la main pour trouver un chemin.

Et sauver de nous ce que nous pouvions dans cet endroit terrible.

Remerciements à Art&Fiction, éditeur de l'œuvre homonyme de Philippe Fretz, parue en 2015, pour son aimable autorisation.

pca
cmb
édition pré-presse
livres numériques

44400 Rezé

Achevé d'imprimer en décembre 2023
sur les presses de Normandie Roto Impression s.a.s.
à Lonrai (Orne)
pour le compte des Éditions Payot & Rivages
60/62, avenue de Saxe -75015 Paris
N° d'impression : 2305075
Dépôt légal : janvier 2024

Imprimé en France

IMPRIM'VERT